U0030719

純愛小說教

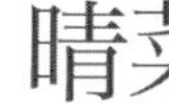

讀者喻為「文字最有偶像劇氣氛」‧部落格百萬網友迫切催文　晴

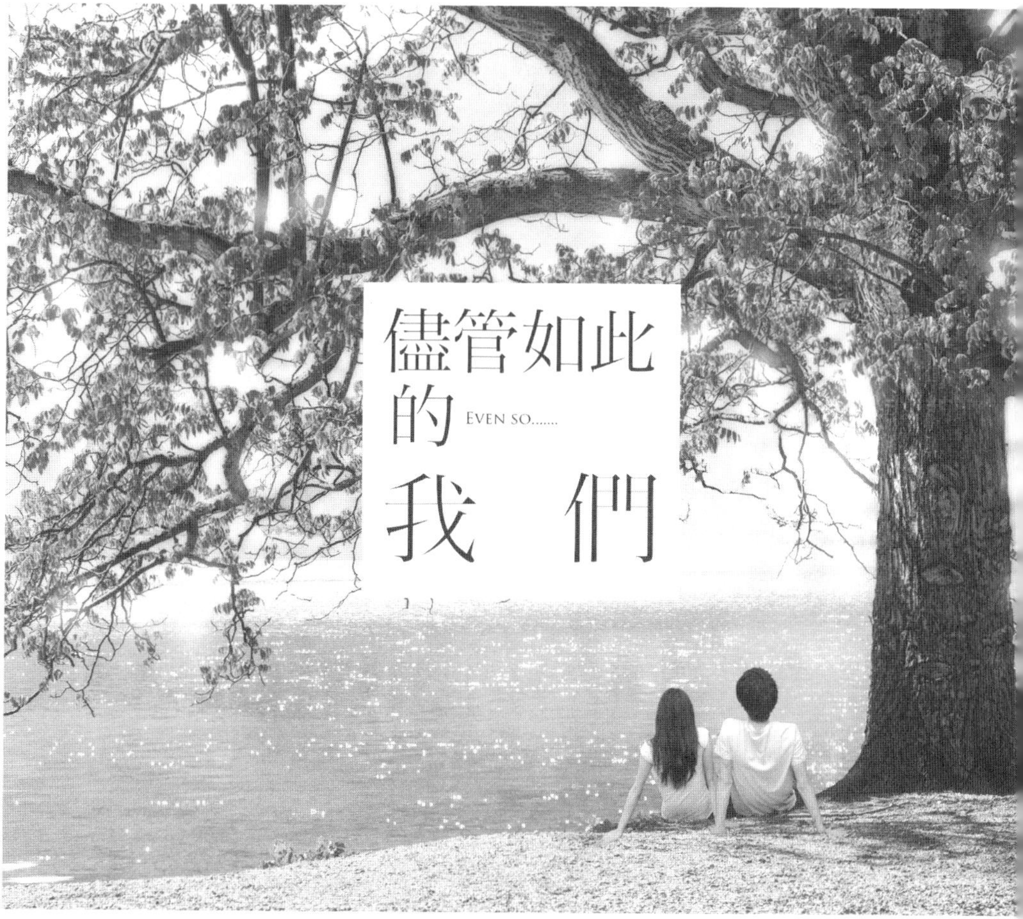
儘管如此的我們
Even so......

原來世界上真有這麼一個奇蹟，喜歡的人也正愛著你。
儘管奇蹟總是吉光片羽。
儘管我們總是忘了珍惜。

第一章

儘管如此，我們一定都在某個地方、被什麼人，不知不覺需要著的。

每個星期三，早上七點五十五分左右，我會走進一棟非常高級的公寓大樓，聽說裡頭有健身房、撞球室、游泳池。然後，我會向管理員拿八〇二號房的房門卡，管理員是一位每天身著黑色西裝的六十歲老先生，氣質斯文和藹，簡單道早是我們每次見面的習慣。

搭電梯來到八樓，將磁卡靠近門把，「嗶」一聲後，接著響起金屬鎖條俐落開啟的聲音。門開，站在玄關，快速瀏覽屋內，啊……今天還是一樣凌亂。

這麼高級的公寓不是我住的地方，我是來打掃的。

掃客廳、整理臥房、清廚房和廁所、倒垃圾，有時出現沒洗的餐具，也會順手洗乾淨、擦乾、歸位，就是這一類的工作。

洋芋片的空袋，扔的人當時不管有沒有丟準，就這樣讓它遺落在垃圾筒旁。客廳的玻璃茶几上鋪了一灘灑出來的啤酒，有兩瓶空罐擱在上頭……不對，有一罐還沒喝完。

因為是果汁啤酒，所以引來一列壯觀的螞蟻。

「好歹也拿去倒掉吧！」

我拎著它們來到廚房水槽，途中還有兩隻螞蟻趁機爬到我手背上。

今天的廚房更是高難度！裝過食物的盤子連同廚餘全往水槽裡扔，有三片披薩、兩個大碗那麼多的滷味，還有積了將近一個星期的食物殘渣全卡在流理台的洞口網袋。

「至少一個星期前的份可以先丟吧！」

再去浴室巡視，我傻眼了一下，這個不罵髒話不行了！馬桶座和地板都有嘔吐物，還很濕潤，大概是新鮮的，可是……

「這麼會發臭的東西是不會先清掉喔？」

最後是臥房，除了亂丟的衣服之外，這裡可以說是最乾淨的聖地了，那個人對於每天就寢的空間似乎努力保有一定的整潔度。

穿上圍裙，戴上膠質手套，將長髮束成低馬尾，八點開始打掃。如果天氣好，我會先把棉被拿到陽台曬，冬天晚上蓋上被子時，如果能夠聞到白天陽光的香氣，一定會感到很幸福。這裡的坪數雖大，不過單身漢住的地方好清理，差不多中午前就可以收工，再把曬得暖烘烘的棉被收進來，然後下午到學校上課。

我是大二的企管系學生，跟一般的大學生沒什麼兩樣，接了兩份打工的工作，一份是鐵板燒店的小妹，另一份就是打掃了。

通常大學生不會找上清掃這種工作，那很容易跟歐巴桑形象聯想在一起，而且太費勞力的工作並不受到女生青睞。我是讓房東太太介紹過去的，一個星期只需要幫一位客戶打掃半天，這樣的兼差時間和薪水正好適合我。說到薪水，我的雇主可是付得相當爽快啊！一開口就喊價半天一千元，讓其他的打掃阿姨真是羨慕我到極點！

「就她好了，年輕力壯的好。」

才被清潔公司任用，剛上門的雇主看見我，就這樣直接欽點，雖然我不懂打掃和年輕力壯有什麼密切關係。

我的雇主是一位大學教授，她為她那就讀大學獨居在外的兒子設想周到，說男生不會打掃，課業重也沒那個美國時間。

隨便啦！就當妳寵兒子。那是人家的家務事，我只負責打掃領錢，每個星期一次，這樣做了三個月之久，沒有一次在這裡見過雇主的大學生兒子，打掃的日子他不會在家。

我停下洗碗的手，歪頭想想，其實還是碰過面的。有一次早上剛進門，就發現微啟的臥室房門另一頭有陌生人影。

當下雖然亂了分寸，但很快就決定要安靜完成我的工作。

在不發出腳步聲的緩慢行進中，透過那十五分公分的門縫，窺見一個趴在床上的男生，身穿白色T恤，在雙人床上頭腳顛倒地熟睡著，掛在床沿的手臂遮住他半張臉，只露出一半輪廓，乾淨清秀，手腳修長。

原以為八點到十二點是我的私人空間，不料屋主居然在，有點緊張。

我盡量以最小的音量打掃其他地方，一面頭痛地想著如果他繼續睡下去，等等那間臥房我是進去掃還不掃啊？

當廚房清得差不多，我正在打包垃圾袋時，聽見玄關的鑰匙聲響，回頭，捕捉到負著背包離去的背影。換下當作睡衣的白T恤，改穿靛色毛衣和牛仔褲，門口逆光的姿態真好看。

連招呼也沒打，那扇門便關上。他的確沒有跟一個清潔工對話的必要，我也不希望他留下，亂尷尬的。走到玄關，想確認他是不是真的離開，不經意瞥見鞋櫃上放著一千元紙鈔。

不需會面、不用言語，一日的薪水就是我們唯一的交集。也許他是路上曾經擦肩而過的誰，就這樣一直保持神祕感好像也不錯。

「不過，那個時候真應該順便唸他一下的啊。」嘆口氣，我把瓷盤上的泡沫沖得一乾二淨。照這生活習慣來看，他的確是公子哥、富二代那一類的人沒錯，什麼都不自己動手，就連盆栽也懶得澆水是吧！

臥室是最後的整理區域，那裡有書櫃、衣櫃、書桌、電腦、啞鈴和吉他，十分男性化的房間。

窗前有盆綠色植物，第一次來打掃的時候它已經奄奄一息，之後每次來，都是瀕死的模樣，於是我肯定屋主不太記得它的存在。

從此，澆水便成為我的工作項目之一。那是很好照顧的植物，即使一個星期才澆一次水，它就能恢復健康，伸展出美麗的綠葉。我特地上網查詢它的名字，原來是波士頓腎蕨。

我覺得自己和它相像，不起眼，普通得可以，不須細心呵護便能自力更生。而且它是號稱淨化室內空氣第一名的盆栽，我的工作不也是定期幫八〇二號房打理乾淨嗎？說起來，我和腎蕨都為同一個人拚命努力呢！

「好啦！今天也很有精神。」

翠綠的葉片上沾著水珠，那模樣好有元氣，我就像探視完病人的醫生一樣，很滿意病人今天的狀況，順便深呼吸，吸飽它淨化過的空氣。

留下煥然一新的房間，將卸下的圍裙、手套收進大包包，準備離開，然後對著鞋櫃愣了愣。

「沒有錢……」

平常都會放在鞋櫃上的啊！鞋櫃的前後左右都仔細找遍，就是沒有今天的薪水。

「宿醉，所以忘了放嗎？」我從包包掏出便條紙和筆，遲疑一會兒又收回去，「算了，讓你欠著。」

離開八〇二號房，路上簡單買了飯糰和牛奶解決午餐，然後直奔學校上課。

這大概就是我每個星期三半天下來的行程。除了薪水之外，我唯一關心的，只有那盆腎蕨是不是還精神奕奕地活著。

學校五點下課，和小純來到停車場牽車，沒想到一整排機車停車格被一輛奧迪座車橫擋住出路。

「怎麼辦……」小純苦惱地左顧右盼。

不過就算真讓她盼到車主出現，她也不能做什麼，小純很怕生。

「我們學校就一個人會開這台車啊！」我走上前，好好將車子打量一番，矢車菊藍的奧迪，在學校絕無僅有了，「肯定是那老四的車，真沒品。」

學校有幾個非權即貴的富家子弟，經常一起活動，一個綽號叫「喬丹」，籃球校隊的主將，職籃都想搶過來的球星；一個是「蕭邦」，彈得一手好琴，拿下不少大獎；還有一位則是一個叫「老四」的人，家裡是政治世家，他的父親當過立委、議員、副縣長。

這三人組到哪兒都目中無人，連對老師也頤指氣使。

「電話也沒留。」著急地看看手錶時間，鐵板燒店的排班時間快到了，「搞什麼鬼啊！這裡又不是他家停車場。」

見我帶著怒氣一腳朝輪胎踹去，小純嚇得花容失色，「瑞瑞！妳做什麼？這樣車子會叫啦……」

「就是要讓它叫啊！不然車主怎麼會出現！」

沒管其他學生的指點，我使勁踢向那鑲有四個銀圈圖樣的輪胎。

大家都很怕得罪他們，無非是怕他們對老師們施壓，影響自己的課業成績。我不怕，不論大學成績再好再壞，反正將來畢業，就是回老家麵店工作了吧！媽媽好幾次明講暗示的，我早就做好心理準備了。

家裡經濟本來就有點吃緊，一個大哥出國深造去，已經砸了不少錢；一個小弟以考上醫學系為志願，若後年真考上，往後七年的學費自然可觀。爸媽都把將來的希望放在他們身上，望子成龍嘛！至於身為女生的我，就只有繼承麵店一途。

我也不擔心在學校壞了被人打聽的名聲，一個做清潔工作的女孩就跟歐巴桑是差不多意思了吧！每次看著學校裡那些打扮得光鮮亮麗的女孩們，內心就有一種未老先衰的感慨油然而生。沒人追這一點，也是早有覺悟。

「呼！累死我了，還不叫？」

不知道是車子設定的問題，還是我今天的力氣已經貢獻給八〇二號房，都踢得氣喘吁吁了，昂貴的奧迪依然不動如山。

「算了啦！還有一點時間，我們用走的去好不好？」

小純用乞憐的眼神水汪汪瞅著我……小小的個頭，又白又嫩的臉蛋，模樣可愛極了，好像小狗呀！

「……好啦，用走的也可以。」

小純狀似很弱，其實很無敵。

我們當了一年的室友，升上大二，我沒能抽到學校宿舍，小純便自願放棄宿舍床位跟著我到外面租房子，她想要跟我一起住，並不想跟陌生人重新認識、重新習慣。

似乎是給人的感覺太像狗狗，所以從小被欺負到大，以致於對人類心生恐懼。

小純媽媽為了要訓練她的膽量，主動幫她應徵打工工作，希望能夠改掉她怕生的習性。

鐵板燒店的工讀生男生居多，我們工作的時段只有我們兩個女的，小純就經常被前輩們使喚來使喚去。

「欸！阿賢，地板擦一下。」

「喔！喂！狗狗，地板、地板。」

小純看一下被湯潑濕的地板，點點頭，匆匆轉身去找拖把。

「明明就是叫你去。」我看不下去，直接嗆這資歷第二深的前輩。

「我要忙。」

嘴上那麼說，可是現在才拿起鐵鏟不是嗎？

但小純已經乖乖拿拖把賣力拖地了。由於太賣力，沒注意到前方一位剛盛好湯要回座位的客人，她的拖把長柄就和客人的湯碗撞在一塊兒。

「對不起、對不起……」

小純連連彎腰道歉，挨了客人兩句抱怨。前輩們紛紛露出「又來了」的鄙視嘴臉，卻沒人出面搭救。我放下收拾中的碗盤想過去，被旁邊一道低語制止。

「她正在做的事讓她自己做完。」

抬頭，是阿倫前輩。

打從開工到現在，他都在認真炒菜、炒肉，菜單一直加上來，他的手也沒停下過。話不多，可是手藝好，甚至有熟客直接指名他。不知道他念哪間學校，比我們年長幾歲，有一雙好認的單眼皮。

我默默收碗盤，一邊用眼角餘光關心做事不靈光的小純努力拖地。

我們兩隻菜鳥在店裡的工作就是打雜和跑腿，最近進步到可以幫客人點餐了。點餐的工作不容易呢！因為會直接接觸客人，所以必須練好進退應對的本事才行。

我才在自詡前幾次的點餐工作做得順心應手，沒想到今天就破了功。

店裡隨著響起的「叮咚」聲走進三個客人，我瞪大眼，認出是我們學校的學生，喬丹、蕭邦、老四，而外頭違停的那輛車正是被我踹過的藍色奧迪！

喂！你們知不知道今天害得小純和我遲到五分鐘啊！

是很想那麼罵過去，不過我是專業的鐵板燒小妹，現在不是跟客人討八百年前的債的時候。

他們說笑著坐下，我拿菜單到他們面前幫忙點餐，這三個眼睛長在頭頂上的人說出餐點的時候，連看也沒看我一眼。

「三份海陸套餐，單點一顆荷包蛋，請問蛋要全熟、半熟？」

當我複述完他們的餐點並要求確認時，他們還聊得起勁，完全不理我。我只好加大音量重新講一遍，這一次足以讓整間店的客人都聽到了，「荷包蛋要全熟、半熟？」

全場鴉雀無聲。

鐵板燒店要鴉雀無聲是非常罕見的，況且所有人的視線都定在我身上。

我沒料到情況會這麼唐突，依稀，好像聽見阿倫前輩忍住的一聲笑，那笑聲裡帶著嘉許，我也聽到了。

於是鼓起勇氣面對眼前這三位終於直視我的客人。

老四用看不起人的目光在我臉上定睛五秒鐘，才輕蔑地丟出兩個字。

「隨便。」

我快速寫好註明，轉身將菜單交出去，店裡的氣氛才又活絡起來，充滿熟悉的鐵鏟碰撞和說話聲。

可惜，好景不常，約莫十分鐘後，我從廚房冰箱拿牛肉出來，發現小純又在委屈道歉，而她道歉的對象正是老四。

「蛋半生不熟的怎麼吃？我從來不吃生的蛋。」

老四先用筷子指住荷包蛋，最後把它們摔在桌上。

小純八成是倒霉路過那裡被叫住，然後一挨罵就先下意識說「對不起」。

「剛剛明明問過你要全熟、半熟，你自己說『隨便』的！」我一個箭步介入他們當中，把小純擋在後頭。

老四不滿的眼神從小純身上轉移到我這邊，脾氣很大，「既然說了隨便，不會做個全熟的來啊？」

「既然要全熟，你不會講清楚啊？」

他好像沒被當面頂過嘴，怔了一下。就在這時候，一盤剛煎好的全熟荷包蛋漂漂亮亮在他桌上擺好。

「店裡請的，順帶一提，這種蛋不是叫『隨便』。」

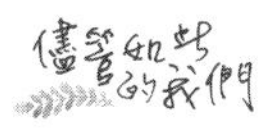

阿倫前輩面無表情地說完，又回去炒高麗菜。不過兩三句話便潑了老四一大桶冷水。

老四面色鐵青一陣，開口問：「你名字？」

「不告訴你。」

碰一鼻子灰的老四和另外兩人站起身，沒吃掉那兩顆荷包蛋，卻付清它們的錢，不願意在錢的事上欠人情的樣子，以高傲的姿態駕著藍色奧迪離開。

那天晚上，我和小純都被店長叫去訓話一頓。小純幾乎每次上班都會因為小凸槌被唸，我則是「態度不佳」。

十點下班後，我們又走回學校騎機車。旁邊剛好也有兩個女生在牽車，精心打扮過的她們大概剛連誼回來，在發動引擎前，我聽見其中一個說「好臭喔」，這才聞聞自己手臂上的氣味，那是在鐵板燒店悶了五個鐘頭的油臭味。

「洗完澡就香了啊！」

聽見我嘟噥，小純笑一笑，「瑞瑞的正能量好強大，什麼都不怕。」

「是妳太容易害怕了，如果不是自己的錯，就要理直氣壯一點。」

她不語地坐上後座，等扣好安全帽釦環，才接下去說：「我被我媽逼得一定得打工，不過瑞瑞妳可以不用顧慮我，如果做得不開心，隨時可以不做。」

原來她擔心連累我，真可愛。小純家境相當不錯，就算不用打工也能衣食無虞，是她放低姿態來當鐵板燒小妹，又甘願被那群前輩胡亂使喚，這樣的千金小姐也算奇葩了。

我用我的安全帽去撞小純的安全帽，聲明在先，「阿呆，我顧慮的是錢，生活費我可是要自己賺。」

明明摸不到頭，小純還是伸手去觸碰安全帽，好像那樣就能撫揉到碰撞的部位一樣，然後傻乎乎地笑。

「那就好。」

她柔軟的笑臉忽然讓我內咎，因為，留在那間店打工並不全為了她啊！

騎著機車，晚風吹得舒服，把一身烏煙瘴氣都吹散。我在一點疲憊、一點愜意中回想打烊前無意間撞見的珍貴畫面。

正搬著空菜籃到外頭放的我，發現不遠的路旁有人蹲在牆邊，他腳前有兩隻小小的流浪狗，一黃一黑，餓壞般地啃咬紙盤上的食物。

我在心裡喊出「阿倫前輩」，他沒發現我，就一直看著小狗把那兩顆老四沒賞臉的荷包蛋吃個精光。

不常見到他跟人打交道，卻僅僅因為餵飽小狗而顯得分外親切，平靜又溫柔的側臉，一遍又一遍在我腦海裡重複溫習。

那樣的阿倫前輩只有我知道，只有我寶貝似地將喜歡他的理由一個個收藏起來。

「瑞瑞，妳在笑什麼？」小純從後照鏡的倒影窺見我的表情。

「咦？沒、沒有。」

儘管這份心情只能收藏起來。

星期三，照例在早上八點前來到八〇二號房。掃完廚房、客廳、臥室，幫腎蕨澆水，收好棉被，啟步離開房間之際，小腿不小心踢到吉他，音箱發出一道蕩氣迴腸的低音，把我嚇了一跳。

「原來吉他的聲音是這樣啊……」

好奇蹲下，端詳它每根結實的琴弦，和音箱漂亮的彎弧，情不自禁朝它伸出手，中途驀然回神，回頭探探門外。確定這裡沒有其他人在，我用食指勾起一條弦，當絲鋼線從指尖彈開，也蕩出一縷曼妙弦音，然後漸漸消失在寂靜中。

「好好聽。」

長大後，我經常後悔小時候選擇學習的才藝不是音樂或舞蹈，而是空手道。鄰居的王伯伯開道館，學費可以打折，一學還學了九年之久，空有一身武藝卻不知道能拿來幹嘛。

抱著遺憾的心情起身，離開臥房，注意到牆上時鐘指著十一點十五分。今天比較早清掃完畢，為什麼呢？

思索一會兒，才想起今天八〇二號房的髒亂程度不若以往，怎麼說呢！可以挑三撿四的地方不是沒有，只是驟減不少，感覺是被稍微保持得整潔一點。

來到玄關，拿走裝著薪水的信封袋，手感厚度比平常多一些。我奇怪地打開信封，將鈔票拿出來，一共有兩張，連同上回忘記給的份一起。

重新裝回去的時候，注意到信封袋背面用鉛筆寫上「Sorry」，輕柔的字跡彷彿不太希望被發現。

「Sorry……sorry？為什麼啊？」

想半天想不到他道歉的必要，只好回頭研究信封袋。這一次又發現「Sorry」字眼下面有被橡皮擦擦掉的痕跡。我將信封拿高，讓光線剛好可以照亮隱形字跡，這才勉強辨識出其中一個字是「吐」。

喔！宿醉清醒後，想到上次吐得浴室都是，所以覺得不好意思是嗎？就算活得再任性的人，這點羞恥心還是有的嘛！

再說，好好地寫清楚又沒關係，幹嘛擦掉？跟人道歉也不好意思？

挺彆扭的，這個人。

「乖孩子。」

我對著信封袋笑笑，將鈔票放進皮夾。那，需要寫個回信之類的嗎？「沒關係」、「別在意」、「兩千元整收到了」……唉！寫哪個都覺得怪，輪到我彆扭了。

像個笨蛋在原地苦惱半天，最後，我在信封袋那個「Sorry」旁畫上一個極簡單的笑臉。

在這裡工作三個半月，第一次和八〇二號房的主人有了交流。就算只是一道淺得不能再淺的筆跡和一個大剌剌的笑臉，不過，覺得被在乎了。

再下一個星期三，打掃完畢，離去前，這次又有了新的發現。一罐鋁箔包裝的飲料壓在千元紙鈔上，直覺上是屋主要請清潔人員喝的，這還是頭一遭。

我猶豫好久，最後竟對著飲料心懷感謝，「那我就不客氣了。」

那瓶飲料是蘆筍汁，我並不討厭，可就覺得不像是年輕人會買的東西，或說，不像是給年輕人喝的。一般而言，應該會請喝運動飲料吧！蘆筍汁感覺有點老氣橫秋。

「他該不會……以為我是歐巴桑？」

肯定是那樣！認為來打掃的人是上了年紀的長輩，所以才刻意買蘆筍汁。

自己被誤認為年長好幾十歲的人，心情有說不出的怪。

握著筆的手停在半空中良久，依舊沒能在信封袋上寫下任何字句。算了，特地解釋自己的年紀也是多此一舉，況且，因此得知這位大學生挺懂得敬老尊賢，也不賴啊！

哎呀！莫名有一種多了個乖孫子的感慨啊！

「瑞瑞，最近心情不錯？」

走到計算中心的路上，小純終於忍不住探究我這些天洩露笑意的原因。

「嗯，我不是接了一個打掃的工作嗎？」

小純點點頭，「妳說是在鐵板燒店隔壁那棟大樓。」

「平常沒機會見到面、講到話，每次都被屋主邋塌的生活習慣氣得要命。不過，他在薪水袋上道歉了，還請我喝飲料，八成是嘔吐物還要別人清理，覺得丟臉吧！」

「看樣子很在意嘔吐的事呢！」小純一臉不可思議地點點頭，大概正在幫對方想像自己的嘔吐物被別人清理掉的窘境。下一秒，忽然反問我，「我一直很想問妳，為什麼還要另外接打掃的工作？」

「嗯？」

「妳的生活費夠用啊！這份工作好像也不是太愉快的樣子，為什麼還要一直做下去？」

「這個……生活費是夠，不過，還有其他地方需要錢，所以……」我不太會說謊，只好試著換話題，「打掃的工作不會不愉快啦！我唸歸唸，抒發完畢，下一次還是會想在那個地方工作下去。」

「有歸屬感了嗎？」

小純腦袋是怎麼聯想的？居然想到一個戳中心坎的名詞。

八〇二號房只是一個每個星期都必須去清掃的地方，用歸屬感來形容很古怪。不過，和管理員先生打招呼很開心，發現今天是曬被子的好天氣也很開心，澆水的時候看見腎蕨又長出小小的嫩葉，那當下真的會……開心地叫出來！

特別是，一直以來都是空白的信封袋上出現八〇二號房主人的筆跡，感覺自己被勾住了一樣，和那個地方。

一陣高昂的歡呼聲打斷我的思索，原來我們已經來到籃球場外。剛剛有人進了好球，球場內外好不興奮！

是小純先注意到老四他們，她扯我衣袖要我看。球場中，老四和喬丹穿著球衣來回奔馳。喬丹人高馬大，球技高超，自然不在話下。老四身高雖沒那麼突兀，身型比例相當不錯，他的三分球投得比喬丹精準。蕭邦則在旁邊觀看、加油，一身襯衫打扮，並沒有打算進場打球，偶爾和身旁一位氣質優雅的學姊交談。那位學姊披著及肩長髮，淨亮膚質的素顏，聰慧的微笑，和舉手投足都散發藝術氣息的蕭邦在一起十分相配。

那三人組不作惡的時候，明明就跟青春陽光的大學生沒兩樣呀！

「蕭邦為什麼不下去打？」

我隨口問問，並不是真的很想得到答案，班上另一個愛八卦的女生突然從我們背後冒出來接話。

「因為他是彈琴的，手指不能受傷嘛！」

「那老四為什麼要叫老四呢？」小純很順地問下去。

好問題，不管怎麼看，平常總是那三個人一起活動，沒有「四」呀！

「以年紀來分的話，喬丹最大，再來是蕭邦，老四是最小的，聽說就是幾個月的差距而已，所以說……為什麼是老四呢？」

八卦女疑惑地歪起頭，原來連她也打聽不到。我兀自推理，既然是老四，那表示原本在一起活動的應該有四個人才對。

「啊！」

響起的是小純的尖叫聲，不過重擊是落在我頭部。太痛了，我登時天旋地轉。痛到瞇起來的視野中有一顆籃球呼溜溜滾開。我按住頭頂，轉向球場，喬丹推了老四一把，笑他大暴投。

喔！所以剛剛球是他扔的囉？

老四停止和喬丹打鬧，朝我招招手，意思是要我把球傳回去，他那趾高氣昂的嘴臉擺得是多麼理所當然又欠揍。

新仇舊恨一起浮上心頭啊！

我撿起球，快步走進球場，不僅如此，還筆直地朝老四邁進。他剛運動完，整個人讓陽光、汗水輝映得閃閃發亮，可惜再亮的光線也比不上我這邊怒火中燒的熱度！

我在距離他不到兩公尺的地方把球往下丟，向後抬起右腳，使勁踢去！

那顆籃球快速掠過他手臂，飛向後方草地。

不只他，在場的人都呆住了。

「喂！妳搞什麼鬼？」老四氣壞了。

「你大暴投打到人了，不會先道歉啊？」

「暴投」大概踩到他地雷，老四臉色變得難看。

「加個『大』字幹嘛？」他瞄我一眼，「我看妳好好的，別鬧了。」

「不管我有沒有好好的，打到人就是要道歉！」

「哼！聽不懂妳在說什麼。」

我們還在吵，喬丹出聲提醒，「老四！球好像滾進池塘囉！」

啊？我和老四不約而同掉頭，那顆橘色籃球果然在池塘水面載浮載沉。

「我不撿喔！太遠了。」喬丹擺明本大爺就是懶。

老四瞪過來，撂撂下巴，「去撿吧！」

嘖！又不是你養的狗。

「你道歉，我就撿。」

「我幹嘛要道歉？」

「不道歉就不撿。」

他還想再講什麼，喬丹再度開口，這次顯得有點不耐煩。

「到底還要不要打啦？」

也許是排行最小的緣故，老四不想掃了喬丹的球興，可是道歉也是不可能的事，因此轉而對我下令，「猜拳吧！」

「啊？」我下巴快掉下去了，「你幾歲啊？」

「囉嗦！球是妳踢下去的，妳的責任最大！」

這麼說也沒錯。我瞧瞧在路上等我的小純和八卦女一臉為難，決定讓步。

「好啦！我去撿，但你還是欠我一個道歉。」

「誰理你啊！」

我朝池塘啟步走去，聽見他那麼嘀咕。喬丹相當在意這場球賽能不能再玩下去，硬把老四拱出來。

「欸！跟去看一下，萬一又被她踢到別的地方怎麼辦。」

咦？這點子不錯耶！

想歸想，我還是收起壞心眼，從附近找來一根樹枝，站在岸邊，努力朝浮在水中央的籃球伸去。

在我賣力撿球時，老四心不甘情不願地來了，站在我身後，抱起雙臂，看我多次徒勞無功地撈球，不時不耐煩嘆氣。

「我說你！」我生氣回頭，「看不下去的話不會幫忙啊？」

他那雙漂亮有神的眼睛注視我一會兒，又輕輕別開，「不要。」

任性死了！

伸出去的樹枝搆不到球，我只得一次又一次用划水的方式試圖讓它靠過來一點，好幾次它稍有移動，老四便出嘴指揮。

「再前面一點啦！明明就差三公分而已！妳身體出去一點沒關係，又掉不下去！該不會是故意拖拖拉拉吧？」

我討厭幫他撿球，可是更討厭他跟廢物一樣囉哩囉嗦！早點把球給他，早點解脫為妙！

我一手撐在岸邊石頭上，幾乎將整個上半身探出去，另一隻手上的樹枝已經碰到球身了！橘色球體正穩穩固定在樹枝尖端下方，然後我只需要用點力氣把它撥過來……

「哇！」

撐在石頭上的手一滑，說時遲那時快，另一隻手扔掉樹枝改抓別的地方，想穩住身子。不過悲劇的是，被我拉到的是老四的褲管，他讓我連人一起拖進池塘前還慘叫一聲！

撲通！水花四濺！池塘並不深，及膝而已，可是好冷啊！冷死了，冷死了，十二月天的低溫隨著水流滲進我的毛細孔，寒毛直豎。

水跑進眼睛引來一陣刺痛，我努力睜開眼，發現自己有一半的身體壓住老四，他也在同時間意識到這一點，把我粗魯推開。

「靠！妳想找碴啊！」

「白痴！我真要找碴的話，把你推下去就好，何必害到自己。」

我也凶回去，只是聲音在發抖，實在沒什麼魄力，他也是。

見到我們兩個狼狽爬上岸，全身濕答答，趕來的蕭邦和喬丹反而哈哈大笑。

「笑屁啊！」

老四火氣很大，忙著甩掉身上的泥水。

這時蕭邦認出我，用食指住住我的臉，語氣有些誇張，「妳！妳是鐵板燒店的！」

喬丹湊上前，跟著把嘴巴張成O字型，「對耶！難怪我覺得面熟。」都過這麼久才認出來，可見當時在鐵板燒店根本沒把我當一回事。老四終於也想起來了，眼前這個女孩在店裡給他難看，現在又拖他下水，篤定我是針對他。他凶狠瞪視我，跟我勢不兩立一樣。

「走。」

老四接過蕭邦遞上來的外套，披在身上，宛如黑社會老大般，在一夥人的簇擁下離開。我沒有可以取暖的外套，摔進水裡的時候外套就穿在身上，還打腫臉充胖子婉拒小純的羊毛大衣，一路抖著回公寓。

原以為免不了要患上一場重感冒，但九年空手道不是練假的，道館的王伯伯總是勉勵學生說「學武可以強身健體」，我總算相信了。

那天沖完熱水澡之後，又是活蹦亂跳的程瑞瑞，慶幸的是，接下來幾天也沒再遇到老四那幫人。

於是星期三照常以健康的身體來到豪華公寓大樓。

繼信封袋上的「Sorry」以及蘆筍汁之後，我忍不住要再期待下一次新的驚喜，懷著愉快又興奮的心情站在熟悉的門前，拿出磁卡，聽見清亮的「嗶」聲。

只是在這扇門打開之前，我從來沒預料到，今天會是見到八〇二號房主人的日子。

第二章

儘管如此，總是在一次又一次的事與願違中，失望，或者，被感動。

落水事件後，我成為學校茶餘飯後的話題一陣子，很快又回到沒沒無聞的程瑞瑞。其實暗自猜測過，老四會不會來找我算帳，但我想太多了，他們是天上的星星，對於地上一根小草根本不屑一顧。

我還是那個鐵板燒小妹、八〇二號房的清潔工、未來的麵店老闆娘。

走進八〇二號房，有一塊沒吃完的三明治被冷落在客廳桌上，我放下裝有清潔工具的大包包走過去，拎起三明治，上頭幾十隻的螞蟻鳥獸散去，有幾隻照例往我手上爬。

這三明治不像是今天剛吃過，不曉得已經孤孤單單在桌上躺多久了。抖掉手上螞蟻，一面洗手，一面打量堆在水槽中的三個碗公，每個碗裡都留有一些泡麵麵條和湯汁。

三明治和泡麵。

「奇怪，最近吃得很可憐呢！」

兩三下把積在水槽的餐具洗乾淨，順便評估窗外陽光，雖然時陰時晴，還是來曬被子吧！走去臥室，今天臥室的窗簾居然是拉上的，以致於這房間的光線昏暗，連室溫都有降低幾度的錯覺。

「感覺好不健康。」

嘀咕一句，走去把窗簾拉開，聽見簾子「唰」一聲的同時，後方也有一道小小的呻吟。

我整個人定住！剛剛那個聲音……是陌生的……不該在這個時候出現的……

暗叫不妙！戰戰兢兢回頭，果然有一個人躺在床上！

「對不起！」

小聲道歉，匆匆低頭繞過大床要出去，欸？不對。緊急煞車！

我屏息，再度轉回身，視線落在床上的屋主身上。他趴睡的姿勢和我從前瞥見過的如出一轍，緊繃的氛圍中，我有不祥的預感。

也許，我不只在八〇二號房見過他，在其他地方也見過！他該不會、該不會是我想的那個人吧？

來到他的臉所面向的前方，稍稍彎下身，細看那張熟睡的面容……

窗簾被我拉開一道縫，不怎麼強烈的日光輕柔爬上他俊秀的臉。

老四！天啊！是老四！

我嚇得後退，還不小心跌在地上，更禍不單行的是，客廳的電話毫不體恤地響了！

怎麼辦？他會醒！

我慌張地左右張望，撞見右手邊浴室，想也沒想就往裡面逃，一進去，才從六神無主的狀態中驚醒，我這不是反變成甕中鱉嗎？笨蛋！笨蛋！

幸好，老四似乎無意去接電話，他發出不耐煩的嘆息，接著是翻身的聲響，客廳電話叫了幾聲後便切換到答錄機功能。

那是好聽的女性聲音，有著廣播主持人溫潤的中低音。

「老四，我是彤艾，聽說你感冒，這幾天都沒出門，我晚上過去看你？再打電話給我。」

我在黑暗的浴室裡等候五分鐘之久，直到確定電話不會再響，床鋪方向也沒有任何動靜，這才慢慢走出來。原本趴睡的老四已經改成屈著身子側躺，正好背對我這邊。

我躡手躡腳溜出房間，一出去便迅速將打掃用具塞回大包包，準備逃離現場。

當我衝到玄關，看見鞋櫃上那一千元紙鈔時，不由得停住。

今天的工作根本沒做就落荒而逃，太沒責任感了，虧他事先把薪水放好呢！而且，剛剛那通留言說到老四感冒，難不成是落水事件害的？

「富家子弟果真比較弱不禁風啊！」

不對，不是吐槽的時候，追根究柢，他感冒的帳得算到我頭上，畢竟把他拉下水的凶手是我。

複雜的罪惡感襲來，我深呼吸，下定決心，乖乖走回廚房，打算做完分內工作，這時無意間瞄到扔在垃圾筒裡的泡麵包裝袋。

唉！怎麼更加內疚了？如果他因為感冒而足不出戶，這幾天大概沒幾餐吃得好，而冰箱裡只有飲料。

掙扎片刻過後，我以飛快速度出門，買了白米、雞骨和雞肉、高麗菜，做了簡單的粥。燉煮的四十分鐘裡，邊做著打掃工作，當然是以不吵醒他的音量在進行。

待在八〇二號房的這段時間，有好多事持續在腦子打轉，儘管我多麼想專注在清掃的工作上，也無法將它們一一理出頭緒。

我那個想像中的乖孫子突然不見了，那個有點彆扭、有點貼心的乖孫子……竟然是蠻橫霸道又討人厭的老四！而我不知不覺中為他打掃了四個月之久，想著想著，不禁沮喪起來。

並不能說因為雇主是老四，我就會隨便亂掃，只是好不容易最近才和這個地方建立起歸屬感，卻發現對方與我長期以來的想像大相逕庭，美好的夢境剎那間就崩解掉。

如果他等等醒來，發現是我，肯定會直接將我解雇。但，如果我今天安全過關，以後是不是該繼續這份工作？

病奄奄的老四沒有作亂的力氣，這回他的住處整潔許多，不用花太多時間就打掃完畢，兩餐份的粥也放進電鍋中保溫了，啊！還有腎蕨沒澆水。

雖然沒能決定好未來的去留，還是暫時先將這一天當作最後一天，至少也要為跟我有特別情感的腎蕨澆澆水。

冒著老四隨時可能會醒來的危險，我硬著頭皮走回那間有微微日光灑進來的臥室。澆完水，拿著寫有「粥在電鍋」的紙條走近床邊，放在床頭櫃。

當我的手指離開那張紙條時，不知怎的，莫名意猶未盡，望向床上的老四。他睡得沉，有一張人畜無害的無邪睡臉，左臉頰靠近眼睛的位置有一顆淺小的痣，落點真好看。

若非他現在生病熟睡，我這輩子恐怕也沒機會這麼近看他吧！

老四的臉不紅，呼吸也不喘，大概沒發高燒，留他一個人應該沒關係。

他忽然動了一下，想找什麼東似地四處摸索，摸到我的圍裙，冷不防用力一拉。

哇！

我在心裡無聲大叫，兩手說時遲那時快地死命撐住牆，穩住失衡的身子。平靜下來之後，睜大眼，我的臉和老四的臉僅僅相距不到五公分而已。媽呀！快碰到了、快碰到了。

他的手並沒有放過我的圍裙，而是將它往肩上蓋，對，是「蓋」的動作。這王八蛋把圍裙當棉被是嗎？

我騰出一隻手，賣力伸向不遠處的被子，將它拉到老四身上，然後用力抽回圍裙！他發出一聲唉哼，沒管老四到底有沒有清醒，我頭也不回地起身逃走。奔出臥室，奔出八〇二號，奔出了公寓大樓。

晚上在鐵板燒打工，我不停想著明天就要去清潔公司辭掉八〇二號房的工作。要放棄那麼好的工資是很可惜，可是他今天拉我圍裙的動作讓我內心久久不能平復。就連我自己也不知道我在憤怒什麼、惶恐什麼。

我頭一次和男生那麼靠近，那種極不熟悉的男生氣息著實嚇到我了。

更糟糕的是，老四那張距離不到五公分的臉，還一直沒完沒了在我腦袋重播，他很帥沒錯，可是我到底有什麼毛病啊？

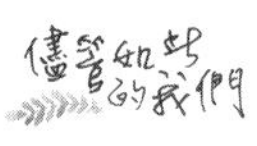

晚上，小純出了點小意外。這麼說不太好，但也多虧那意外，終於將老四的臉趕出我的思緒。小純在幫前一桌的客人收拾桌面，鄰桌那幼稚園年紀的小男孩在椅子爬上爬下，他玩得放肆，父母也不管，顧著吃掉鐵板上的炒羊肉。終於那個調皮孩子爬到一半，腳一滑，眼看就要從椅子上摔下去。

小純難得反應靈敏，上前一手抱住他，可是孩子太重，她重心不穩地往旁邊傾斜，另一手即時在桌面上撐住才沒有一起跌倒。

小純將孩子交還給父母，那對父母也沒向小純道謝，意思唸了孩子幾句便繼續吃晚餐。

我見小純慘白著臉，慢吞吞將碗筷疊在一起，不禁納悶為什麼這樣一樁小事件會令她臉色這麼難看。

這時，阿倫前輩掠過正在幫客人點餐的我，走出內場，一把抓起小純將她往廚房拉。小純一頭霧水，慌慌張張看著阿倫前輩，不曉得自己做錯什麼。

我把單子交給其他人處理，跟著過去關心情況，還沒走近，阿倫前輩已經打開水龍頭，把小純的手拉到底下沖水。

「燙傷第一時間就是要沖水，沒學過嗎？」

原來她撐住桌面的時候，手是壓在鐵板上的。

小純心虛地垂下頭，「對不起……」

阿倫前輩看她一眼，「不要什麼時候都說『對不起』。」

「對……」她又要說，這回意識到了，趕緊改口，「我知道了。」

「道歉不能解決所有的事，別變成口頭禪。」阿倫前輩放開她的手，怪冷淡的，「接下來妳自己沖。」

小純等他走出視線外，才對著自己濕淋淋的手安心彎起嘴角。不料下一秒阿倫前輩再度出現，嚇她一跳，在她還來不及反應時，他丟下一條燙傷藥膏後便走開。

小純應該沒有大礙，我放心返回內場，一邊忙，一邊偷偷看著阿倫前輩。關於他那番意味深長的話語，想必他是經歷過什麼才有感而發吧！閱歷豐富的人果然細心許多，連小純手受傷的事都注意到了。

怎麼辦……好喜歡啊！

店裡打烊後，大家各自收拾自己分內的工作，我照例把空的菜籃拿到外頭沖洗，後頭有人叫住我。

「程瑞瑞。」

原來是阿倫學長站在後門口，一手擱在門上，帥氣地注視我。

「什麼事？」他一叫我名字，我的心臟就快跳出來，還得強裝鎮定。

「有沒有興趣學炒菜？」

我愣住，變得跟小純一樣淨張著嘴，講不出話。

「總不能一直洗東西，如果有興趣，就過來。」

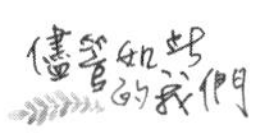

意思是我受到肯定，具有拿起小鐵鏟的資格嗎？

我馬上放下菜籃，跟上去，順便請小純先回家。

鐵板旁，阿倫前輩已經擺好一雙乾淨鐵鏟和一盒雞蛋。

「先從荷包蛋開始。」

我會煎荷包蛋啊！煎得可好吃了。在心裡那麼宣告。

阿倫前輩先讓我自己煎一顆荷包蛋，煎好後再講評。

「打破蛋　的時候太用力，蛋黃就不會是完整的圓，雖然翻面的時候沒有散開，不過也不好看。」

他自己動手示範一次，三分鐘後煎出一個渾圓飽滿的荷包蛋來，怎麼可以那麼漂亮啊！

「阿倫！教她單手打蛋啦！」

「我要五分熟！蛋黃不能破喔！」

其他前輩離去前，一一對我們開玩笑。我等他們都離開，認真提議，「單手打蛋好像比雙手要來得快一點，忙的時候很有用，而且蛋黃好像不容易散開。」

他想一下，覺得有理，便低頭拿起一顆蛋，「就先學打蛋。」

他教我先用中指、無名指和小指拿起雞蛋，在桌面上敲一下，然後再用大姆指和食指一起將蛋殼上下分開。

還特地交代敲蛋時不要在桌子邊緣敲，要在平面上敲，比較不會敲出碎蛋殼。

看他做得很容易，我自己來的時候，才剛要敲蛋，滑溜溜的雞蛋不小心從我手掌虎口滾出去，被阿倫前輩及時接住。

我不好意思地和他對視一眼，他把蛋還我，「繼續。」

就在晚上十點多的鐵板燒店，只留下我們頭上兩盞燈孤清地亮著，我和阿倫前輩為了荷包蛋而奮戰。

其實奮戰的人只有我，阿倫前輩從頭到尾交叉雙臂，在旁邊監督，偶爾開口指點。

我想表現好，耽誤他的下班時間讓我開始自責，想當初對於煎荷包蛋還自信滿滿呢！沒想到現在連打蛋都還沒成功一次。

愈著急，就愈容易失敗，好幾次感覺都快要成功撥開蛋殼了，卻在最後一刻看見雞蛋碎裂。我終於對自己感到失望，面對大鋼碗裡滿滿的蛋汁夾雜幾片碎殼，想要放棄，想告訴阿倫前輩不必再陪我……

驀然有股溫熱的體溫從後面貼近上來，我怔一下，望見自己的手讓阿倫前輩的手抓住，他的手比我的大許多，修長手指覆在我的手指上，擺放在標準位置。

「沒敲破也沒關係，輕輕地。」

他和我的手握著雞蛋在桌面上輕啄一下，接著我感到陌生的指尖施加了點力道，帶著我，將蛋殼神乎其技地上下分開。

我睜大驚訝的眼眸，目睹圓滾滾的蛋黃和透明蛋液落入碗中，緩緩張開嘴。

好順暢的動作，好好聽的撥殼聲響，好美麗的蛋黃。

「看，成功了。」

好溫柔的嗓音。

他笑笑，放開手，站回方才的位置，「妳自己來。」

「好。」

我深呼吸，溫習一遍那些訣竅，然後動手。

拿好蛋，不刻意用力，把蛋敲一下，然後運用五根手指分工的方式將蛋殼分了開來，順利得就像一切都恰到好處。

「哇……」看著另一顆完美的蛋黃掉入碗裡，我仍不敢置信，「成功了！」

「嗯，繼續。」

他要我練到抓到手感為止。原本還想接著教授煎蛋技巧，注意到時間已經太晚，阿倫前輩主動喊停。

我們一起收拾工具，中途我告訴他，「接下來我收就好，本來就是徒弟要負責善後。」

他一聽，沒什麼意見，回到員工休息室換好衣服，背著斜背包出來。

「再見。」

「再見，謝謝。」

目送裝扮休閒的阿倫前輩走出店門，戴上安全帽，騎著他的檔車離去。

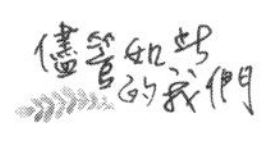

整間店變得靜悄悄，而我現在才聽見自己的心臟撲通撲通狂跳的鼓譟，胸口好燙，臉也是，連殘留他體溫的背部，都顯得萬分灼熱。

他低聲說「輕輕地」，我覺得自己也輕輕飄盪著。

左手不自覺從右手手背撫向指尖，回憶阿倫前輩大大的手掌覆在上頭的姿態。好想就這樣一直被他握著，還想讓他知道，我喜歡他喜歡得無法自拔，而且這份心情與日俱增，停也停不下來。

我連忙換氣，抬頭照見對面掛鏡中自己不知所措的模樣，迫不及待想要宣告什麼的喜悅，含著少一分勇氣的淡淡悲傷。我的神情是複雜的、混亂的，還有……圓滿的，像那顆躺在碗底黃澄澄的的蛋黃，從蛋殼中破繭而出到緩慢墜下，都是一種最幸福的形狀。

學會單手打蛋的當晚，我失眠了，一閉上眼，阿倫前輩用心教我打蛋的情景就不斷在腦海重播，況且，加速的心跳根本沒有放慢的跡象，即便在夜深人靜，它仍是雀躍不停。

晚上沒睡好，隔天一早的第一堂微積分我猛打瞌睡，睡到下課時間四周都活動起來了才清醒。

小純和八卦女挨過來，小純先開口了。

「瑞瑞，晚上跟電機系有聯誼，要不要去？聽說我們這邊缺一個女生。」

「我啊……」

並不排斥聯誼交朋友，可是對方往往都是以交往為前提來參加，每次相處到最後總免不了要遇到發好人卡或是被發好人卡的難題。

太麻煩了，不要。

聽我乾脆回拒，小純轉身面向八卦女，也很乾脆，「那我也不要了。」

「不行啦！這樣還是少一個啊！」

八卦女怪起小純的臨時變卦，「妳本來不是有點想去？」

應該是以為我會去所以才答應吧！我鼓勵小純多多出去見世面。

「妳去玩一玩嘛！說不定會遇到不錯的男生，改掉怕生的毛病。」

「那是兩回事，就算遇到，會怕還是會怕！」柔弱的小純態度變得異常強硬，好像她真的印證過。

她從小就是太可愛了，小學和國中飽受男生欺負，高中遁至女校去。上大學後不少人都想追小純，他們愈想接近她，她就躲得愈遠。

男生真奇怪，小時候就愛捉弄喜歡的女生，長大以後自食惡果了吧！

「所以妳更要去啊！如果不習慣跟男生打交道，萬一真的有喜歡的男生出現，我看妳連告白都講不出來，只能眼睜睜看著妳的青春年華老去。妳不要跟我說不可能會有喜歡的男生，我告訴妳，男生和女生就像南北極，異性相吸，只要你們兩個都在這個地球上，距離、年紀、過去什麼的，那些都不是問題。總之，你們一定會被吸引在一起，這是定律！」

八卦女開始演戲了，還搬出磁極理論，誇張的演技唬住小純。她陷入為難，然後看向我，一句話也沒說，卻化身為路邊惹人憐愛，讓人想抱牠回家的小狗狗，大大的雙眼中彷彿有水波在流轉。

小純妳這招太奸詐了！

「我……」

我差點要招架不住，卻還是狠下心。

「我本來想去，可是晚上要去清潔公司一趟。」

「怎麼了？」

「想請公司幫我換打掃地點，現在那個……」

我講不出八〇二號的屋主就是老四的殘酷事實。然而說曹操，曹操到，八卦女要我們看教室外頭。十分搶眼的三人幫，喔？今天多了一位美女學姊。她在落水事件當天正好坐在蕭邦旁邊，原來不只認識蕭邦，她和三人幫都熟稔似的，一夥人又說又笑。

那群人走在一起真的好醒目，他們並沒有刻意做什麼，但是周圍的磁場就是特別強大，會閃閃發亮那樣。

老四路過我們教室時，朝裡頭望來，和我對上眼，露出些許驚訝。他看上去氣色不錯，精神好得可以跟朋友打鬧，電鍋裡的粥……有乖乖吃光嗎？

由於我肆無忌憚打量他，讓他覺得古怪，因此一臉厭惡地別開視線。

「那個女生好像經常跟他們在一起。」小純也注意到了。

「她是研究所的學姊，叫許彤艾，很有才喔！聽說已經被內定一畢業就去當新聞主播。」

八卦女不負她的名聲，立刻提供資訊，「好像跟誰交往過，那個誰也是學校的風雲人物那種。」

「誰啊？」我問。

「嗯……」這回難倒她了，「不知道耶！那是在我們入學前的事，我再想辦法問到。」

算了，我只關心老四的身體是不是已經康復，這樣才能消除掉我的罪惡感。

下午，我自己逛百貨公司，最近剛好有耶誕節檔期活動，不少東西都在特賣。

我買了一個有變形金鋼圖案的後背包，請櫃姊幫我包裝好，然後離開百貨公司，到附近商店繼續逛。

有幾家賣童衣的小店價格都很便宜，我要選購四件上衣和兩件長褲，面對琳瑯滿目的花色陷入猶豫。

「這不是小孩子的衣服嗎？」

男生的聲音在我身後響起，正確來說是非常靠近的後方。

我迅速回頭，老四乾淨又貴氣的臉嚇得我抽身後退。他滿臉狐疑盯著我手上的衣服看，然後不可思議地把我上下瞧一遍。

「該不會是妳小孩的衣服吧？未婚生子那樣。」

「你電視看太多了吧！我哪來的小孩！」我隨手撿了四件上衣和兩件長褲交給店員結帳。啊，好討厭，都還沒去清潔公司跟他切斷關係，現在就遇到他，還是在這種窘境之下。我不想讓別人知道我在幹嘛。

「妳選超人的圖案啊！」

老四身旁的蕭邦對於衣服花色起了興趣，原以為具備藝術天分的他要開始品頭論足，誰知他沒頭沒腦提出一個問題。

「你們知道為什麼超人要穿緊身衣嗎？」

咦？不管我買的衣服，突然要玩腦筋急轉彎嗎？

我措手不及呆在原地，老四倒是很適應眼下狀況，隨便回他，「阻力小，飛得比較快。」

「錯。因為救人『要緊』。」蕭邦自己說完答案便哈哈大笑起來。

他的笑法是相當投入的，真心覺得那個冷笑話好笑，而且還笑很久。

我啞口無言，頓覺天才演奏家的形象在這一刻徹底崩壞。

這時店員已經將衣服裝在塑膠袋交給我，我一拿就走，完全不想跟他們打交道下去。

不料在路口等紅燈的時候，他們也站在等候的人群中。

「幹嘛跟著我啊？」

老四的手插在外套口袋，痞痞冷笑，「誰跟著妳？蕭邦要去百貨公司買衣服。」

「說到衣服，我再問一個，進浴室洗澡時，要先脫衣服還是褲子啊？」

呃？立刻又來第二彈嗎？

「衣服？」這次我很配合。

「錯！要先關門啦！沒關門要怎麼脫？哈哈哈哈！」

我沒答對又讓他笑到不行。算了，他高興就好，反正鋼琴王子的幻影已經碎成一地。

「那天掉到水裡之後，妳都沒事？」老四話鋒一轉。

「沒事。」

我的視線心虛地飄移到路中央閃亮亮的玻璃碎片，看來那裡不久前發生過車禍，路面還沒清理乾淨。

老四倒忿忿不平了，「妳知不知道我被妳害到躺在床上好幾天？一點力氣也沒有，頭暈得要命。」

「我看你現在很好啊！」

「那是因為有善心人士幫我煮超級營養的粥，不然我早餓死了。」

喔！果然有吃啊！

「好吃嗎？」

老四皺起眉頭，不明白我關心起美不美味的用意。

「干妳屁事。」

沒禮貌，粥是我煮的耶！不能正大光明地嗆回去讓我好扼腕，只能「哼」一聲生悶氣。

綠燈亮了，原本靜止的人們不約而同啟步向前，然後很有默契地繞過那灘碎玻璃。

「啊！」

我買的那堆物品當中除了衣服之外，還有幾樣文具用品，一枝彩虹筆在我閃躲時從大包小包的袋子掉出來，往後方滾去。

我回頭撿，剛蹲下身，就聽見拉長的煞車聲迎面而來，是一輛車頭好大的休旅車！要撞到了！才在心裡那麼想，就有一股力量用力把我推到旁邊去！

有個人攬住我，和我一起滾離現場，一陣混亂中，聽見那個人略顯痛苦的喉音。我睜開眼，剛才那灘玻璃碎片近在眼前，差幾公分就要劃花我的臉。

那台左轉車的駕駛人只停車看我們一眼，見人沒事，便逕自開走。

「老四！」

蕭邦跑上來，原來救我的人是老四。我們半趴在地上，他將我抱得好緊，我心有餘悸地從他懷裡抬起頭，那雙真摯的眼神正在確認我的情況，既專注又憂忡。原來一向傲慢的老四也會有這樣令人揪心的表情啊……

「謝……」

還來不及道謝，老四劈頭就吼來，「一枝筆有那麼重要嗎？不會先看一下路況啊？」

老實說，我被他嚇到了，不是因為他凶，而是他居然會這麼凶讓我感到意外，好像我做了什麼不可原諒的事。

「好了啦！先過馬路再說。」

通行的秒數剩個位數，蕭邦幫忙把散落一地的東西收好，催我們快走。

一退到百貨公司騎樓，蕭邦抓起老四的右手，我這才看到他整隻手掌鮮血淋漓，還有一塊玻璃碎片卡在傷口。

「倒下去的時候用這隻手去撐……」

老四忍痛將碎片挑掉，不過有道傷口實在太深，止不了血。

「這要去縫才行，去醫院吧！」

聽我這麼說，蕭邦點點頭，順便問：「妳也要一起去嗎？妳叫……」

「我叫程瑞瑞，我要去。」

老四本來想抗議什麼，但是傷口大概太過疼痛，分散掉他跟我吵架的注意力，所以他臭著臉上車。直到我叫他把手伸出來讓我包紮，他才像愛逞強的孩子拒絕。

「又沒什麼大不了，別笑死人。」

「明明就很嚴重！」

我硬把他的手搶來，用手帕將受傷的手掌綁好。我一面綁，他還一面找我吵架，罵我沒常識、沒警覺心。

「謝謝啊！」將手帕拉出一個結之後，我輕輕說。

不知道為什麼，我毫無預警的道謝讓老四倏忽閉上嘴，他把手收回去，改為面向窗外的車流。

醫生看診後，認為傷口過深，需要縫合，於是我和蕭邦在候診處等待。

坦白說，直到聽完醫生的評估，我才放心，不然那之前的十幾分鐘裡，好擔心老四的手會比想像中還嚴重。如果不是老四一路找我麻煩，我應該會慌得什麼都做不了。

蕭邦見我面色凝重，貼心詢問，「是不是被老四凶到了？」

雖然不是那個原因，不過我也順水推舟，「為什麼他要那麼凶？在馬路上的時候。」

客觀來看，我又不是自願給車撞的。

「這個嘛……因為我們的大哥就是車禍過世的。」他無奈扯開嘴角，「聽說也是為了幫老四撿東西，被闖紅燈的車撞到。」

「是……老四的親哥哥？」

「嗯。原本我們四個人感情很要好，大哥過世以後，就剩我們三個相依為命。」

蕭邦不講冷笑話的時候，還是挺正經的，說起傷心事還流露幾分滄桑感呢！

我總算曉得老四為什麼是老四的原因。

不久，老四的傷口縫合結束，他的右手掌裹著厚厚的紗布。

我請蕭邦載我回百貨公司那裡騎回我的機車，路上，老四又開始怨東怨西，而且感覺是故意讓我內疚。

「整隻手包得像繭一樣，是要怎麼生活？還是慣用的右手耶！這下子都不用開車、吃飯、寫字了。我告訴妳，本大爺不隨便救人的，妳算是三生有幸今天遇到我。」

「對不起，我會賠你醫藥費，連同你不方便行動的份也一起算。」

明知他討人厭，我依然認分道歉。他聽完，嗤笑一聲，跩個二五八萬。

「本大爺缺妳的錢嗎？」

呿，不缺就直接跟我說「沒關係」啊！

「那不然該怎麼辦才好？」

我無法學起小純那種楚楚動人的無辜表情，只能擺出束手無策的姿態。

老四揚起眉，盤算著什麼的目光在我臉上游移，不懷好意。

「到底怎麼樣啊？」

我受不了對方葫蘆裡不知賣啥藥，忍不住吼他。

五秒鐘後，他倒是想清楚，心情也轉好了。

他笑咪咪對我說：「這樣吧！妳當我女朋友好了。」

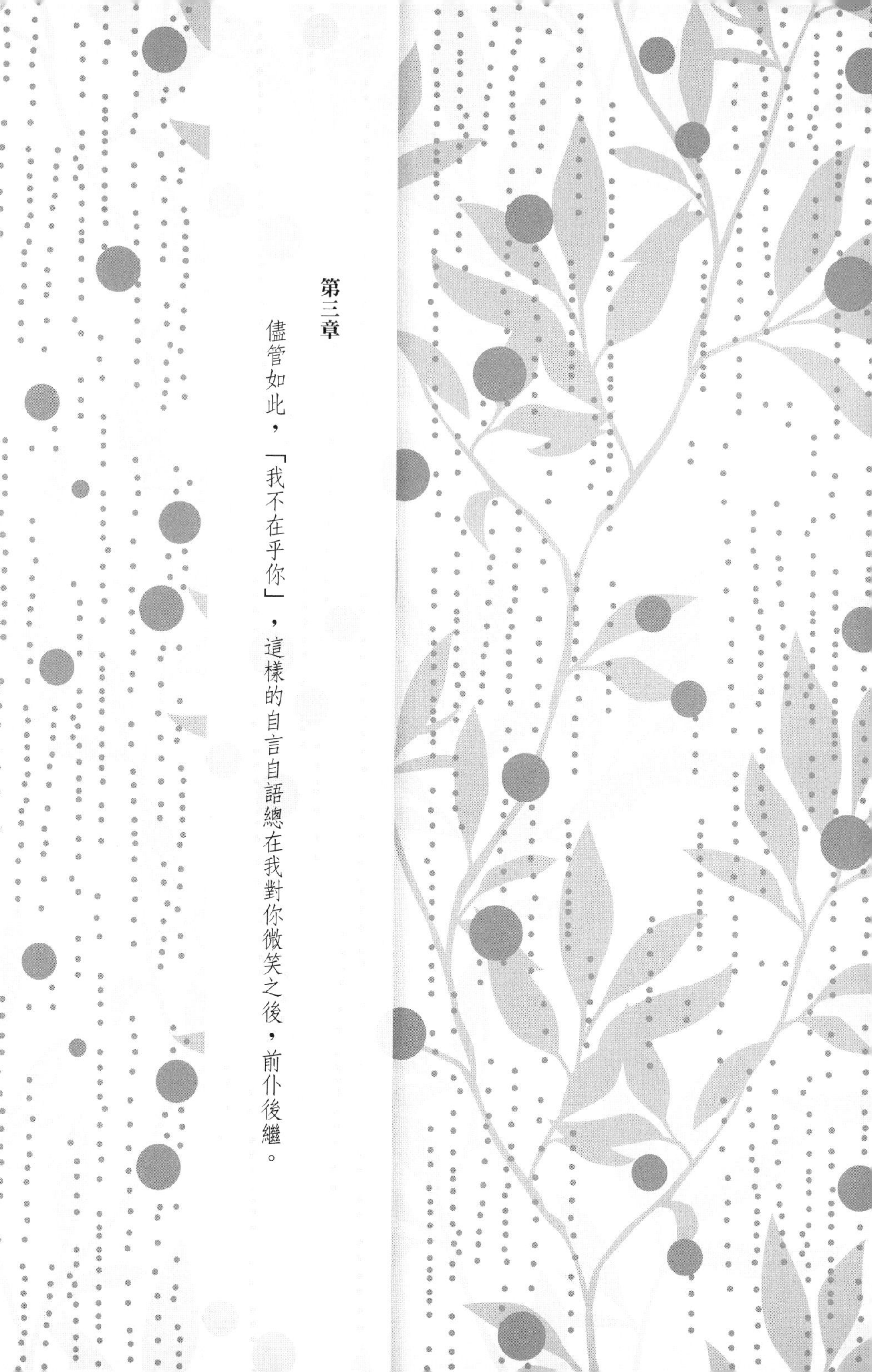

第三章

儘管如此，「我不在乎你」，這樣的自言自語總在我對你微笑之後，前仆後繼。

老四俊俏的臉上漾起青春無敵的笑意，說到「女朋友」這三個字時，蕭邦沒抓好方向盤，車子在路上左搖右晃了一下。

「不要。」這是我冷靜和他對峙半晌後的結論。

「妳不是要任憑我處置嗎？」

「我才沒有說！」這傢伙居然一副我是詐騙集團的樣子，我生氣反問：「請問你，對你受傷的事負責，和當你女朋友有什麼關係？」

「妳想想，不能開車，誰來接送我去學校？我是右撇子，不可能用左手抄筆記和拿筷子。既然要負責，就得全天候照顧我的起居，這麼一來總要有個名分才行。」

名分？我倒抽一口冷氣，微微後退，「這麼沒邏輯的話你也講得出來……」

閃亮的笑意並沒有絲毫褪色，「過獎。」

啊！我知道了！其實他剛剛撞到頭了，撞到變呆了對吧？

這時，蕭邦提醒我們百貨公司到了，然後不解追問：「老四，你搞什麼鬼？」

我向蕭邦道謝後下車，誰知老四也跟著下來。

他走到前座旁邊說：「蕭邦，我們還沒談完，你先回去，等一下我叫那傢伙送我。」

叫我「那傢伙」？鬼才相信你真的要我當女朋友！

蕭邦開車走了，留下我和老四佇立在人來人往的路邊。天色早已暗下來，百貨公司偌大的櫥窗亮起五光十色的燈，而我們旁邊正好是一張女模特兒雙手圈住男模特兒頸子的黑白海報。

放大的愛情畫面，令我不太自在。

「你真的很想交女朋友的話，學校隨便找就有吧！我知道你受歡迎。」

僵持半天，我只能很屈辱地吐出往他臉上貼金的話。

老四沉吟良久，最後沒轍嘆氣，「我只想要一個交往到明年六月的女朋友。」

「什麼意思？」

他收起先前的嘻皮笑臉，言歸正傳，「我有一個學姊，很親，只是她一天到晚擔心我交不到女朋友，每天耳提面命。說真的，就算是好意，我也很煩了，才想說交個女朋友給她放心，反正她六月畢業以後就管不到我了。」

等等、等等！我認為他的說詞很不對勁。

「你才幾歲啊？現在就煩惱你交不到女朋友也未免太杞人憂天，我看你媽也沒這麼操心。」

「妳不懂！她跟我就很親，所以這麼擔心我也是情有可原啊！可是那種關心讓我很討厭，快要把人逼瘋了。」

也……也不必這麼反應過度吧！

「就算是那樣好了，那頂多扮一天的男女朋友給她看不就得了？幹嘛要拖到明年六月？」

「妳喔！」他不耐煩，「妳以為我和她只會見一次面嗎？我們可是幾乎天天都有機會見到面的，剛不就說我們很親嗎？」

好啦、好啦！很親！真囉嗦！

我既抱歉又堅定地告訴他，「我可以替你做牛做馬，可是不要當女朋友。」

我的回答令他相當失望，不過這似乎是預料之中的事，所以他很快便看開。

「那先做牛做馬好了，載我回去吧！」

嘖！是是是，小的遵命。

我用機車載他回去，路上不跟他講話了，好讓自己混亂的思緒有喘息的空間。

我今天，第一次讓男生抱著，雖然他是在救我。第一次被要求當女朋友，雖然整個邏輯狗屁不通。第一次載男生，好重。

「啊！要吃晚餐了吧！」

快到他住處時，我想起這個民生問題。

「嗯，是餓了。」

「要吃什麼？」

「我想想，牛排……」

「等一下！晚餐聽我的！」

好險，差點忘了他是富家子弟，萬一講出我吃不起的料理怎麼辦？

載他來到打工的鐵板燒店，反正公寓就在隔壁而已，吃完飯他可以早點回去休息。

他卻十分不情願，「這裡啊？有不好的回憶。」

「是讓你來吃飯，又不是來回憶。走啦！」

進去之後，鐵板燒的同事見到我上門當客人，熱情地招呼我們。

點好主餐，我多加一句，「再來兩顆荷包蛋，半熟。」

「我不吃不熟的蛋，妳忘了？」老四使了眼色過來。

「沒忘，不過我上次就很想唸你，來鐵板燒吃東西怎麼可以不點半熟的荷包蛋呢？」

「黏不拉機的蛋黃，噁心死了。」

不理會他的批評，當我們的荷包蛋送到，我自作主張幫他把荷包蛋放在白飯上，用筷子將蛋黃刺破，讓熱呼呼的蛋黃淋在白飯上，再倒點醬油，然後遞給他。

「來，蛋黃配著白飯吃，最好吃了！」

「喂……」他漠然的目光投射在我雀躍的臉上，「我這樣要怎麼吃？」

「啊！」

他舉起的右手纏裹紗布，左手根本不會拿筷。

我幫他要來一根湯匙，把飯拌一拌，挖了一口在湯匙上，交到他左手。

「喔！瑞瑞今天怎麼了？這麼體貼！」

「要就直接餵男朋友吃啊！」

同事們見狀，搶著開起玩笑。

靠！你們都沒注意到老四是傷患嗎？幸好阿倫前輩今天沒班，我不想讓他目睹現在被胡亂起鬨的場面。

當我忙著澄清，老四已經吃掉湯匙上的蛋黃飯，研究那碗黃白相間的飯。

我不管同事了，懷抱期待問他，「怎麼樣？好吃嗎？」

「還可以。」他端出「朕就賞賜蛋黃無上恩典」的高姿態，把湯匙遞過來，「再來。」

我心裡很樂意為他服務，也十分能夠容忍這份傲嬌。雖然麻煩得要命，我自己要吃飽，還得顧到他那邊，一頓晚餐下來忙壞了。

挖飯，將湯匙遞給他，他吃完再把湯匙還我。我們就一直重覆這些動作，活脫是兩個相依為命的老夫老妻模式，中途還好幾次手碰到了手，一來一往，一來一往，到最後逐漸變得彆扭。

「不要了。」最後他主動放開湯匙，沒看我這邊。

我「喔」一聲，抽來兩張餐巾紙，將一張遞給他的時候也沒看他的臉。

彆扭是彆扭，其實……並沒有那麼討厭啦！

走出鐵板燒店，他在路口打住，「妳要上來嗎？」

聽起來是禮貌上詢問對方要不要上樓坐坐那樣。我仰頭望望那棟大樓，孤男寡女，當然不去。但是，他手上的紗布實在太扎心，叫人無法置之不理。

「我上去看看有沒有什麼可以幫忙的，然後就走。」

我們一前一後走進大廳，那位管理員先生一見到我，眼睛一亮，親切又意外地打招呼。

「怎麼今天這個時候來？」

我嚇出一身冷汗，老四納悶看著我和管理員先生，我趕緊敷衍過去，「今天有事。」

幸虧管理員先生善解人意，看出我有難言之隱，他露出「原來如此」的神情，只是含笑朝我點點頭。

一上電梯，老四馬上問我，「為什麼他認識妳？」

「因為……我有朋友住在住裡。」

他相信了，然後費力從褲子口袋拿出皮夾，丟給我，告訴我磁卡放在哪。

我熟練地刷開門，打開燈，寬敞舒適的客廳變魔術一般在燈光中乍現。

和他一起走進八〇二號房的感覺有說不出的奇妙，今天我不是以清潔工的身分來，而且還跟八〇二的主人一起，居然緊張了。

這個地方的每一景每一物都再熟悉不過，沒想到以客人身分環顧四周，竟也新鮮萬分。

老四直接走向沙發，癱坐在上面，「累死了。啊！冰箱有飲料，妳自己倒。」

「喔。」

我在拿杯子的時候發現流理台的瀝水架上有一個洗淨倒放的鍋子，那是我煮粥用的鍋子，他自己洗好了啊……

明明平常都扔在水槽不管的。

「你也會自己動手洗鍋子啊？」

我端了兩杯汽水過來，他拿起遙控器，往廚房瞄一眼，將電視打開，「我說過有善心人士幫我煮粥，人家都特地費心，當然要慎重心領了。」

這是哪一國的歪理啊？

我忍住笑，喝著汽水，假意問道，「善心人士是誰啊？」

「喔，就是每個星期會來打掃的伯母。」

噗！我是真的把嘴裡那口汽水噴出來。老四嚇得跳到一邊，不敢置信地瞪我。

「妳搞什麼鬼？」

「對不起，我……嗆到。」

我跑去拿抹布來擦，同時心裡被這個晴天霹靂擊倒在地，果然被當歐巴桑了，他還稱呼我伯母，伯母……伯母……

不知怎麼，這打擊比聽見他要我當女朋友還大。

晾好抹布，回到客廳，老四的視線不知何時已經沒專注在電視上，反而跟著我，最後他開口道出自己的疑惑。

「看妳用我家廚房好像用得很順手，知道杯子和抹布放哪。」

「呃！」早知道就不來八〇二了，真是作繭自縛，「隨、隨便找一下就找到了，又沒藏起來。不說這個，你沒告訴我到底該怎麼賠償你才好。」

由於我不接受那「當女朋友」的提議，所以現在他興致缺缺。

「唉，那就上下學的接送、抄筆記、幫我買三餐……」

「等等！那我自己的生活呢？雖然對你很抱歉，可是我也有自己的日子要顧。」

「沒誠意就要說。」

「我有誠意！那這樣吧！你每天的行程表給我，和我的行程比對，我們兩邊都搭配得起來的時間，我一定過去幫你。」

他沒意見，我和他都從手機叫出自己一週的行程，包括課表。他將兩支手機放在一起對照，沒多久便開始對我們可以配合的時間少之又少表示不滿。

「妳幾乎都滿檔，打工，打工，又是打工。然後這裡寫『打掃』要掃一個上午是什麼意思啊？」

啊！我忘記每週三的行程也如實寫上去了。一把將手機搶回來，吞吞吐吐講出一個蹩腳的理由。

「我有潔癖啊！一定要掃那麼久。」

「而且還每個星期？」

「嗯，潔癖嘛！」

他當我是怪人地瞅來一眼，我忍辱負重地承受。

最後，我們達成一個共識，我每天得自己去找他，拿走他和他同學的筆記幫忙抄寫，排到打工的傍晚就順便從學校載他回住處。至於其他瑣事，我必須隨傳隨到。

就這樣，我們也交換手機號碼。說來奇怪，共同度過下午的風波，現在又專心交換彼此的生活資訊，我和他之間那道生疏的隔閡在不知不覺中縮小、幾乎再也感覺不到了。

我把兩只空杯子拿到廚房清洗，發現桌上有一袋吐司。真稀奇，他會買回來的食物應該只有零食啊！

「吐司你買的？」

「嗯？不是，許彤艾買的，就是我學姊。」

喔！很親的那個。我想起許彤艾這個名字在早上也出現過，就是和三人幫一起路過教室的那位研究所學姊。

「欸，既然有吐司，我幫你把明天早餐作好好不好？」

「早餐？」

「如果是需要動筷動叉的食物，你不方便吧？三明治拿著就可以吃啦！」

他有些猶豫，不過還是丟一句「隨便妳」過來。

老四的冰箱真的很空，沒什麼用得上的食材，然而有蛋、有起司片已經可以讓我做出簡單的三明治了。

我囑咐他等煎蛋涼了要記得冰進冰箱，接著又想到吃藥問題。

「上面說三餐飯後吃，嗯……有兩種藥，應該是止痛藥和胃藥。」讀完藥袋說明，跟他說明天我去買藥盒子給他，他卻不曉得那是什麼，「就是收藏盒啊，裡頭有分很多小格子，可以放各種藥品。我幫你把這幾天份的藥都分裝好，這樣你吃藥就方便了。」

「不用，那是止痛藥吧？不吃又沒關係，本大爺不愛吃藥。」

「那，起碼今天晚上的份吃一吃嘛！傷口剛縫合好，最痛。」

我懷疑自己是不是不小心學會小純的拜託絕技，竟然讓老四勉為其難地答應。

端來一杯開水，打開藥包，將兩顆膠囊放到他手上。

「有沒有人跟妳說過，妳這女生很有『老媽子』的感覺？」

我的指尖停在他的掌心上，望著他，覺得他踩到我的痛處，覺得他在嘲笑我的工作讓我染上的老媽子氣習。將手抽離開來的時候，好難堪。

我比任何一位同年齡女孩懂得打掃竅門，卻也比她們更容易沾上臭呼呼的油煙味。明明把環境整理乾淨是很棒的事，而它並不是多體面的工作。

我不是沒有自知之明。

「不是每個人都跟你一樣，衣食無虞，不用做老媽子必須要做的事，你這種人不會了解的。」

他聽我講完，一口氣將兩顆藥吞下去，倒回椅背，左手枕著頭看電視。

「我的確不懂，不過，我沒跟妳一樣做那些事的時候，也沒在混日子啊！我可是有好好過我的大學生活。」

我想起八卦女說過，老四的功課是名列前茅的，他還自學了日語和西班牙語，籃球也打得不錯，經常和喬丹那群隊友一起練球。

「而且，說妳有老媽子氣質不是壞話，老媽子氣質總比公主病好多了吧！」

於是，我那顆輕微作痛的心臟瞬間被神奇治癒。看著他開始胡亂對電視轉台，胸口上的暖度還慢慢移轉到臉頰上來。

他的話裡並沒有一句稱讚，卻小小拐了個彎，安慰我。

我不太習慣這樣的老四，也不曉得話該怎麼接下去才好，想要微笑，又不想在他面前表現得像花痴，乾脆起身說要回去。

他送我到門口，老四雖然驕傲無禮，但對某些做人處世上該有的禮貌有所堅持，比如他會邀我上來作客就是。

「那，我明天再跟你約拿筆記的時間。」

「嗯。」

我也想禮貌正視他，可是不知道在忸怩什麼，頭就是抬不起來。倒是觸見他包紮白紗布的右手，心裡放心不下。

穿脫衣服怎麼辦？沒人幫他把飯挖到湯匙裡怎麼辦？下雨時想撐傘怎麼辦？

我胡亂假設了好多不便的場景，最終也只能再次道歉。

「害你受傷……抱歉啊！」

「免了，我會讓妳做牛做馬地還回來。」

唉！說的也是。我轉身走開，按一下下樓電梯，等候開門。

不經心側頭，發現老四還靠在門邊看我。

「幹嘛？」

「沒。」他在電梯門打開之際，認真地往我望了一眼，「路上別被車撞了。」

我抿一下唇，走進電梯，當那扇門緊緊閉合，藏了好一會兒的微笑才從我的嘴角輕輕溢了出來。

那天晚上，我回到住處，小純去聯誼還沒回來。洗完澡，開始為了期末考念書。複習到一半，小純回來了，她見我房門沒關，直接走進來。

小純並沒有刻意打扮，依然漂亮，鼻子、嘴巴、手指都十分細緻，宛如陶瓷娃娃一樣。

「好玩嗎？」我停下筆，對她微笑。

她也笑著，只是表情有些勉強，「他們還要去夜遊，我就逃掉了。」

「啊？少掉妳，你的男伴一定在哭。」

「就算我在，也不會讓他特別開心啊！」她說出一句很玄的話。

「沒遇到妳的北極先生啊？」

小純在我鋪著的木頭原色地墊上坐下，將我的骨頭造型抱枕攬進懷裡，一雙明媚眼眸神祕兮兮漾著笑。

「是確定他們都不是我的北極先生。」

看她笑得滿臉甜意，我不明就裡跟著發笑，「這是好事嗎？」

「嗯，去除掉不對的，剩下來的那一個，就是北極先生了。」

我坐正身子，「有剩的嗎？」

「唉唷！妳先不要大驚小怪，我只是說的確有一個北極先生，不過，我卻未必是人家的南極小姐，反正在確定之前我什麼也不會說。」

她態度堅定地把抱枕抱緊。我不是八卦的人，沒興趣窮追猛打，她想說我就聽，不想說我也無所謂。

「可是，南極、北極這種事要怎麼確認？告白看看嗎？」

「我不要那種單刀直入，如果兩個人互相喜歡對方，就算不用大刺刺地表示出來，一定可以從平常的蛛絲馬跡知道對方的心意。」

她沉靜、淡然地說出自己對感情的想法，我撐著頭，陶醉在她溫醇的聲音中。

儘管照小純的方式，要等到雙方互通心意，可能已經天荒地老，不過，我喜歡她的說法。

小純放下抱枕，關心起我，「對了，妳不是要去清潔公司換工作？換成功了嗎？」

「那個啊……」我尷尬笑笑，「我後來沒去，臨時有事。」

小純待在我房裡閒聊十幾分鐘後，也去洗澡。我則繼續埋頭苦讀，只是有點分心在清潔公司這件事情上，直到隔天下午去找老四拿筆記，依舊猶豫不決。

「要乖乖抄，字寫漂亮一點。」

老四帶著戲謔和指使人的口吻把筆記交給我，讓我想給他一記正拳。然而一觸見他右手的傷，我的氣焰當場灰飛煙滅。

就這樣，在來來回回的矛盾中，始終沒到清潔公司去。

被老四當奴隸使喚的日子，真是忙壞了，校園裡經常見得到我身負大包小包他的物品賣力跟在他後頭的場面。還有幾次，他特地把我從老遠地方叫去，只為了要幫他把午餐裝到湯匙上，方便他一口接一口地吃。

老四周邊的朋友都曉得我這個可憐的存在，先是用同情的目光看我被呼來喚去，不多久開始覺得有趣，有時見到我還會戲稱「小奴隸」。

除了要應付他，阿倫前輩還會在下班後留我下來惡補廚藝，我的期末考複習只能在夾縫中求生存。

耶誕節前一天，整個校園非常熱鬧又忙碌，今天有太多的耶誕活動。

因此，鐵板燒店前輩硬要跟小純換當天晚班，她無好無不好地答應，反正她本來就沒打算去參加耶誕舞會。

我沒法在五點準時上工，所以不敢跟人換班，但是承諾如果私事早點結束，就會盡快趕來支援。

「我也留下來好了。」阿倫前輩戴上制服的帽子，拿起抹布擦拭鐵板。

那位自私的前輩順口問：「你不是本來有事？」

「嗯，要跟家人吃飯。不過店裡如果剩兩個菜鳥撐，直接關門算了。」

他說完，將抹布拋向水槽，途中差點掃過自私前輩的臉。我覺得他是故意的。

這天下午，我把在老四受傷那天所買到的文具裝進背包，準備出發，沒想到老四來了電話。

「程瑞瑞，過來載我去上次那間百貨公司，我要買東西。」

我皺起眉，二話不說拒絕，「不行，我正要出門。」

「出門？那正好啊！我在校門口等妳。」

這傢伙是有多厚臉皮啊？

「你到底要買什麼東西？」

「我們有三個系要聯合辦交換禮物，我現在才想起來，得趕快去買。」

我聽完他的理由，差點要摔手機。

「你找蕭邦或喬丹嘛！我現在真的有事。」

「那些人見色忘友，早就不知道跟女生約去哪了。」他頓一頓，總算有打算顧慮到我的情況，「妳有什麼事？」

起初，我不太想告訴他，但如果繼續跟他打迂迴戰，遲到的人會是我。因此坦誠相告，「我有加入課輔社的活動，今天除了例行性的課輔之外，還要送耶誕禮物給那些小朋友。」

「那個到幾點？」

「通常是五點。」

「好吧！我跟妳去，結束後就去百貨公司。」

「啊？不要啦！你去那裡一定會覺得很無聊。不過是買東西，你自己想辦法去就好啦！」

手機那頭沉默幾秒鐘後，才傳來他冷冰冰的聲音，「妳以為我不想啊？受傷不能開車，所以我現在很無聊，根本沒辦法去買東西。」

他的話，化作一枝箭「咻」地射過來。

我投降，「我……五分鐘後到。」

校門口，當老四見到我的大背包，顯得有些驚訝，「這裡面就是禮物？」

「嗯，上次我買的那些文具。」

我把背包打開來給他看，自動鉛筆和橡皮擦用紙袋包裝成十幾袋。

「既然是耶誕禮物，怎麼不送好一點？你們課輔社沒經費？」

他一講話又讓我中箭，只不過這一箭叫我難過起來。我困窘地告訴他，「這……不是課輔社出的，是我自己買的。」

「妳？」

「嗯，除了鐵板燒店之外，我另外接了別的工作，那邊領到的錢都會存起來，專門買一些小東西給課輔的小朋友，所以……比較寒酸……」

老四八成察覺到自己說錯話，識相閉嘴。他從外套口袋拉出一條短圍巾，試著要將它套在脖子上，可是他的左手真的太不靈巧，頂多只能把圍巾掛在肩膀。

「我來。」

沒等他同意，我拿走圍巾，站在他面前幫忙把圍巾繞一圈後，將一截穿入洞裡，這當中我的手指不小心擦過他頸子，老四還敏感地瑟縮一下。

「好了。」

我抬起眼，對上他的，這才意識到過分靠近的距離。這樣的距離真奇妙，彷彿能夠讀到那些平常不輕易透露的情緒，隱藏在深邃的瞳孔底。

我先放開手，退後一步，拉開這種會被看出什麼祕密的距離。他的眼神有那麼短暫的一刻不是主子對奴隸的高高在上，而是……而是……不知道該怎麼形容……

我把安全帽遞給他，他上車前要我把背包交出來，他背。

也許，他對脫口而出的失言有那麼一點點內疚，可是又不懂得該怎麼挽回或補救，所以，顯得笨笨的。

我偷偷抿著笑意發動機車，出發上路。

路上，我向他說明課輔的事，一群大學生每個星期會去鄉公所旁的一間教室，小學一年級到六年級的學生都在那裡作功課。通常會來的學生大多來自弱勢家庭，比如單親或是父母忙於工作以致於沒空顧小孩。

那群小學生見到我和老四一起來，興奮嚷著問老四是不是我男朋友。

「他不是，他今天是跟屁蟲。」

見我神速否認，老四有些不滿。

「喂，遇到這種問題，好歹要稍微臉紅心跳一下吧？」

「你一定不喜歡這種虛情假意，還是免了。」

我和老四三不五時就鬥個嘴，他漸漸習慣了，不僅不生氣，有時還會露出好看的笑容。

社長是一位大三學姊，舉止和穿著偏向男性化，對小孩卻十分有一套。大家都控制不了的混亂場面，只要她出馬，必定井然有序。

社長熱情邀請老四幫忙課輔，他大少爺反正閒得慌，用一種「我就勉為其難答應」的臭屁態度加入我們。

課輔的工作通常是以幫小學生看作業、教功課為主，沒事的時候就讓他們畫畫或看課外書。

大部分孩子看到我們出現都很開心，除了一位小一男生，我們都叫他小西，他只跟爸爸一起住，而他的爸爸聽說長期失業，偶爾打打零工。

小西不是一個出色的孩子，長相普通，成績中下，沒有學任何才藝。

而且，他最沒有互動感。嘴巴總是閉得緊緊，要他做什麼事都不配合，卻非常愛搗蛋，他會亂踢前面同學的椅子，也經常用彩色筆畫花別人的衣服。

舉例來說，正當老四用心檢查學生作業，他垂放在椅邊的右手就被畫上一個鬼臉。因為紗布太厚，所以老四渾然無覺，等到一發現，立刻暴跳如雷。

「臭小鬼！你幹什麼？」

計謀得逞的笑意滑過小西微髒的臉上，然後一溜煙逃回座位。

「他居然願意主動接近你耶！」我表現出很欽佩他的樣子。

老四把右手舉到我面前，「這是哪門子的接近？」

「嘻嘻，不要跟小孩子一般見識。」

不過，小西沒有安分太久，他離開座位時故意踩過老四的腳，當然不嚴重，老四卻用他的大手用力壓住小西頭頂，制住他。

「你看我不順眼是不是？有沒有人教過你道歉？」

「哼！」

小西揮開他的手要走，老四又按住他的頭，他再揮開，老四又來。後來惱羞成怒，小西撲上前，雙手猛搥老四，老四當然也不甘示弱地架住他。

「不要碰我！」

「明明是你在碰我！」

「是你！」

「你看，你現在又碰到我了。」

我們這群課輔的人和其他孩子目不轉睛看他們的打鬧，因為太幼稚了，怎麼會有這麼幼稚的大學生呢？

話又說回來，多虧有老四耍寶，今天的課輔好熱鬧啊！

在五點整結束課輔之前，社長讓學生們一一上前來領他們的小禮物。我站在一旁觀看，望著他們每張臉上洋溢興奮和快樂，期待著會有什麼好事即將發生。比起參加舞會或耶誕晚餐，我覺得那些臉蛋才是耶誕節前夕應該有的表情。

「要一直保持下去啊……」

在我身邊的老四聽見我祈禱般的呢喃，掉頭瞥我一眼，似乎想說什麼，但最後依然安靜。

學生和社友們紛紛離開了，我偷偷叫住小西。他一臉警戒，並沒有離我太近。

「上次的故事心得我很喜歡，依照約定，這是給你的獎勵。」

當我從背後拿出那個變形金鋼的背包，他頓時雙眼發亮！

但他沒有伸手拿，不像其他習於接受禮物的孩子，反倒是用不確定的眼神看著我，害怕得到了什麼、就要失去了什麼。

「你不要，那我要了。」

老四站出來幫腔，作勢要取走背包，小西撲上來，搶走背包，還推了老四一把。

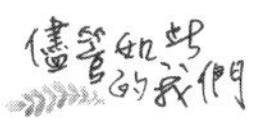

「很痛耶！」

老四撫著肚子瞪他，我明白他是故意無病呻吟。

小西將背包當寶貝一樣地抱在懷裡，真誠地注視我許久，然後使勁點個頭，朝他每次回家的方向跑去，路上還一度停下來，回頭望望我們。

「嘖！連個道謝都不會說。」老四放下手。

「他已經說了。」我目送他消失的街角，微微一笑。

騎車往百貨公司的路上，老四對於小西所講的故事心得感到好奇。

「他到底說了什麼？」

「我們會請小朋友在看完一本故事書後，上台分享心得。小西雖然會看書，卻從來沒分享過。後來有一次我等大家都走了，半強迫地跟他約定，即使只有一句話，如果他願意分享，就送給他一個變形金鋼的背包。你看嘛！他連書包都是用很舊的手提袋。」

就連衣服也是，不知道是拿了誰穿過好幾年的衣服來穿。有的尺寸太小，看上去變成少一截袖子或褲管的布套在他身上。有的衣服過大，穿上去又變成穿洋裝。

明明還是個應該有媽媽照顧生活的年紀，他卻必須學著什麼都自己打理。

「小西那天讀的繪本是《恐龍戰紀》，大意是在說長頸龍被暴龍攻擊，身為主角的小恐龍很勇敢地出來反抗。我就引導小西問他是不是也做過勇敢的事。」講到這兒，我又回想起當時小西那低著頭、欲言又止的複雜表情，「鼓勵他好久，小西終於說了很簡短的心得分享，他說爸爸打媽媽，他保護媽媽，然後，媽媽就走了。」

某一天突然帶著行李離開，沒再回來過。小西說完後，眼眶紅了。

然後，我也是。

「我啊，當時二話不說抱住他，他嚇壞了。那可是我第一次抱家人以外的男生呢！哈哈！」

我用笑聲掩飾鼻頭酸起來的鼻音，坐在我後座的老四不搭腔。半晌，他用左手推我的安全帽一下。

「妳才是那隻長頸龍吧！會保護別人的那隻。」

他的話語好暖和，不知怎的，好不容易才平息的酸意又翻騰起來。

之後，我們沒再交談，我一直想著，幸好老四今天來課輔，讓孩子們耶誕節前夕的傍晚變得好熱鬧。幸好老四樂意和小西槓上，巧妙地叫彆扭的小西收下變形金鋼背包。幸好，有老四在，一無是處的我覺得自己的存在還是有那麼一點幫助的，不論是對八〇二那個房間而言，或是對小西而言。

我們在百貨公司的騎樓下車，我從背包拿出一份裝有文具的紙袋，直直遞給他。

「來，這是你的，我特地多包了一份。」

老四十分意外，他既警戒又納悶的神情看起來和小西真神似。

「課輔辛苦了，這是獎勵，耶誕快樂。」

我給他一個毫不保留的笑臉，他從呆呆凝視那紙袋的神情中回神，鄙睨冷笑，「我都不知道幾百年沒在用自動鉛筆和橡皮擦了。唉，就當古董收集吧！」

冷笑完便順手將紙袋塞進外套口袋。

個性真是難搞啊！如果我們一開始不是以敵對的關係相識，他會不會坦率一點呢？我沒來由這麼疑惑。

一起走進光鮮亮麗的百貨公司，耶誕節的元素爆炸性充斥在每個角落。一樓是化妝品樓層，他直接略過到二樓去。

我提醒他，「送女生的話，香水也不錯啊！」

「我討厭女生塗香水，又不是食物，把自己弄得那麼香幹嘛？如果好死不死跟她們困在同一座電梯，都不知道要往哪裡逃。」

不過是一句建議，他就發一堆牢騷過來。我還是閉嘴吧！況且接下來我們前往的二樓是傳說中的精品樓層，也是我之前連想也不敢去想的地方。

老四卻毫無違和感地進去了。

全身名牌的他，對於每一個精品的品牌都非常熟稔，熟到光憑眼神就知道他正在對那一件件昂貴的精品頭論足。怡然自得的高冷姿態擺明著：本大爺身上有大把鈔票，快來伺候我消費。

我則比較像土包子，到處東張西望，只差沒拍照打卡。

老四在這層樓以不眨眼的速度買了兩件衣服，刷了四萬多元。接著他突然想到有了新衣服，當然也要有新手錶搭配才行，於是直接轉往電梯口，開始研究手錶專櫃在哪一層樓。

「等一下！不是要買交換的禮物嗎？」

為什麼淨是買你的東西啊？而且我趕著去打工呢！

「順便，沒道理買了別人的禮物，自己卻沒半樣東西。」

什麼跟什麼？

正當我氣急敗壞要抗議，電梯到了，他催促著我過去。不過就在我小跑步想衝進電梯時，門正好合上。老四急忙伸出手為我擋住門，用他的右手。

「你在幹嘛？」

我嚇得拉回他包紗布的手，電梯門關上了，我們被緩慢帶上去。

「有沒有流血？傷口不會裂開吧？會痛嗎？」我抓著他的右手反覆端詳，可是上頭纏著紗布，什麼也看不到。

老四沒搭理我，我奇怪抬起眼，迎面撞上他安靜凝視的視線，那視線深而專注。我閉上絮叨的嘴，輕輕放開他的手，雙眼不知該往哪擺才好。

「妳真的擔心我啊？」他的聲音很低，吐出的話近似一種感嘆。

「當然……」

即將脫口而出的話，被混亂的情緒給防堵下來，我兀自盯著閃亮數字停在第十樓層，不再說下去。

電梯門開，好多手錶、精品專櫃高雅而時尚地呈現眼前，老四卻動也不動，然後伸出手，按了關門鍵和第二層樓。

「不是要買錶？」我掉頭問。

他操著玩世不恭的慵懶語調回話，「不買了，辦正事吧！」

靠！你現在才想到要辦正事？那剛剛就不要莫名其妙地一直盯著人家看，還說出讓人心跳亂蹦的話啊！

我生著連自己也無法理解的悶氣，又和他再度回到二樓，幸好老四現在真的願意認真找禮物了。他一櫃櫃地物色，不久，在一間飾品櫃停下來，問我對於一條愛心造型項鍊的意見。

「哇！好可愛！好亮眼。」

那枚愛心做得小巧討喜，鑲滿碎鑽，品味不錯。再看價錢，三千六百元！

我馬上詢問老四，「請問你們交換禮物的額度是？」

「唔……兩百五吧？」

「兩百五，你買三千六的？」

「不行？」他真心不懂我幹嘛大驚小怪。

「不是不行，而是兩邊的額度也差距太大了，兩百五其實就可以買到不錯的小禮物啊！」

「定額度是怕有人亂送不能用的東西，我買三千六的有妨礙到誰嗎？」

「……是沒有。」

有錢就是任性。我決定不多管閒事，自己閃到一邊瞻仰那些亮晶晶的寶石。

老四大概不擅長幫女性挑選東西，很快便感到煩躁，然後分心到我這邊來。

「妳在看這條鍊子？」

我被另一條項鍊所吸引，鑲滿碎鑽的月牙彎弧裡還有一顆小星子，也許它上頭的碎鑽多幾顆，價格也硬是貴了九百元。

「嗯！我一向很喜歡星星和月亮在一起的組合，很有……童話感？」

聽我胡謅，他笑出，「什麼童話感，幼稚就是幼稚。」

渾蛋，也不看看自己稍早跟小西打成一團的德性！

我偷偷看錶，時間真的拖太晚了，這時候的鐵板燒店肯定忙成一團吧！

「我覺得那條愛心真的不錯，女生如果收到它一定會很高興。」歇一歇，補上一句，「如果你不在意價錢真的太高的話。」

老四看出我在著急時間，不為難我，說句「好吧」，就叫店員來為那條愛心項鍊結帳。

可是他也補上一句，「這一條也幫我包起來。」

我一看，老四指的是那條星星月亮墜子的項鍊。

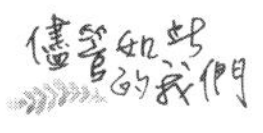

「你們需要準備兩樣禮物嗎？」

早知道要買到兩樣這麼貴的禮物，一開始就應該拖他去藥妝店才對，冬天到了，買乳液多實用。

正想出聲請櫃姊暫停結帳，老四卻制止我。

「有什麼關係？如果真的可以讓女生收到的時候很高興，就買吧！」

「……是沒關係。」

我真的跟不上有錢人的思維啊！

見識到老四花錢的霸氣後，我一度為他口袋裡的自動鉛筆和橡皮擦操心，或許等老四回到八〇二號房，它們真的會被他當作沒用的古董而扔在垃圾筒裡吧。

我把機車停在鐵板燒店門前，店內果然坐無虛席。阿倫前輩面對我們的方向，再忙，仍舊面無表情地低頭炒豆芽菜。

老練的動作、帥氣的身影……單是站在店門外望著他，就覺得可以一輩子這樣待下去。

老四說要先回去換衣服再去學校，順口問我，「妳不去舞會？」

我說不去，完全沒感到遺憾，還淘氣揶揄，「你要換的衣服是像電影演的那樣，穿燕尾服嗎？」

「妳也來參加不就可以看到本大爺的風采了？」他挑釁般揚起嘴角，「來我們系上的活動也可以。」

「哈！現在報名來不及了吧？我也沒有準備可以交換的禮物，還是乖乖打工存錢。」

聽到我現實的回答，老四不以為然地撇撇嘴，掉頭走向公寓大樓。我也朝店門啟步，不一會兒，他忽然在路燈照不到的街角轉過身向我喊來。

「那不用報名，直接跟我交換禮物就好啦！」

我費點工夫才會意他還在講他們系上的活動。

「跟你更不行，我們不一樣！」我也喊回去。

那一頭的老四佇立在夜色下幾秒鐘，掉頭走了，沒再回頭。

我則快步跑進鐵板燒店，一面跑，一面回想自己剛才的話。因為他沒頭沒腦地提起，我也沒頭沒腦地回話，然而我到底是在說我們有哪裡不一樣？科系別？價值觀？社會階層？

不過，也曾有過那麼一瞬間，我忘記那道隔閡。那一瞬間，我們兩人是身處同一個世界，而且靠近，近得宛如我們天生就該如此了解彼此，深深地了解。

是在他說我是那隻長頸龍的時候，在他用溫柔嗓音那麼說的時候。

老四的傷口拆線前一天，我又來到八〇二號打掃，一直遲遲未能決定該不該繼續這份工作，到最近也不是那麼為難了。課輔之後，老四給人的感覺並不是那麼討人厭，我們愈來愈熟，連帶蕭邦和喬丹對我都不陌生。

倒是身邊友人發現我經常被他呼來喚去，以為我被欺負，問我是不是有把柄在他手上。

「不是把柄啦！他手上的傷是我害的。」偶爾我還義正詞嚴幫他澄清。

隔天，我把抄寫好的筆記拿到體育館，老四在電話中說他正在看喬丹和別校的友誼賽。

讀了兩年大學，今天是我第一次觀看籃球比賽。還沒走近，遠遠就聽見館內籃球彈跳的聲響和球鞋磨擦上蠟地面的拉扯聲。從外頭聽起來以為場內觀眾多，實際上大約才幾十位而已，分散在二樓看台。

主將喬丹意氣風發地馳騁場上，有時吆喝隊友回防，神氣極了！比數是三十七比十五，我們學校贏。

「Yes!」我用力握拳，同時找到老四蹤影。

他似乎在我看見他之前就已經先發現我，勾勾食指要我過去。

就算心裡再不滿他目中無人的爛態度，還是很習慣地朝他走去。

老四右邊坐著蕭邦，左邊坐著那位很親很親的學姊。

我爬上樓，將筆記交給他，那是我最能近看學姊的距離。她沒上什麼妝，但是膚質真好，比不上小純那種白白淨淨的粉嫩感，整體看上去就是標緻漂亮，而且很有聰明感，做什麼都能得心應手那樣的聰明感。

她在我遞出筆記時，對我彎起一抹親切的微笑。

「老四，你跟同學借筆記看就好了，幹嘛還要人家幫你抄一份？」她替我抱不平。

「別人的筆記有別人的味道，才不要。」

什麼？筆記又不是衣服，會有什麼味道？

我啞口無言，學姊轉頭過來，調皮地對我說起唇語，「抱歉，他很麻煩」。

我點頭如搗蒜，老四立刻睨來一眼，蕭邦用大姆指指指他。

「這傢伙今天就要拆線，再來就沒藉口當病貓了。」

「什麼病貓？」他撞了纖細的蕭邦一記，又把受傷的右手拿出來炫耀，「就算拆線，也不代表傷口馬上會好，沒常識。」

「你的意思是，我還要繼續服侍你嗎？陛下。」

「乖，愛卿真懂朕的心思。」

我怨怨瞪他，他則回給我陽光般燦爛的笑臉，如果我是歐巴桑一定會當場被這年輕人迷得暈頭轉向。

「瑞瑞學妹要不要一起看球賽？」

學姊大概聽說了我的名字，用她素雅的手拍拍身旁的空位要我坐下。

「謝謝，不過我下一堂還有課，你們看吧！」

我對她害羞地笑笑，也不知道在害羞什麼意思就是了。快步下樓，才跳下最後一層台階，驀然想到老四今天拆線，有沒有人載他去診所呢？

乾脆順便問清楚！我再次蹦蹦跳跳上樓，才走到一半，便聽見上頭傳來學姊帶著困惑的責備。

「老四，有很多事明明可以拜託蕭邦或喬丹就好，我也可以，幹嘛非要麻煩學妹？別忘了人家跟你一樣也是要準備期末考，很忙的。」

我停在階梯上，對於這位許彤艾學姊，打從心底覺得她是一個大好人而深深感動。

「就說了因為她是罪魁禍首……」

在學姊面前，老四顯得乖順，低聲下氣嘟噥個理由給她。

「你當我第一天認識你啊？抄筆記、伺候吃飯、當你司機，這些擺明是你故意要讓她做的，你到底在想什麼？」

被逼急了，老四終於老實坦白。

「我就是要報仇！那傢伙在鐵板燒店讓我沒面子，又害我跌進池塘，病了整整一個星期，我要整她整個夠才能消掉我的怨氣。」

我睜大雙眼，面對自己穿著白色球鞋的腳。它們動不了，應該要上樓的，卻在凍結片刻後，毅然掉頭，飛快跑下階梯。

好像有人重重給了我一巴掌，那個人不是老四，而是自作多情的自己。

原來在他眼底，我什麼也不是。

我早就知道「現實總是殘酷」的道理。

早就知道老四的蠻橫自私。

也多少知道他以使喚我為樂。

明明全部都知道……

我卻受傷了，傷得不堪一擊。

第四章

儘管如此，怎麼想念了？

聽說，老四右手傷口拆線順利，復原情況良好。

還聽說，他已經可以生龍活虎地跟喬丹打球。

這些都是聽來的，球賽那天之後，我沒再跟他見面。

手機裡倒是累積不少來自他的未接來電。

偶爾小純見我任由手機作響，會有想要幫我代接的衝動。

「不要接。」我總算停住收拾行李的手。

她也乖順收回手，盯著我看，「妳不接他電話，有讓他知道原因嗎？」

「為什麼要讓他知道？」聽到自己簡直跟老四沒兩樣的任性語氣，不由得心虛，「不接他電話，對他那個眼睛長在頭頂上的人來說沒差吧！」

小純清澄的目光在我身上靜止一會兒，開始玩起我的抱枕，「會打這麼多通過來，不像是沒差啊！」

不久，小純也回她房間整理行李。我反而再次停下動作，朝那支終於死心、不再作響的手機望去，陷入一種無力又矛盾的情緒。

期末考結束，寒假開始，學生們陸續離校返家。

我向清潔公司告假，負責人阿姨說這段期間會安排別人去打掃八〇二號房，我心裡暗忖，也許不會再回去八〇二號了。

至於鐵板燒店最後一天上班，大家紛紛互相打探彼此的玩樂計畫。有人要去墾丁，有人要出國玩。

問到阿倫前輩時，他雲淡風輕地回答，「要去不冷的地方。」

連簡單的問題都答得這麼神祕。

「墾丁？」

「高雄？」

「赤道？」

「南半球？」

猜到最後，突然有人想到要反問他，「你該不會是怕冷吧？」

於是大夥兒屏住氣息，等待答案揭曉。

暫停擦桌子的阿倫前輩將大家看過一遍，毫無表情的臉上終於透露出一絲憤慨，「最討厭。」

到頭來，阿倫前輩到底要去哪裡度假，依然是個謎。

對我而言，那不是太重要，我比較在意的是，接下來會有一個月的時間見不到阿倫前輩，只要一想到這個未來，都忍不住要開始想念了啊。

還有小西，我最放不下他。最後一天的課輔結束，大家互道「開學後見」，小西的臉始終是憤怒的，他連惡作劇也不做了，從頭到尾都待在座位生悶氣。

一下課，他立刻抓了我送他的背包走出教室，頭也不回。

「小西！等我一下！小西！」

我跑出去追上他，拉住他手肘，他像被什麼會傷害他的東西碰到而甩了開來。

我見到他的臉，是一張快哭出來的表情，飽含被遺棄的寂寞。

這一個月，他爸爸會好好餵飽他吧？寒流來的時候，自己懂得多穿一些衣服嗎？還會不會被打呢？

面對那樣的表情，百感交集，也只能硬生生吞下這份不捨，我什麼都做不到。

一陣突如其來的悲傷使然，我上前，一把將他抱得緊緊的，彷彿這麼做就能永遠為他遮風擋雨。

突如其來的舉動讓小西嚇一跳，發怔過後才開始試著掙脫。我一放手，他便一溜煙跑掉。

「小氣鬼！」我大聲喊出去。

小西在路邊停下，回頭，抿起呼之欲出的笑意。

「開學後我一定還要再抱一次！」

於是那抹笑意綻放開來，像春天的花，單純而稚氣，他聽見我下的戰帖中有了再見面的約定。

小西安心了，我卻掛念了。

看著返家的車票，會有「乾脆不回去」的傻念頭，然而一回神，我已經站在月台，跟一群等待回老家的人們一起張望火車預計要駛來的方向。

真奇怪，因為很清楚火車幾點幾分會到，所以對它有所期待，很正常吧？不過，為什麼對於完全不了解的人，也會萌生同樣的情感呢？

比如，我和老四談不上熟識，只是照顧他這位傷患一個星期的關係，甚至初次接觸時還不怎麼愉快。對於這樣的人，為什麼會希望自己在他心上的分量……是特別的？

並不是說想要得到他格外的重視，而是在他嘗試半熟荷包蛋拌飯的時候，在電梯口要我小心車子的時候，在他說我是會保護別人的長頸龍的時候……

我覺得他是真心把我當朋友。

是我太天真了。

手機鈴聲打斷我的愁緒，我放下行李，匆匆從包包中找出手機，來電顯示正是老四。

遲疑又遲疑，然後按下接聽鍵。

那一端的老四似乎也沒料到這次會接通，有些意外。

「總算接了。喂！妳前幾天手機故障嗎？知道本大爺找妳幾次嗎？」

不過兩三天時間，那霸道的語氣居然讓我有久違的錯覺。我無聲張一下口，發現要跟他說第一句話比想像中困難許多。

如果是以前，一定可以不假思索地頂回去吧！

「嗯，知道。」

聽見我用兩個字就打發他，老四更不高興了。

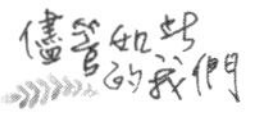

「妳是故意不接我電話嗎？妳……算了，妳在哪？過來找我，我在校門口，五分鐘內出現的話就不追究……」

「請你不要再找我了。」我打斷他，並且堅定地說下去，「聽說你的右手恢復得不錯，日常生活應該沒問題，所以，不要再找我了。」

他大概沒料到我會那麼說，手機那頭並沒有立刻接話，「妳以為我又要叫妳做什麼事？就算是，妳可以說『不』嗎？我的傷口又不是已經完全康復……」

「你只是想整我吧？想對我報仇？這陣子一直使喚我，已經夠了吧？」

「妳怎……」

「我聽見了，你對學姊說的話。」

這一回他安靜得更久，「是說過。」

這些日子以來，盡我所能地照應他的生活，原來都不被他當作一回事，更或者，是被當作笑話。

我希望自己可以很憤怒很憤怒，可是有的，只是難過的情緒而已。

輕輕吸氣，想要說些什麼作為了結，最終只是把手機拿到面前，面對上頭老四的名字，結束通話。

提起擱在地上的行李，跟上周遭乘客的腳步走向進站的火車。

大二上學期結束了，和老四的交集也是。

大學生的寒暑假一定過得多采多姿的吧！我不清楚，因為一回到南部老家，從早到晚就是幫忙自家麵店生意。

我家麵店不是那種被電視報導過的排隊名店，但是在街坊鄰居間挺受歡迎，用餐時間一到，總是忙得焦頭爛額，所以爸媽很期待我放寒暑假。

我也沒辜負麵店女兒的名聲，從小就練起招呼客人的功力，老主顧都很喜歡跟我天南地北地聊。

「瑞瑞愈大愈漂亮，上大學就是不一樣，簡直就是小姐了！」

「有沒有交男朋友？怎麼可能沒有？交了就要帶回來給我們看，我們幫妳鑑定，免得妳被欺負。」

「安啦！誰敢招惹我們瑞瑞，就空手道給他死。」

我一面端菜、收碗盤、找錢，一面和他們哈啦。雖然愉快，可是等到夜間收工，全身也痠痛得不得了。

爸媽則悠悠哉哉在電視機前泡薑茶、剝橘子，有時閒談白天發生的趣事，有時看看感興趣的新聞，還把「幸虧有瑞瑞幫忙」這句話掛在嘴邊。

我累到像個斷線人偶癱在沙發裡發呆，聞到橘子香氣，這才起身拿一個過來。

哇，好香，好療癒。

「妳愛吃，回學校的時候給妳一袋帶去。」媽媽說。

「不用啦！吃不完，我寒假多吃一點就好。」

「妳那個室友不喜歡吃橘子嗎？她叫……小圓喔？」

「小純啦！我都講過那麼多次還記不起來。」

媽媽「嘿嘿」笑兩聲，頷頷首，塞一片橘子到嘴裡。看來下次她還會再叫錯。

爸爸是木納寡言型的人，他多半聽，聽完了，繼續看新聞。

新聞正播到一位立法委員在調查一樁工廠弊案，工廠收了黑心錢，用過期食材製成食品販賣到市面上。

那位手拿數據資料的立委挺眼熟的……

「真夭壽喔！吃的東西耶！吃下去是直接傷到身體的耶！這種事也做得出來！」

媽媽義憤填膺地丟橘子皮，可惜沒扔中垃圾筒，她又繞過去撿一次。

我目不轉睛打量那位五十幾歲、五官端正的立委，愈覺得面熟。這時弟弟下樓找水果吃，他和我一樣愛吃橘子。

我這弟弟沒什麼特別厲害的地方，就是會讀書，因此放假時他只需要用功就好，不用幫忙麵店的事。

我的父母有重男輕女的傾向，沒辦法，和哥哥、弟弟比起來，我連念書這點長處都沒有。

弟弟看完這則新聞，資優生樣地扶起眼鏡鏡框，朝我幸災樂禍地笑，「姊，妳以後要小心了，現在這種黑心貨滿街都是，防不勝防喔！」

我不解地歪起頭，發問，「那干我什麼事？」

「妳以後是這裡的老闆娘耶！不用對食安問題負責嗎？」

連小弟都認定我的未來就是待在這間麵店裡。我不是討厭麵店的工作，但也不會因此而興奮地想為這份工作做任何努力。

想說「不要」，又找不到說「不要」的理由。

忽然覺得……覺得有被困住的悲哀，我是被困在麵店，還是困在大家的期望裡呢？

不意，觸見爸爸正朝我望來，我低下眼，假裝忙著剝橘子。

小弟一屁股往我旁邊坐，還抄起遙控器轉到綜藝節目。

我用腳踹他，「喂！你有問過我們其他人同不同意轉台嗎？」

「唉唷！新聞又不好看。」

「這不是好不好看的問題，是禮貌問題！沒教養。」

我又把電視切回新聞台，小弟用哭臉對我抗議。抗議無效，我這姊姊才不會寵著他，他也怕我。

結果，我沒切回原本的新聞台，剛好這個電視台正播出剛剛那則工廠弊案，因為那位氣質斯文的立委又出現在鏡頭前了。

沒管小弟唉唉叫說「這不是早就看過了」，這回我更加用力端詳他的臉部輪廓，再看看底下字幕打出他的名字，柯員斌。

「他——」

我指住螢幕大叫，嚇到其他三個人，老爸呆呆看著我，咬到一半的橘子斷了一截掉下去。

「沒事。」我裝鎮定重新坐好，不過也沒坐多久，就把遙控器丟給小弟，回到房間。

在房間裡像打陀螺一樣繞圈圈，努力思索老四的名字，他的本名到底是什麼？

柯、柯光……光……光水？不對，光……光磊？對啦！柯光磊！

那個立法委員是他爸爸！難怪那麼眼熟！

猜到這個驚人的發現之後，我在下一秒瞬間冷靜下來。

「話說回來，那又……不干我的事……」

今天累壞了，一碰到床就覺得好舒服好舒服，以為會馬上進入夢鄉，沒想到凌晨一點我還醒著。

身體明明很累，腦子還精神奕奕。

我在黑暗中微微睜開眼，注視房間傢俱在天花板上交織的詭異倒影。

八〇二號房的腎蕨還好嗎？老四會不會想到要幫它澆水？代我班的打掃阿姨會嗎？

老四的手……

老四為什麼會出現在我的腦袋裡呢？

這個寒假過得格外煩躁。

「王伯伯！今天可以讓我進來玩兩個小時嗎？」

我拎著道服走進隔壁道館，王伯伯見到我這位學齡有九年之久的資深學生，高興都來不及，「要玩多久都歡迎！今天想跟人對打嗎？」

「也好！對打比較痛快點。」

幾位認識我的學員聽了，哀叫連連，「瑞瑞姊，不要啦！妳下手那麼重，一點都不像練習……」

「你們要慶幸瑞瑞有來，不然上哪去找出手這麼認真的助教？」

「什麼助教？我真的只是來玩兩下而已。」

儘管嘴巴這麼說，可是一旦和人對打起來，就忍不住愈打愈帶勁了。隔著衡量彼此的距離，緊繃對峙，閃躲和進擊時的快速動作，近身肉搏的汗水味和陌生觸感……滿腦子都只想著那些事，沒有老四。

我紮紮實實和那群學弟妹對戰兩個多小時，滿身大汗，全身像打通任督二脈一樣舒坦。

狠狠運動一下，果然舒服多了。

過了年，初二是媽媽回娘家的日子。外婆家就在隔壁鎮，我們一早就穿戴整齊準備出門。

「啊，姊，幫我拿一下圍巾。」

先出門的小弟回頭喊我，已經穿好一隻鞋的我只好再退回客廳，幫他把圍巾拿出來。

可是接下來發生一件相當可怕的事。小弟見我走來，下意識伸手要拿，我居然無視他的手，走到他面前，幫他把圍巾戴上去！

小弟當場愣住，我打完結，慢了半拍才回神，驚醒般一把推開他。

「靠！我幹嘛幫你戴！」

「妳還問我？想嚇死我啊？噁心死了！」

他表現得好像被我侵犯一樣。臭小鬼，搞不好我是全世界唯一會幫你戴圍巾的女生了，書呆子一個，就別指望交得到女朋友！

不過，我這是想到了誰啊……？是不是又該找時間去道館，把不該想的人再次飛踢到九霄雲外去？

年假期間，就是無止境地到親戚家拜年，或是親戚無止境地到我們家拜年。累是累，好處是看到原本冷清的小鎮一下子熱鬧起來，挺高興的，大家都見到久違的家人。

只是，在這麼歡樂的時刻，也有見不到的人。

望著從身邊跑過的小孩，懷抱新年禮物的笑臉時，我想起小西。

寒冬難得出現的大晴天裡，我思念或許正在熱帶島嶼衝浪的阿倫前輩。

而，在家裡打掃房間的時候，八〇二號房的一切，無聲無息重現在我四周，彷彿我又回到那個房間。

我所掛念的，應該是「那份工作」吧！

親朋好友很喜歡「工作」的話題，那是在「有沒有男朋友」這個問題被否認後，詢問度最高的。

我媽對於我自力更生賺取大學生活費，一向頗為得意，每逢親戚問起我有沒有打工，她幾乎是以搶答的速度代我作答。

說完鐵板燒店的工作，原本要接著說還有打掃公寓的工作，媽媽立刻使一記眼色過來，我便乖乖閉嘴。

她認為清潔工不是上得了檯面的工作，就算領的薪水再好，那份工作的職稱偏偏不夠高尚，不夠中聽。

不知道是不是受到媽媽影響，我也漸漸迴避它了，如同我沒來由不想讓老四發現打掃他屋子的人就是我。

事後我仔細想過，讓老四知道這個事實也沒什麼大不了，可一旦錯過第一時間說出口的機會，以後要再坦白，就變得好難。

啪！我打蚊子般地雙掌在眼前一拍，拍掉任何和老四有關的想法。

算了！反正以後也沒打算繼續八〇二號房的工作，那麼高的時薪十分稀有，如果就這麼讓給寒假期間代我班的阿姨，她肯定非常樂意。

寒假結束，我返回學校住處，小純晚我一天回來，我們先去鐵板燒店報到，受到前輩們意料之外的歡迎。

沒辦法，誰叫我們是店裡唯二的女生呢！他們直嚷著說果然要有女生在，工作氣氛才會有陽光、有色彩！搞不懂他們的思維，不過我也跟他們一起快樂起鬨，和他們一一擊掌歡呼。

阿倫前輩曬得有點黑，但不減一絲清逸的臉上掛著薄薄微笑，輕鬆愜意。輪到他時，他舉起手，輕輕在我掌心拍了一下。

前輩們果然說得沒錯，世界一下子有了眩目的色彩！

哇！我今天不洗手了！

正忙著暗自歡喜，前輩們把小純也拱出來，硬要和她擊掌。

小純一臉快哭出來的模樣轉向我求救，我揚聲鼓勵她，「沒關係嘛！大家是見到妳高興。」

她被推到每位前輩面前，被迫擊掌。碰觸到陌生手掌時，小純還會露出惶恐的神情，甚至把眼睛緊閉。

最後推到阿倫前輩面前，他很壞地站著看她會怎麼做，但小純頭壓得低，不知如何是好，想逃跑卻動彈不得。阿倫前輩忽然抓起她的手，朝自己的掌心若有似無貼上一下，又放開。

咦？心痛痛的。

我僵著笑臉，不明白這份抽痛是為了什麼，只因為察覺到阿倫前輩和小純擊掌的方式和對我不一樣，不一樣。

小純望著阿倫前輩的眼神，卻是和我一模一樣的。

大二下學期開學了，整個寒假只有來運動的人們才會進出的校園，再度湧現許多學生來來去去。

這期間，自然不可避免會有遇到老四那群人的機會。

一次是在體育課，我和八卦女都選修排球，上課內容是複習低手傳接球和扣球。

我和八卦女一組，正在重複做同樣的動作，眼角餘光瞥見老四、蕭邦和喬丹從球場外圍柏油路走過來。

與其說老四那三人組太顯眼，不如說寒假前幾乎每天和他相處的我，一眼就能認出老四的身影。這樣真討厭，感覺像戒什麼卻戒不掉一樣。

反正我已經和他毫無瓜葛，將注意力集中在眼前的排球上吧！

不料，八卦女哪壺不開提哪壺，「聽說老四他們整個寒假都在一起，上山下海，還出國，玩得很瘋。」

「老四他……沒回家嗎？」我的注意力這麼快就被拉著走。

「好像不常回家，他家明明就在附近而已，但是過年一定會回去吧！」

也就是說，寒假期間都留在八〇二號房的老四，有可能會遇到打掃的代班阿姨，然後以為阿姨就是平時在打掃的我。如果是這樣的發展就太完美了！

我擅自做起白日夢，這時三人組已經走近，喬丹還發現我。

「啊！那不是端端嗎？」

什麼「端端」？瑞瑞啦！

我佯裝沒聽見，將八卦女傳來的球打回去，她八成也聽到聲音了，目光不時在三人組和我之間來回張望。

「感覺好像很久沒見到你的小奴隸，之前明明每天都會在你身邊打轉的。」

那是蕭邦半帶懷念的口吻，接著，是老四投注過來的視線，在我身上定定地停留。

我沒看他，可是能夠感覺到他正看著我。

該、該怎麼呼吸啊……心臟快停了。

「沒什麼感覺。」

老四不含任何感情的嗓音，穿過來來去去的排球鑽入我耳中，又隨著他們離去的腳步，胸口彷彿被抽走了什麼，空空的。

「啊！瑞瑞！」

八卦女高八度的叫聲才響起，我的臉立即被排球砸中！

作痛的，並不是我的臉。

第二次則是在鐵板燒店，那天是我正式拿起鍋鏟上場的日子。戰戰兢兢做著客人的點單，阿倫前輩偶爾會暫停他的工作，觀望我這邊順不順利。如果哪裡沒做到位，他會過來在我耳邊提醒訣竅。

當我從堆得滿滿的高麗菜中抬頭，正好撞見從店外路過的老四。我們兩人幾乎在同一時間四目交接，同一時間錯愕，同一時間把臉別開。

這是怎麼回事？好累。我該不會一生都要這麼躲著他吧！為什麼就是不能做到即使見到面，也心如止水呢？

「專心。」阿倫前輩嚴厲的語氣射過來。

「對不起。」我調整好呼吸，繼續將肉片炒熟。

那天晚上，我打定主意，撥了一通電話到清潔公司去。放寒假前向公司請假到明天為止，因此想先了解一下接下來的工作分配，順便正式辭掉八〇二號房的工作。

沒想到負責人一知道是我，居然如釋重負。

「妳回來啦？我等妳好久了，本來想打電話給妳，可是又不想在妳放假的時候打擾。說真的，妳再不打來，我也要打過去了。」

「呃，請問有什麼事？」

阿姨長嘆一聲，「妳原本負責的那間八〇二，屋主一個星期前打電話來投訴，我們真是傷透腦筋了。」

「咦？投訴？請問是那位簽契約的媽媽，還是住在那裡的兒子？」

「兒子，這還是第一次接到他電話呢！」

難道，老四那公子哥兒胡亂找碴嗎？真是本性難移耶！

「他投訴了什麼事啊？」

「我們派去的人根本不曉得瑞瑞妳的打掃方式，所以就照她自己的方式做。結果屋主竟然抱怨，他的棉被已經有好幾次沒拿出去曬過，植物也沒有人澆水，一看就知道打掃的人換了。」電話那頭又是一聲長嘆，「他很生氣喔！說什麼已經簽約好的事，我們怎麼可以隨便換人，講話方式超像政客，完全沒辦法反駁他半句。喔，還問起妳，我們當然不會透露什麼資料，總之，他非要原本那一位不可，妳說怎麼辦？」

我拿著手機，說不出一句話，怔怔的。

那些默默在做的事，好天氣時拿被子出去曬，為腎蕨澆滿水……他都知道啊。

以為不會被發現的，因為是那麼微不足道，老四卻注意到了。

我在八〇二號房努力工作的那段時間，並沒有白費呢。

「瑞瑞？瑞瑞妳在聽嗎？」這是第三次的長嘆，「代妳班的很想做下去，還說曬被子、澆花那些她也可以做得來，可是人家屋主都特地打電話來投訴，怎麼辦？妳要繼續嗎？」

「……好。」我聽見自己的聲音些微顫抖而緊緊閉上眼，「好。」

再沒有站立的力氣，我蹲下身，在一陣喜悅和欲淚的複雜情緒中，將頭埋入膝蓋。說「好」之後的結果，老四有可能很快就會發現清潔工是我，那個時候，也許我會承受更多來自他的鄙視、會被笑話、被瞧不起。

可是，在那裡有人真真切切在乎著我。

自從下定決心要繼續在八〇二號房打掃，我那優柔寡斷的心思總算被快刀斬亂麻地清乾淨，不再猶猶豫豫了。

相隔一個多月再次回到八〇二，環顧熟悉的傢俱擺設，懷念的情感在胸口漲得好滿。即便髒亂依舊，我竟然莫名寧願世界上有些事是不會改變的。

「好久不見了。」我細聲對它們說。

腎蕨看起來很有精神，老四大概澆過水。我待在它前面，多花了點時間想像老四細心澆水的模樣。

我跟八〇二號房的感情很好，現實生活中卻和老四鬧僵。在他生活的地方處處萌生與老四擦身而過的錯覺。他梳洗的地方，偶爾俯瞰街景的地方，無聊坐著轉電視台的地方。只要一回身，就覺得老四彷彿前一秒還在那裡。

傷腦筋的是，我已經不那麼氣他了，而這樣裝作毫不在乎的日子還得一直持續下去嗎？

一想到這裡，心情就加倍煩躁。幸好今天有開學後的第一次課輔，孩子們見到我們這群大哥哥、大姊姊相當興奮，歡樂指數是以往的三倍！所以管起秩序也是加倍費力。

我偷偷把這吃力不討好的工作丟給同伴，來到小西身邊的座位坐下，一開始便衝著他賊兮兮地笑。

他納悶起來。

「你忘記了嗎？寒假前我說過要做什麼？」

我故意拉長音，而他總算想起開學後他還欠我一個抱抱。

「我撲！」

我作勢上前，小西興奮閃躲，逃到門外才被我一把逮住，忸忸怩怩反抗。

「好吧！不抱你，可是你要告訴我寒假你做了什麼。」

就這樣，我成功地讓他說了一些自己的事。

他說，生平第一次自己去圖書館借書，就是上次那本《恐龍戰紀》，可是整個寒假只讀了兩次。

我問原因。他小聲說：「我怕爸爸會突然生氣，把書撕破。那是圖書館的，我要保護好，所以每次都只能偷看一點點。」

他抿一下嘴，用手摳摳被食物弄髒而沒擦乾淨的臉，這張臉蛋的表情不是一個七歲孩子該有的表情，有遺憾、有懂事、有勇敢，太多太多。

「你喜歡那本書嗎？」

我伸手在他臉上搓兩下，把黑黑的地方擦掉，他緩緩點了頭。

「那，你喜歡我嗎？」

他愣一下，搖頭，卻兀自笑了起來。

能不能一直無憂無慮地笑著啊？

結束課輔，隨便解決晚餐之後，我騎往書局的方向，打算去找《恐龍戰紀》那本書。鐵板燒店附近有間小書局在街角，我把機車停在對面沒有路燈的人行道，走到斑馬線前等紅燈。

紅燈秒數真久，足足有七十九秒，這小路口卻連一輛車也沒有。我是乖孩子，老老實實在路邊等待。燈光微弱，誰都不會經過的路口，有午夜的幽靜，明明現在才七點多而已。

紅燈剩六十八秒時，終於有一台眼熟的 MINI 過來了。它緩慢泊在停止線前，車窗是搖下的，所以能夠看見坐在副駕駛座的人，是老四！

我嚇一跳，他見到我也是。尷尬的是原本照一定節奏在倒數的秒數，此刻變得莫名龜速，永遠也數不完。

「喔？是她耶！」開車的蕭邦探頭表示驚訝。

轉身逃走太明顯，我做不到，可是眼睛也不知道該往哪裡擺，如果非得和他對上眼，我只能試著冷淡和無動於衷，可惜那演技很菜。

可是，怪了，老四這一回並沒有高傲地先一步把視線移開，他直直注視著我，欲言又止。

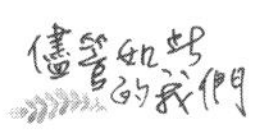

拜託別再看我了。我希望他趕快走，面對他，我的心情就像回到寒假那整整一個月的鼓譟不安。

我討厭那種不安。

秒數終於剩下五秒，我快要能夠解脫，不料車上的老四對開車的蕭邦說幾句話便迅速下車。

咦？不要下車啊！

我退後一步，屏息，眼角餘光中那台 MINI 逐漸遠去，而老四正佇立在我前方三十公分步道的位置，忽然好近。

「原來妳在這裡，害本大爺白跑一趟鐵板燒店。」一開口就盛氣凌人。

「課輔的日子改了，所以打工的班表也跟著變。」不對，我乖乖解釋這些幹嘛，「……你找我？」

就算想搭我便車回去，我也不幹喔！

不過，老四沒機會說明來意，在我們交談的時候，我們四周冷不防圍了五個人過來。都是二十幾歲的男生，流氓般的舉手投足，看起來並非善類。有兩個手拿球棒，看樣子是有備而來。

這是怎麼回事？是新聞裡常常看到的那種「尋仇」嗎？我第一次遇到，現場氣氛好可怕。

「要幹嘛？」老四走到我面前，硬是把我擠向馬路，隔開他們。

「你老爸很閒嘛！管政治管到海邊去喔？」帶頭的將球棒把玩一下，變了臉，凶狠威脅，「小老百姓吃什麼，叫他不要多管閒事，不然……」

「干你屁事？他叫你吃屎嗎？」

哇塞！老四嘴巴也沒香到哪兒去！只是你幹嘛在對方人多勢眾的時候挑釁啊？笨蛋！

那群人簡直像被踩到地雷，大爆炸了，全部一起衝過來！

「妳先走！」

我突然被他用力一推，踉蹌退到馬路上，誰知有個個頭跟我差不多的男生跑過來抓住我！

我本能掙扎，反而被他從後面逮著，脖子還被勒住。

而其他四個人早就跟老四打成一團，不對，應該是老四在挨打，雖然他勇猛地回擊幾次，依然寡不敵眾。

儘管如此，他還是數次試著擺脫他們過來營救我……應該是要來救我吧？混亂中，他往我這邊看的眼神顯得十分心急。

「喂！放開我。」我回頭對那個矮子要求，讓老四那麼擔心也太沒志氣了。

「放妳的大頭！」

他的尾音還沒完全消失，我的右手已經往後給他一記拐子。他痛得後退，但很快張牙舞爪又撲上來！我抓住朝我襲來的手，反身把他往對角線方向摔下去。才落地，立刻被我上前補上一拳。

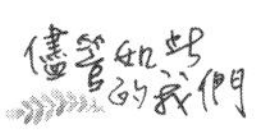

第二個嘍囉注意到我，丟下老四那邊往我跑來。他還沒接近，就讓我一記迴轉踢擊中頭部，倒地！

奔向老四，一個手拿球棒的人說時遲那時快，舉高球棒朝我打下來。躲不掉了！我以左手護頭，硬是用手肘接住那一棒，好痛！他的攻擊一結束，我立刻踢出兩腳，逮住他後退的空檔再給他凶猛的迴旋踢！報剛剛的一棒之仇。

那傢伙跌到同伴腳邊，這下子，纏住老四的那兩人都轉向我，連老四都一臉看傻的呆樣。沒看過女生打架嗎？啊，正常來說應該是沒看過吧。

我收回格鬥姿勢和他們彼此等待下一步出手的機會。一邊喘氣，一邊暗忖，如果兩個大男人一起上，應付起來有點勉強了啊……

紮在後腦勺的馬尾有幾根髮絲黏在頸子上，好熱，不單是身體，胸口也是。我想趕快接著打下去，我覺得我可以！可以打退他們，保護老四！

空手的那個人霍地大喊一聲，往我衝上來，我接了他兩次拳頭，這個比較會打，過招時還有一次打中我的臉。正想反擊，有一根球棒突然出現在他身後！

在我專心對付他時，第二個人帶著球棒打上來了！慘了，我的雙手都沒空保護自己……心裡才這麼想，有股力量上前來把我抱住，往後推，接著是棒子落下的聲響。

我的背靠著圍籬，我的手貼在一個暖烘烘的胸膛上，還沒看清楚他的臉，老四已經放開我，搶先奪走那根球棒，二話不說就朝偷襲的那個人砸去！

雖然是很短暫的擁抱，我卻紮紮實實感受到他極力護著我的力道，還有他挨的那一棒有多痛……

我跑到老四身邊，和他一起面對那群喪家之犬。現在風水輪流轉了，老四手上有球棒，我還有一堆必殺技沒使出來呢！

可惜輪不到我們報仇，遠遠的方向傳來警笛聲。那五個人一聽，霎時鳥獸散去，而且竟然連老四也趕我走！

「妳快走，警察來，媒體也差不多要到了。」

「我又不怕。」

老四卻凶過來，「呆！跟政治扯上關係沒好事！叫妳走就走啦！」

他是認真的，我半信半疑地聽話，跑去騎機車，半路還看見從書店裡走出看熱鬧的人們。老四咳了兩聲，自己朝警車走去。

他剛被打到背了吧！有沒有傷到肺？會不會咳血啊？

我在路上漫無目的地騎車，胡思亂想，最後隨便繞兩圈，改變心意，跟在帶走老四的警車後面騎。一路騎到警察局斜對面的停車場，目送兩個警察帶老四走進警局之後，整個人才放鬆下來。

發了一陣子呆，挽高左手袖子，手臂有一大片紅腫。我摸摸臉，那裡也痛痛的，明天早上大概就會冒出醜得要命的瘀青吧！

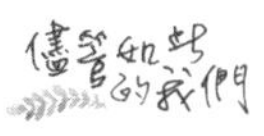

停車場正對面有四、五間連棟的商店，沐浴用品、保養品、麵包坊等等，有零星客人正在店內專心選購，怎麼買才會比較划算，波蘿麵包好、還是三明治好，好祥和啊……

我在停車場外的長椅坐下，朝燈火輝煌的警局望望，繼續等待。

果真被老四說中，有兩三輛電視台的車接連出現，老四做完筆錄是一個多小時後的事，媒體早就散去忙著寫新聞稿。他獨自步下階梯時，正好看到斜對面的我，很是詫異。

我站起身，老四確認過沒警察、沒記者後，才往我這邊走來。

「妳怎麼還在這裡？去過醫院沒有？」又是大爺口吻。

我擔心你啊……不要！我才不要這麼說！

「沒車，你要怎麼回去？」

他可以搭計程車，我知道。臨時想不到好藉口嘛！

「我不會搭計程車喔？」老四嫌我笨，然後質問下去，「話又說回來，妳到底去過醫院了沒？他們有打到妳吧？」

「這個還好啦！以前在道館跟人家對打的時候，被打得更嚴重呢！」

「道館？看妳弱不禁風的樣子，怎沒聽說妳會跆拳道？」

「是空手道。很多人會把跆拳道和空手道搞混，但其實這兩種武術的差異……」

他懶得理會我的說明，逕自走到長椅那兒坐，看起來有些疲倦，我們兩人現在的模樣都萬分狼狽。我跟著到他旁邊坐好，探探他臉上的傷，他比我還慘，臉頰和嘴角都有血跡。

「那個……我覺得反而是你去趟醫院比較好，你挨打得比較多。」

我說錯話了，老四恁地給我一道犀利冷光。

「我挨打比較多，是因為他們五個全部一起上，如果一個一個單挑，想摸到我的汗毛，門兒都沒有！」

唉！都什麼時候了，跟我較什麼勁啊！

我想起那則工廠弊案的新聞，問老四那是不是背後原因。

他並沒有直接回答我，只是若有所思。

「反正，做了對某些人好的事，就一定對另外某些人不好，不可能討好所有人。」

「卻連累到你了。」

我頭一次為他政治家兒子的身分感到難過。他瞧我毫不遮掩的同情，試著向我強調這根本不需要同情。

「今天的事如果上新聞，對我爸也算好事，支持的人會變多。我哥去世那一年，他就選上了市議員。」

雖然如此，我還是覺得……心疼，那是多無奈的話啊！

我沒來由不吭聲，老四冷不防端起我下巴，左轉右轉，最後被我揮手打掉。

「你幹嘛？」

「是連累到妳才對。那些爛人連女生也打。我看妳這張臉……」他連「嘖」三聲，「明天八成會腫得像豬頭。」

「哼！反正又沒多漂亮，是不是像豬頭也沒差。」

「我才不會那麼想。」

悄悄瞄向老四，他按按紅腫的虎口一會兒，又面向前方擺放琳瑯滿目商品的店家，不再接話。氣氛忽然怪怪的，真希望他說些嘲笑我的話，不會那麼想，不然會怎麼想呢？

我將視線收回來，坐立難安。

他忽然出聲，「對了，我去買冰塊來讓妳冰敷，看會不會不用變豬頭。」

「啊，不用啦……」

沒等我阻止，老四已經快步跑向馬路對面的便利商店，我坐在原地，透過透明的自動門，遠遠望著他拿冰塊到櫃台前結帳，然後快步避開車子跑回來。

那樣體貼又平易近人的老四，在我無法轉移的視線中很深刻、很深刻地烙印下去。胸口……揪了起來。

老四坐回我身邊，向我要手帕，將三顆冰塊包進手帕裡，敷在我挨打的臉上。

我們很靠近，近得可以聽見彼此在沉默中的呼吸。冰塊其實太冰了，不過現在剛剛好，我感到自己的臉頰一發不可收拾地發燙，正需要降溫。

老四開始自顧自說起自己想說的話，「我記得寒假前妳說過要我別找妳，那怎麼剛剛又幫我打架，還在這裡等我？」

「總不能袖手旁觀吧！生你的氣是一回事，幫你又是另一回事。」

「氣我？」

「當然了，你把我當猴子耍，從頭到尾只想整我。」

「我總不能跟許彤艾說，一開始是想整妳，可是後來覺得有妳照顧也不錯吧！」

我不能理解他的思維，「你的意思是，讓學姊聽到那些話很窩囊，可是現在讓我知道就沒關係？」

「當然蕭邦和喬丹最好也不要知道，他們兩個很愛問東問西。不過，妳沒關係。」

搞不懂他大腦結構是怎麼組裝的啦！

我還陷在混亂中，老四想到有什麼事要做，把包著冰塊的手帕交給我，自己從外套口袋掏出一個深藍色紙盒。紙盒上頭有銀色英文字母作裝飾，我立刻認出那是跟老四一起去選購耶誕節交換禮物的專櫃包裝。

「明知道我的要求強人所難，妳還是一件一件地做好，所以我想過要謝謝妳。話可是說在前頭，本大爺很少主動道謝的，畢竟我不太需要別人的幫忙，對吧？」

我自動忽略這番臭屁話。

他打開紙盒，將一條亮閃閃的銀鍊子拎在指間。

墜子是一枚新月，彎弧盛著一顆小星星，它們的燦爛並不比天上的遜色。

那是我選的項鍊！

「你不是……」

不是要當交換禮物送出去嗎？

「本來是要跟妳交換禮物啊！」他怪起我的不解風情，「妳竟然打槍我。」

「我又沒有禮物跟你交換。」

「有啊！」老四淺淺地笑開，意外稚氣，「我不是收到一枝自動鉛筆和橡皮擦？」

「那個……」

那個又不能算禮物。小孩子的東西怎麼也當真？幾十塊錢的文具和幾千塊的水晶項鍊比起來，根本不能算是交換禮物。

我有好多話可以反駁，然而凝視著他好看的笑臉，就什麼也說不出口。

「後來，想趁妳回老家前把項鍊交給妳，妳又掛我電話，唉！」

他一邊誇張嘆氣，一邊將鍊釦解開，沒等我同意便靠上來，兩隻手分別繞過我頸子，要為戴上項鍊。

「妳趕快把禮物拿走，省得我得到處找人。大男人整天保管一條項鍊，成何體統。」

他又說起歪理，可是，我暗自高興，原來他有認真看待我作牛作馬的那段時光呢！在他擁抱式的貼近下，我強忍住這份雀躍，感覺得到他在我髮間努力扣上釦環的細膩手勢。咫尺之間，只要稍稍偏移視線，就能見到他濃密的長睫毛。

我垂下眼，想試著忽略微溫的男子氣息，希望他快點搞定。但……就算慢了點，好像也不要緊。

「好了。」

他稍稍離開我，這時我的胸前多了星星和月亮，熠熠發亮。

「謝、謝謝……」

我真心向他道謝時，老四顯得不太自在，於是他拉開一點距離，坐回方才的位置。

手帕裡的冰塊已經融得差不多，我將濕答答的手帕擰乾，改為幫他擦拭臉上血漬。找些事做，比較不會緊張得像笨蛋一樣。

起初他被冰涼的溫度嚇一跳，後來我對他說要先把傷口清理乾淨才能上藥之類的廢話，老四才乖順地任我擺佈。

血漬已經乾掉，不好擦，還得注意不要碰到傷口。我擦得很認真，認真到沒能察覺老四視線已經在我臉上駐留多久。

直到他伸出手，輕輕握住我忙碌的手腕，我才停止所有動作。

「可以了。」

柔和的嗓音，溫煦的眼眸。

他說可以了，我卻在這個夜晚感覺到有什麼似水情感停也停不下來地……開始了。

第五章

儘管如此，王子不能給所有的女孩都穿上玻璃鞋。

打完架的隔天，新聞果然報導出老四被圍毆的事件，鏡頭還帶到身為立委的父親那邊，他憤慨譴責那些暴力分子，並且誓言會追查這件弊案到底。

跟老四預料的相差無幾，整個輿論一面倒向支持他父親的聲浪。

我如果是老四，對於這樣的結果應該高興不起來。

對了，記得他有一個哥哥已經過世，當時看著電視中不知有沒有真的為大兒子傷心的當選宣言，會是怎麼樣的心情呢？

我關掉電視，小純正好走出房間要準備上課。

「哇！」她摀住嘴，失聲叫一下。

「是我，是我。」怕她認不出來，我趕快先澄清。

小純跑到我跟前來，打量我臉上瘀青，接著又想伸手來碰，被我機靈閃過。

「不要碰，會痛死我。」

「我知道是妳啊！可是妳怎麼會變成這樣？」

變成豬頭的意思嗎？即使有老四當下幫我冰敷，但我挨揍的臉還是免不了要浮出可怕的紫紅色，加上一點淡黃，範圍不小，幸虧沒有想像中來得肥腫，不過也足夠把小純嚇得跟見到鬼一樣了。

「不小心跌倒。」

我嘿嘿笑著亂扯謊，講「打架」，小純應該會嚇破膽。

「瑞瑞，妳要不要貼個紗布？」

「這是內傷，貼紗布沒用啦！」

「不是，紗布可以把黑青遮起來。」

我覺得麻煩，沒聽小純的話，她在出門前還是分了一個暖暖包給我。

「今天會變冷，而且，瘀青在冰敷之後就要熱敷了，多少敷一下吧！」

溫柔又貼心的小純，沒見過她發脾氣，個性逆來順受，很容易知足，所以臉上經常飄著雲朵般輕柔的微笑。

每次看到那樣療癒性的笑容就好想把她緊緊抱住啊！

我和小純完全不同，生氣起來的時候像刺蝟，又會打架，有時候也不夠坦率。尤其和老四在一起，就會變得格外彆扭。

現在臉上掛彩，和小純並肩而行，簡直是美女與野獸啊！

到學校之後走到哪嚇到哪，認識的人問個不停，不認識的人紛紛回頭偷瞄我。

也許我應該乖乖貼紗布遮醜才對。

因為當天傍晚來到鐵板燒店，被前輩嘲笑得體無完膚。那群沒天良的臭男人，一點都不懂得憐香惜玉。

「嚇死我，萬聖節到了嗎？」

「農曆七月也還沒到，不要提早出來嚇人好不好。」

「妳今天還是不要待外場，在裡面洗碗好了。」

「有『奧客』來的話，我們會叫妳出來趕人的。」

你一言我一句講個沒完，真想給他們一人一腳。

被笑成這樣，本來已經沒臉見阿倫前輩，但他一碰到我，只是稍稍愣一愣，從我身旁經過時隨口問道，「打架？」

心一驚，他怎麼會把女生跟打架聯想在一起？

小純在我支吾之際先一步幫我解釋，「瑞瑞是不小心跌倒撞到。」

阿倫前輩不置可否地走開，倒是其他人又開始攻擊我笨手笨腳。是打算笑多久才夠啊？現在要忙開店前的準備工作，我正要把一籃豆芽菜拿去洗，阿倫前輩猛然拉住我手臂。

「等一下，那個洗過了。」

好痛！我抽身瑟縮，被球棒打到的左手傷得比臉還嚴重。

他察覺有異，不吭一聲便奪走菜籃，硬是把我左手衣袖掀到手肘位置。露出一大片觸目驚心的黑青，呈現長條形，很明顯是被棒子打過。

我無言以對地和他對視，這下子很難對「跌倒」的說法自圓其說了。誰知，他只是要我去窗邊坐下等他。

阿倫前輩在吧台裡快速切了兩片薑，又倒了一小碗米酒，把薑片丟進碗裡端來。

他將沾了米酒的薑片敷在我的左手臂上，順著瘀青腫塊畫著圓。

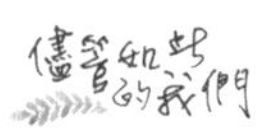

「我外婆常這麼做，滿有效的。」

「這樣啊……」

我第一次這麼慶幸自己受傷，打從一大早被嘲笑到前一刻的恥辱，都可以被現在的幸福感一筆勾銷了。

「薑片和米酒都可以促進血液循環。」

他談起醫學原理，我沒怎麼專心聽。其他人都忙得沒空理會這邊，阿倫前輩抓著我的左手腕，另一手用薑片塗抹我的手臂。一次又一次，一圈又一圈，彷彿漣漪緩緩散出了同心圓，我那喜歡他的心情，一圈圈無止盡似的……

不能準確說出是哪一天喜歡上阿倫前輩的，不過，總覺得這日子已經好久好久。久到會覺得就這麼持續下去也沒關係，沒能告訴他這份心情也沒關係，因為每一個見到他的日子都幸福到極點。

「接下來妳自己來。」

阿倫前輩站起來，看著他手指一吋吋離開，還想多和他共處一點時間，不願意這麼早就讓失落感襲捲而來。

許多自私的想法起起伏伏，最終也只能堆起朝氣滿滿的笑臉，「好。」

一抬眼，我和店外熟悉的人影四目交接，是老四！他站在不遠的路邊，不知往我們這邊看了多久，但他鐵定看到了在阿倫前輩面前紅透臉的我。

老四朝我撂個頭，示意我出去。

尷尬地走出店外以後，注意到老四臉上又紅又紫的傷，比我還慘。

老四開始打量起我的臉，毫不留情，「豬頭。」

「哼！你也沒好到哪去。」不對，我出來不是為了要鬥嘴，「你後來去醫院檢查過嗎？」

「有，為了拿驗傷單。」對於自己的傷勢事不關己的樣子，卻朝我額頭彈了一記手指，「妳八成沒去吧？講不聽。」

我按住額頭，老四後方突然爆出難聽的笑聲，喬丹和蕭邦老早就發現我，一面走近，一面誇張地把我看個過癮。

「哇塞！端端妳被家暴？」

喬丹狀似跟我很熟，直呼我名字，不過我不叫「端端」。

「第一次看到女生破相耶！」蕭邦像是在觀賞稀有動物，還不忘說起冷笑話，「欸欸！問你們，香蕉跌倒摔到，會變成什麼？」

「茄子，因為黑青了。」我心寒作答。

喬丹居然對冷笑話很買帳，和蕭邦兩人笑成一團。

「喂！有什麼好笑？少無聊了。」老四龍心不悅地掃他們一眼。

蕭邦被瞪得有點委屈，「你剛才不是也在笑。」

對啊！你剛剛劈頭第一句就是「豬頭」耶！

「我可以笑，你們不行。」既任性又霸道。

然後喬丹和蕭邦像小孩子一樣追問「為什麼」，我也想問，可是，莫名覺得不好意思。

「那個……我要回去上班了。」

「等一下。」老四拿出一張精美的邀請卡，「蕭邦下星期六有發表會，來聽吧！」

我還在研究上頭寫的時間和地點，蕭邦撥一下劉海，瞬間變回氣質優雅的鋼琴王子。

「我還會跟國外有名的樂團一起合奏，跟一般小場面的發表會不一樣。」

我連小場面的發表會都沒去過一次啊！

「你們先去車上等我。」老四支開他們兩個以後，對我半命令說道，「我們三個裡面，就我還沒找到伴一起去，妳來充當一晚吧！」

因為是相當正式的發表會，所以要帶女伴才得體嗎？

「學姊呢？你找她吧！」

一提起學姊，老四臉色立刻往下沉。

「我已經一天到晚被她關心有沒有女朋友了，還讓她當我女伴，像話嗎？」

呃……好像有道理，可是還是覺得邏輯有哪邊怪怪的。

「我沒有合適的衣服。」

「我帶妳去買。」

「不要。」

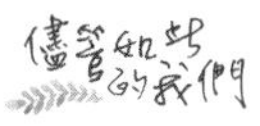

「那穿牛仔褲來吧！就這樣。」他出乎意料地乾脆，而且還擅自結束談話，朝那台藍色奧迪走去。半路停下，回頭衝著我笑，「就算沒有合適的衣服，可是星星和月亮都在妳身上，挺好看的！」

一開始，我聽不懂他在說什麼，奧迪離開後，才恍然大悟地摸摸鎖骨中央那顆項鍊墜子，星星和月亮。

我彎彎嘴角，低頭看手上的邀請卡，沉甸甸的，比起前不久流行過的耶誕卡要精緻許多。燙銀的字體熨上老四的體溫還沒有完全散去，我把手指移開些，避開任何會讓我憶起昨天晚上他將我牢牢擁入懷裡的機會。

晚上十點，店打烊了，小純在門口拖地，我在收拾鐵板吧台，阿倫前輩早早做完自己分內的事，穿上外套，說他有事要先走。

自動門一開，下降好幾度的冷風迎面吹來，他僵立片刻，嘆氣嘆得頗為無奈。啊，討厭冷天氣是吧？

小純看了看他，忽然丟下拖把跑進休息室，不多久又跑回來。

她遞出暖暖包。小純只帶一個在身上，若是給阿倫前輩之後，自己就沒得用了。

「我、我今天……給……」

只要是跟異性講話，小純就會不自覺結巴，連對方的臉也不敢看，即便是工作上總是拉她一把的阿倫前輩，她也刻意拉開安全的距離。國小和國中時代被臭男生欺負得特別慘，陰霾也特別深。

阿倫前輩倒是故意盯著她，好像這樣的小純很有趣。他脫下本來已經戴上的手套，用那隻手的手背去觸碰小純還緊拿暖暖包的手，登時嚇得她整個人急凍住。

阿倫前輩收回手，笑一笑，「妳的手比較冰，自己用吧！」

然後他快速為雙手戴上手套，出門。

小純原地呆立一陣子之後，傻乎乎把暖暖包塞進身上口袋，塞了三次才成功，中間還不小心讓它掉在地上。她撿起來，重新注視著暖暖包，和自己的手。

小純白淨的臉龐，有不少心事。

我再度低頭清理吧台，同樣覺得有不少思緒湧上心頭，卻分不清想無視方才那一幕的心情是什麼。

直到我們回到住處，小純依然維持同樣的表情，心不在焉卸下外套，摘掉圍巾，當她以夢遊方式慢吞吞走到房間門口前，忽然側過頭喊我。

「瑞瑞，為什麼明明已經下定決心要把話好好說出來，可是事到臨頭卻總是像放羊的孩子，什麼也做不到……」她像做錯事的孩子般懊惱。

「有些話，並不一定要說出口才會懂。」掙扎半天，我深呼吸，笑嘻嘻地為她打氣，「我記得妳說過，只要有相同的心情，對方一定感受得到，對不對？」

我讓她想起曾經堅信不移的信念，於是小純溫婉地笑了。

小純回到房間後，我也走進自己房裡，開始脫掉身上笨重的外套和毛衣。這件套頭毛衣領口好緊，我往上拉扯兩下也沒辦法掙脫出來，索性一骨碌直接倒在床上。

剛剛的我，到底是什麼表情呢？沒有毛衣矇住的臉，有好好笑著嗎？

小純以前說過的話，是指著「兩個互相喜歡的人」而言。方才她並沒有否認，所以小純……喜歡阿倫前輩是嗎？

而我到底是憑著哪一點自信去安慰她？小純為了改變膽小的自己而悄悄努力過無數次，我卻連一次也沒為心上人做過什麼。

拚命練好廚藝，讓阿倫前輩誇讚，說到底還是為了我自己，阿倫前輩根本沒有從我這裡得到什麼。

我是不是不夠喜歡阿倫前輩？如果是，見到他用不同於對我的方式去觸碰小純的手，為什麼心會痛得想落淚呢？

開學後第一次來到店裡，一一和鐵板燒店裡的前輩們擊掌，那個時候便隱隱約約發現阿倫前輩和小純之間微妙的互動，我說服自己那是巧合、是我多心。

現在，愈來愈有我是局外人的感覺，是我在看著他們的故事，程瑞瑞並不在裡面。

可是，明明我和小純同時來到鐵板燒店打工，明明我們都同樣被前輩們找過麻煩，明明阿倫前輩和我交談得比較多，明明……

我是那麼喜歡他。

緩緩穿上大衣，厚厚的重量差點要把盈眶的眼淚給震落。

「瑞瑞？」

小純身穿睡衣從房裡跑出來，懷裡抱著一件衣服。我吸一下鼻子，佯裝是天冷的關係。

「妳要出去？」

「嗯，今天要打掃。」

「啊，我忘了。那，等妳回來再試好了。」她將衣裳展開，是一件粉紫色的及膝洋裝，顏色柔和，高雅又不過於死板。「我找到讓妳明天穿去音樂會的衣服了，鞋子也可以穿我的去，我們兩個的尺寸一樣。」

關於那個隆重的音樂會，小純比我還要緊張。她知道我沒有可以穿到那種場合的服裝，起先提議要陪我去選購，我覺得不需要為了那麼一晚花錢，她便連夜為我翻遍自己的衣櫃，找出這麼一件漂亮得我都捨不得穿上的洋裝。

「謝謝，那我回來再試。」

當天去八〇二號房打掃完，到學校上課，然後又去課輔。課輔當中玩起了戶外活動，我也下場跟孩子們玩得很瘋。輪到「大風吹」這個遊戲時，有一回我沒能搶到位子，正在唉唉叫，

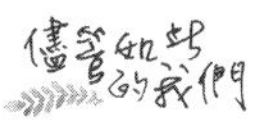

沒想到小西竟然站起來，往前走幾步，望著我，一手指向他的椅子。

小小的個頭，要保護著誰的堅強眼神。

小西男子氣概的舉動讓我感動好久，好希望他能永遠這麼可愛，希望他可以一直平安健康，希望……他心裡最愛的人也會跟我一樣愛他。

返回住處已經晚了，小純老早等著我試穿洋裝。原以為那件粉紫洋裝讓我這有老媽子氣質的女生穿起來會相形見絀，但，當我注視鏡中的自己，一瞬間有了陌生的錯覺。那倒影看起來不像我，而是平常會讓我以欣羡目光多擱淺一會兒的美麗女孩。

「瑞瑞不愛打扮，所以一定連妳都沒發現自己這麼漂亮。」

小純見我出了神，笑嘻嘻對我打趣，興致一來，還拿起電捲棒想把我長髮的髮尾弄捲，不過她玩了一下，突然靜止動作，疑惑看住鏡中的我。

「瑞瑞，妳那條項鍊呢？」

我跟著朝鏡中看去，我的鎖骨位置好空曠，天啊！星星月亮不見了！

我無法找到適當的語詞來形容當下的心情，驚恐、著急、汗毛直豎！從椅子上跳起來，我立刻把住處徹底翻了一遍。陪我一起找的小純比較早冷靜下來，她細心地回想，「我覺得不會掉在家裡，妳早上出門前我還看到妳戴著那條項鍊。」

「對、對喔！應該是在外面弄掉的。」

我回溯一整天下來的行蹤，最後推理出課輔時玩的戶外活動嫌疑最大！

玩得太投入，項鍊很有可能在當時被拉扯下來。

「我出去找一下！」

「啊？不要啦！瑞瑞！已經快十點了耶！」

小純倉促的聲音已經被拋在腦後。我抓了外套就出門，忘記身上還穿著那件布料不是太厚的洋裝，一路冷到不斷發抖。來到漆黑風大的籃球場，用手機的光線把那附近來回找了不下三遍，電力只剩一成不到，還是沒能發現星星月亮的蹤影。

隔天我在校園進行地毯式搜索，甚至因為太專心而不小心蹺掉一堂課。然後再到街上把我昨天經過的路線重新找一遍，從昨晚到現在把我急壞、累壞了，可是最後依然沒能找到那條星星月亮。

小純見到失魂落魄的我，提醒我別忘記晚上的音樂會，要提早打扮好才行。除了洋裝和高跟鞋，她很樂意再借我一條別緻的項鍊。

戴上那條雪花造型的項鍊時，我便知道我的胸口只認星星月亮了。感覺不對，什麼都不對，不是星星月亮就不行。

等等老四來接我，如果發現我沒戴上他送我的項鍊，會怎麼說呢？

不，也許他不會注意到，我不是他的什麼人，老四沒理由要在意我的細瑣小事。

更何況，今晚我只是去幫他湊人數的。

懷著忐忑不安的心情，步出公寓大門，見到站在藍色奧迪旁的老四時，心臟用力怦動了一

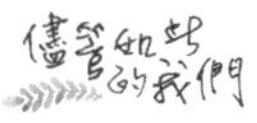

下！

深藍色西裝搭配深灰色牛仔褲，讓他看起來沉穩又不過於拘謹。他穿西裝真好看，英逸挺拔，雖然平常就自信滿滿，不過現在更是意氣風發。

而且，這是第一次有男生開車來家門外接我，覺得自己是被施了魔法的灰姑娘，我身上那些瑰麗的衣物和飾品都不屬於我，它們卻能讓我一嚐成為公主的滋味。

我以為我盯著老四看到出神已經夠失態，沒想到老四一雙眼睛逗留在我身上的時間，久到讓我擔心自己是不是哪裡出了洋相。

「看起來真不像妳。」他呼出一聲感嘆。

我藏住竊喜，故意反問，「是『好的』不像，還是『壞的』不像？」

他也挺壞心，揚高眉梢和嘴角，「不告訴妳。」

我嘛嘛嘴，坐上他為我開好車門的座位。不過車子剛開始行駛，老四便問：「怎麼沒戴我送妳的那條項鍊？」

哇！劈頭就問。我硬著頭皮，坦誠相告，「項鍊……我前天不小心弄丟了……」

「弄丟？」他的尾音挑得特別高，一整個像古裝劇裡老是刁難奴婢的娘娘，「在哪裡弄丟的？」

「有可能是在課輔的時候玩得太瘋……」我自責地低頭賠罪，「對不起！雖然已經拚命去找了，可是還沒找到，我明天會繼續找的！」

我準備好要面對老四勃然大怒之類的反應，甚至他還有可能逮住機會繼續奴役我。可是一分鐘過去，老四仍舊注視前方車況，一派從容。

「妳說，是前天掉的？」

「嗯，早上出門時還在，晚上回來就發現不見了，是我太不小心……」

「算了，又不是太貴重的東西。」

啊？什麼不是太貴重？那明明很貴好嗎？更何況重點是……

「那是你送我的項鍊耶！」

在我大聲強調星星月亮的重要性之後，車內驀然陷入一陣尷尬的死寂。

怎麼、怎麼回事啊？我明明沒說錯話，卻似乎是說了不該說的話……

老四沒吭氣地開車，中間他沉沉呼吸一次，把方向盤重新抓緊，彷彿前方車況非常需要他集中注意力。我則轉向另一邊，車窗倒影讓我的羞澀無所遁形。

載著我們兩人的奧迪就這樣一路靜默著直駛到會場去。

音樂會會場布置得金碧輝煌，場外不乏好幾個俗氣的祝賀花圈。不過無損這場音樂會的高檔格調，政商名流雲集，穿著隆重，簡直跟國際服裝秀沒兩樣。

我定睛觀望印有蕭邦照片的海報，他凝神撫琴，後面有一群我不認識的樂團當背景。不講冷笑話的他，真的好有氣質。

「光磊！」

正要走進會場，後方有人柔聲呼喚老四名字。

是許彤艾學姊！哇！她今天美翻了！一襲黑色小禮服讓她直接擊敗彈琴的蕭邦，一抹精心淡妝就足以令她光耀動人。

身為女生的我都看呆了，而身邊老四八成見怪不怪，沒什麼特別反應。

學姊對我做出一個神祕兮兮的微笑，接著假意怪起老四，「原來你要邀學妹一起來，難怪不想當我的男伴。」

我很驚訝，學姊本來是邀請老四一起過來的嗎？那老四幹嘛不順勢答應就好，還要特地拖我下水？

「帶她過來見見世面。」他隨口講了一個爛理由。

「我看，見世面的人是你才對吧！看，學妹今天多漂亮。」

學姊輕輕鬆鬆就幫我扳回一城，還順便誇獎我，謝謝學姊！天底下怎麼會有這麼貼心的人哪！

不久，喬丹帶著一位小家碧玉型的女孩子過來，兩人將近三十公分的身高差距好萌呀！

「端端？差點認不出來，哇塞！很正耶妳！」

喬丹顯然花一番工夫才認出我，可是你身邊難道都沒人糾正一下我的名字不是端端嗎？

「咦？彤艾，妳自己一個人來？」稍後，喬丹注意到雙雙對對的組合中，只有學姊一個人是落單的。

「嗯，今天適合自己一個人。」

她說了一句饒富玄機的話，但喬丹和老四似乎都了然於心，沒人再追究下去。

又有一群認識他們的人上前來寒暄，我被晾在一邊見識他們的社交圈到底有多大。偶爾被介紹是老四的女伴，他們會對我打分數般地和善微笑，拜這身妝容之賜，分數大概不壞。

「聽說，妳那天掛彩是因為要救老四？」喬丹巧妙脫離那群人挨到我身邊。

我一開始不太敢照實回答，警戒性地等他自己說下去。

「老四跟我們說的，說妳跟小蘭一樣，英勇威猛。」

「小蘭？」

「妳不知道？漫畫《名偵探柯南》裡面的女主角，她也很能打。」

「喔！她啊。」

「幸好有妳幫忙，如果老四再出什麼事……」

「再」？表示以前也發生過不好的事囉？

這一次我腦筋動得快，立刻脫口而出，「老四的哥哥？」

喬丹也許認為老四已經讓我知道不少事情，跟我像老朋友一樣地聊開。

「是啊！他是我們之間的老大，四個人裡面已經走掉一個，如果老四又怎麼樣……」他沒接著講完，嘆口氣，轉移話題，「我們好不容易才習慣沒有老大的日子，彤艾也終於會跟以前一樣說說笑笑了，真不想再看到她像殭屍一樣啊！」

「你應該是想說像『行屍走肉』吧？」

「喔！對啦！我就記得是什麼『屍』。」

「學姊那麼難過啊？」

喬丹聽到我的嘆息，反而作出怪疑的表情，「老四沒跟妳說？彤艾是老大的女朋友耶！」

咦？原來如此啊！學姊會跟他們這群人這麼要好，原來有這層淵源。算起來，她原本會是老四未來的嫂子囉！難怪老四口中的那位「很親的學姊」總是帶著苦口婆心的形象。

「你們在幹嘛？快開演了！」

不知何時，聊得十分熱絡的那群人早已進場了，老四站在門口朝我們喊。

喬丹轉向我，沒頭沒腦對我說：「老四人不壞。」

在他們眼底，老四就跟弟弟一樣吧！喬丹是想讓我知道，我並沒有救錯人嗎？

我輕輕笑一笑，「我知道。」

他也回給我一個粗獷笑臉，還用粗大厚實的手掌往我肩膀拍一下，便朝那位小家碧玉的女孩走去。我回到老四身邊，他納悶我和喬丹聊什麼聊那麼起勁，被我隨便敷衍過去。

「真稀奇，除了女朋友之外，喬丹不太理女生的，你們什麼時候這麼好？」

我淘氣握起雙拳，肯定自己的努力，「大概是因為我有好好保護你吧！」

「什麼鬼？」

我「嘿嘿」地笑，他被我搞得莫名其妙，倒也在唇角洩露一份嘉許。

他伸出手，拍拍我的頭，「妳不錯，跟我兄弟好好相處吧！」

跩什麼呀？儘管內心嘀咕，我還是開開心心跟上他腳步。

會場幾乎滿座，蕭邦面子真是大呀！學姊在離我們幾步遠的前方尋找自己的位置，一旁冒出一個淺藍西裝配亮黃休閒褲的痞子男上前搭訕，聊沒幾句便想邀學姊星期天一起吃飯。我和老四雖然已經找到座位，可是情不自禁被那邊的情況發展吸引過去。

他們應該認識，學姊推託得委婉，可惜對方臉皮太厚，聽不出她並不想赴約。

眼看學姊就快招架不住，準備舉白旗投降，「我哪有每次都說不要，不然這樣好了……」說時遲那時快，老四介入他們，是以相當無禮的方式走進痞子男和學姊中間，還無視被他擋在後頭的痞子男，逕自和學姊交談起來。

「喂！不是說要幫我搞定報告？這星期天不幫我搞定會來不及。」

學姊失笑，「哪有那麼誇張，下星期天再弄也可以。」

「不行，下星期天我不想碰報告，這星期天比較天時地利人和。」

看吧！他給的理由都很莫名其妙。不過，學姊忍著笑，心底有數又百般無奈之下，轉而向痞子男道歉。

「抱歉，我忘記還得幫學弟完成報告，下次有機會再說吧！」

痞子男還想扳回一城，可是老四斜眼瞪人的威能太強大了，他只好摸摸鼻子離開。

學姊低聲責備老四，「快去坐好。你真的很壞。」

「哪有。」

我也有弟弟，非常能夠體會弟弟就是屁孩的為姊心情。現在的老四就是那樣，就算他出面幫學姊解危，還是一個欠揍的屁孩。

音樂會開始了，先由蕭邦鋼琴獨奏，全場鴉雀無聲，聆聽他出神入化的琴藝。學姊坐在我們的前三排，她身旁有一個空位，在一排排整齊的人頭之中，那樣的空缺異常突兀。

因為在場的賓客都是出雙入對的吧！好寂寞的學姊。

蕭邦演奏完第一個曲目，拿起麥克風站起來。他走到舞台中央，向大家說明再過三天便是一位老朋友的忌日，今天演奏的所有曲目，都是那位老朋友生前所鍾愛的，他要全部獻給那位老朋友。

語畢，全場紛紛鼓掌，只有老四不為所動，他面向前方，淡然處之。

後來，樂團加入舞台表演，和蕭邦合奏好幾首動聽的曲子。可惜我完全不知道任何一首的曲名，只覺得含著一份悼念的心意，不論什麼音樂都會變得情感豐富。

從我們這邊的角度，隱約看得見學姊的一點側臉。她很平靜，幾分的懷念，幾分的愜意，這樣的學姊反而讓我覺得她堅強非常。

中場休息，發現手機裡有一通小純撥打的未接來電，於是離座到外頭回撥電話。

「瑞瑞，我們打烊之後要走路去逛夜市，妳要不要一起來？音樂會應該不會拖到那麼晚才結束吧？」

為了音樂會，我今天打工請假，但小純還是去上班。她進步好多，想當初只要我請假，她也會跟著休息，只因為她不敢落單。

「再四十五分鐘就結束，那我直接去夜市找你們。」

掛了電話，我拉拉身上洋裝，暗自欣喜。趁今天還沒卸掉這一身美麗裝扮，也讓阿倫前輩看一看，當他看見不穿圍裙、不沾一身油煙的瑞瑞時，會怎麼說？

跟其他人一樣說我不像平常的瑞瑞嗎？或是一句話也不吭，只是盯著我瞧呢？

我掩飾起雀躍的心情，回到會場。來到我們這一排走道口，發現老四仍舊留在位子上，維持我離去前的姿勢遙望舞台。

不，不對，他並不是在看舞台。演奏時在黑暗中很難抓準他的視線，不過現在是大放光明的休息時間，我從後頭能夠清楚捕捉他視線的聚焦之處，是坐在斜前方的學姊。

他凝然守望，有許多心事似的。

相隔幾排的距離，那些心事僅斂於老四款款的眼眸底。

他是不是……其實放心不下學姊？即使表面上老嫌她囉嗦。

或者，今天為了他哥哥所舉辦的音樂會讓他觸景生情，心疼起學姊了？

我輕巧回到座位，老四瞄來一眼，關心起我的狀況。

「會無聊嗎？不是所有人都喜歡古典樂。」

「是沒有特別喜歡，不過不無聊啊！」

「那就好。」他又轉頭看向舞台，喃喃碎唸起來，「我哥很外向，靜不下來，可是不知道為什麼特別喜歡這種音樂，經常把它當搖滾樂一樣音量開得很大聲，強迫我們一起聽。」

我乖巧傾聽他記憶裡的哥哥點滴，直到燈光再度暗下，下半場的演奏即將開始。

就算無法百分之百體會失去手足的感受，單憑想像，就覺得那一定難過得要命。

這場音樂會是蕭邦的好意，就另一方面而言，會不會是強迫老四和學姊回到失去一個人的傷痛中？

儘管我怎麼也不能明白，我的手，已經輕輕握起老四的手。

不明朗的光線中，他訝異地側頭看我，再看看底下的手，問：「妳幹嘛？」

「幫你分一點過來。」

「分一點什麼？」

我想一想，才正面對他，「明明難受到極點，卻還得繼續掛著笑臉的那種心情。」

「啊？」

「那種不健康的心情積太久會生病，你可以分一點給我。」

「怎麼分？」

我舉舉我們握著的手，呼溜溜轉一下眼睛，「傳送……之類的？」

老四睥睨地瞪來一眼，「妳白痴喔？」

他想把自己的手抽回去，可是不知打哪來的執著，我用力握緊，不讓他得逞。

蕭邦開始彈琴，這次又是他獨奏，悠揚的鋼琴聲環繞在偌大的音樂廳，琴聲太美，幾乎所有人都屏息聆聽。

沒什麼難過的過去，和政治紛擾更是絕緣，我的心很空很寬廣的，可以多塞一點煩惱、一點憂傷也不要緊。我想讓老四知道這一點。

依稀，感到老四的手放鬆下來，還似有若無反握住我的。

「白痴。」他用只有我聽得到的音量又說了一次。

我悄然微笑，和他一起觀賞蕭邦的舞台，在沒有人注意到的黑暗裡，老四大大的手用禮貌的力量觸碰我的手指。那原本是開玩笑的話，我卻在動人的琴聲中、在怦然加快的心跳聲中，感覺到某種……暖流般的「傳送」。

音樂會圓滿結束，會後大家寒暄了一陣才互相告別，時間拖一拖，也快十點了。

我一坐上老四的車，直接提出請求，「等一下可以載我去夜市嗎？」

「夜市？」

「嗯，鐵板燒店附近那個夜市，你應該知道。」

「喔！穿這樣去逛夜市？」

他質疑起我今晚的盛裝打扮，我好心虛。

「要再回去換，太、太麻煩了。」

老四不作聲，開了一會兒車，突然迸出一句，「你們店裡那個單眼皮、沒表情的傢伙也會去對吧？」

我怔地僵住。

「會……會啊！而且他不是沒表情，人家會笑、會生氣的。」

「是喔！」他嗤之以鼻，「就是因為他，所以寧願不當我女朋友嗎？」

「你分明只是想找我演戲而已！我怎麼可能為了那麼扯的理由答應？」

「妳故意穿成這樣去逛夜市就不扯？」

他叫我無話可說，而且還有點生他的氣。

老四沒說錯什麼，正因為如此，所以我生氣，氣自己被看得徹徹底底。

下車前，我沒忘記禮貌，向他道了謝。他超冷淡，完全沒理我，等我把車門關上，便開車離去了。

這個夜市就連平日也湧進不少遊客，我走進人潮中，注意到路人會往我多看幾眼。他們一方面覺得我的穿著不對，一方面似乎覺得這女孩子賞心悅目。平常走在路上，我很少接受到這樣的注目禮，只有今天一個晚上也好，讓我當一次美麗的灰姑娘吧！我滿懷興奮，抬頭挺胸，期盼能夠早點見到阿倫前輩。

今天出門前，小純曾經好心提醒天氣預報可能會下雨，我沒放在心上地回話說，今天搭老四的車，不怕。

不過就當我賣力在人群中穿梭時，聽見黑漆漆的天空隱隱傳來醞釀中的雷聲。沒料到夜市會這麼擠，太失策了。等我找到他們，搞不好夜市都要收攤了。

這時手機傳來小純的訊息，說他們幾個人也走散，問我在哪裡。

小純跟大家走散？她自己可以在人山人海當中求生存嗎？我暫時把阿倫前輩放一邊，決定先找到小純再說。

小純說她在編號「D十八」的攤位。好不容易衝鋒陷陣擠到那附近，我踮高腳尖，總算從一群人頭頂中發現小純的蹤影。

「小純！小純！」

再怎麼拉開喉嚨喊叫，都傳不到小純那兒，不過下一秒她不安的臉馬上轉為欣喜！

小純並沒有看到我，她所看到的，是朝她走去的阿倫前輩。

我雙腳站住，望著阿倫前輩來到她面前，唸了幾句，兩人再度啟步。小純一邊走，沒忘記要跟我聯絡，我的手機響了。

由於忙著撥手機，小純很快就被人潮愈擠愈後面，和阿倫前輩的距離也愈拉愈遠。

雨在這個時候落下。

夜市中原本以固定節奏緩慢移動的人潮，突然像水面被攪亂的魚兒瞬間四處流竄，我的肩膀因此被錯身而過的路人推撞好幾次。

阿倫前輩卻奮力逆著人潮來到小純面前，他半責備半無奈瞥她一眼，猛地拉起她的手朝前方小跑步起來。

我一動也不動望著他們，雨勢變大，胸口的痛楚也擴大了。

阿倫前輩帶著小純躲到一個有遮雨棚的店家外。遮雨棚不寬，他讓小純靠裡邊站，緊挨著她站立。小純拿握手機的手停在半空中，在阿倫前輩的保護下，她的神情羞澀中混雜著幾分不知所措，好可愛。

雖然沒有華麗的洋裝和別緻的鞋子，小純卻是一個惹人疼愛的灰姑娘。

前一分鐘還擠得水洩不通的夜市，現在空出好多冷清空間，只有天上落下的雨點愈來愈密集。他們不約而同望向天空，又看著對方，見到阿倫前輩頭髮因為小小遮雨棚擋不了多少雨而沾上水滴，小純怯生生伸出手，一次又一次，慢吞吞為他撥下。

老四說阿倫前輩不會笑，雖是若隱若現，但他的確暖洋洋地笑了。

「如果兩個人互相喜歡對方，就算不用大剌剌地表示出來，一定可以從平常的蛛絲馬跡知道對方的心意。」

膽小的小純，應該知道吧！連我都看出來了啊。

「喂，小純，嗯，抱歉，我還是不逛夜市，穿這樣太不方便了。」

我一面講手機，一面步行離開夜市。電話那頭的小純關心著我的行蹤，我繼續對她說著謊，「妳不用等我一起回去，我還要在外面晃一下，先請前輩載妳吧！好，拜拜。」

把手機收好，我抬頭面向雷聲蠢動的天空，雨點以放射狀灑下。漸漸的，梳好的俏麗髮型泡湯了，精心化好的妝顏也花掉，更別提這身洋裝，因為吸收了雨水而不再飄逸。

還不到午夜十二點，在我身上的魔法卻提早消失。

也許，我真的是灰姑娘，只是阿倫前輩不是我的王子，他遞出的玻璃鞋，我無法穿下。縱然我有多麼想將自己的腳塞進美麗的鞋子，可是王子並不能給所有愛他的女孩都穿上玻璃鞋。

我緩緩朝著住處方向走，大概也得走至少半小時以上。半小時，應該夠我沉澱情緒，然後整理笑臉面對小純吧？路面開始積水，高跟涼鞋每踩過一次，水的濕涼便從腳底滲入體內，澆熄幾分鐘前我想見到阿倫前輩的滿腔期盼，留下這場雨在我心底愈積愈高，愈下愈冷。

好難過，好想哭，我卻有些木然恍惚，失戀就是這樣嗎？以為會是驚天動地，到頭來什麼情緒也發洩不出來，只想消失到哪裡去，不用看見他們相愛的某個地方去。

然而還是有人發現失魂落魄的我。

「喂！」車子喇叭叫了兩聲，接著有人大喊，「妳在幹嘛？」

我側頭，藍色奧迪在路邊停住，降下的車窗窗口出現老四的臉。

「你怎麼會在這裡？」我詫異萬分

「來夜市當然要買消夜。」這樣扯著喉嚨講話太累，他索性熄火下車，撐傘走來，將傘面移到我頭上，「幹嘛淋雨？沒傘不會先去躲雨？」

我跟著把狼狽的自己打量一遍，尷尬到極點，「我……想早點回去了。」

他還想損我，忽然想到什麼，改口問：「我剛看到那個單眼皮和妳室友在一起，你們沒遇上？」

「……」我猶豫一下，試著掩飾難堪的情緒，輕鬆以對，「我看到他們了，不過，臨時決定不逛夜市。」

「啊？妳不就是為了要讓他看妳今天的打扮才去的嗎？」

「那個啊……後來發現這樣太笨了，打扮根本不算什麼啊，你看，一下雨，就變成落湯雞了，哈！」

「妳有毛病啊？這根本不好笑。」

老四不留情地罵完我，發揮他的紳士精神，脫掉西裝，將它蓋在我身上。西裝比想像中還重，上頭暖和的餘溫立刻包覆我冰透的皮膚，將狀似麻木的情感一層層融化。

那溫度比預期還要灼熱，熨上了眼眶。

老四觸見我再也擠不出笑容的臉、濡濕的眼眸，他稍稍暫停動作，端詳我。

「妳故意不去找他們？」穩篤的嗓音，彷彿早已看透了我。

「……」

「單眼皮喜歡妳室友？」

「……」

「幹嘛非要一直笑著不可？笑臉應該是給自己看的啊！」

我抿緊唇，眼淚便從模糊的視野滴淌下來。

那滴眼淚宛如洪流開關，伴隨心臟劇烈的酸楚和疼痛，淚水一顆接著一顆往下掉，停也停不下來。

我也不想故作堅強，但，別人費心的安慰於事無補，有時只需要大哭一場便能海闊天空。

況且，要哭，也不該是在老四的面前，那太不爭氣，急得想抹把臉抹乾淨，恍然之間，他將我攬入懷裡。

這擁抱來得太突然，我怔住，面對積水上一圈圈滑開的小漣漪，腦筋一片空白。

「你……做什麼……」

老四先是不語，最後學起我的說法，「傳送……之類的？」

我想推開他，「我剛剛又不是用抱的。」

誰知他竟連「死不放手」這一點也一併效法，我一時沒法掙脫開來，倒聽見老四在我濕透的髮間低喃，「這樣看看能不能分更多過來給我，我是男生，可以多接收一點。」

又是亂七八糟的論調。我不禁想笑，但他懷抱著我的體溫太溫暖，不斷催化眼淚奪眶而出，我將又笑又哭的混亂情緒埋入他逐漸淋濕的襯衫中。

都是老四害的，我原本不會哭得這麼肆無忌憚，是他張開了手臂，說會照單全收，把我那碎得七零八落的心全部收納過去。

淚水，就像這場春雨，我在痛哭失聲中，一滴又一滴地，告別無疾而終的單戀。

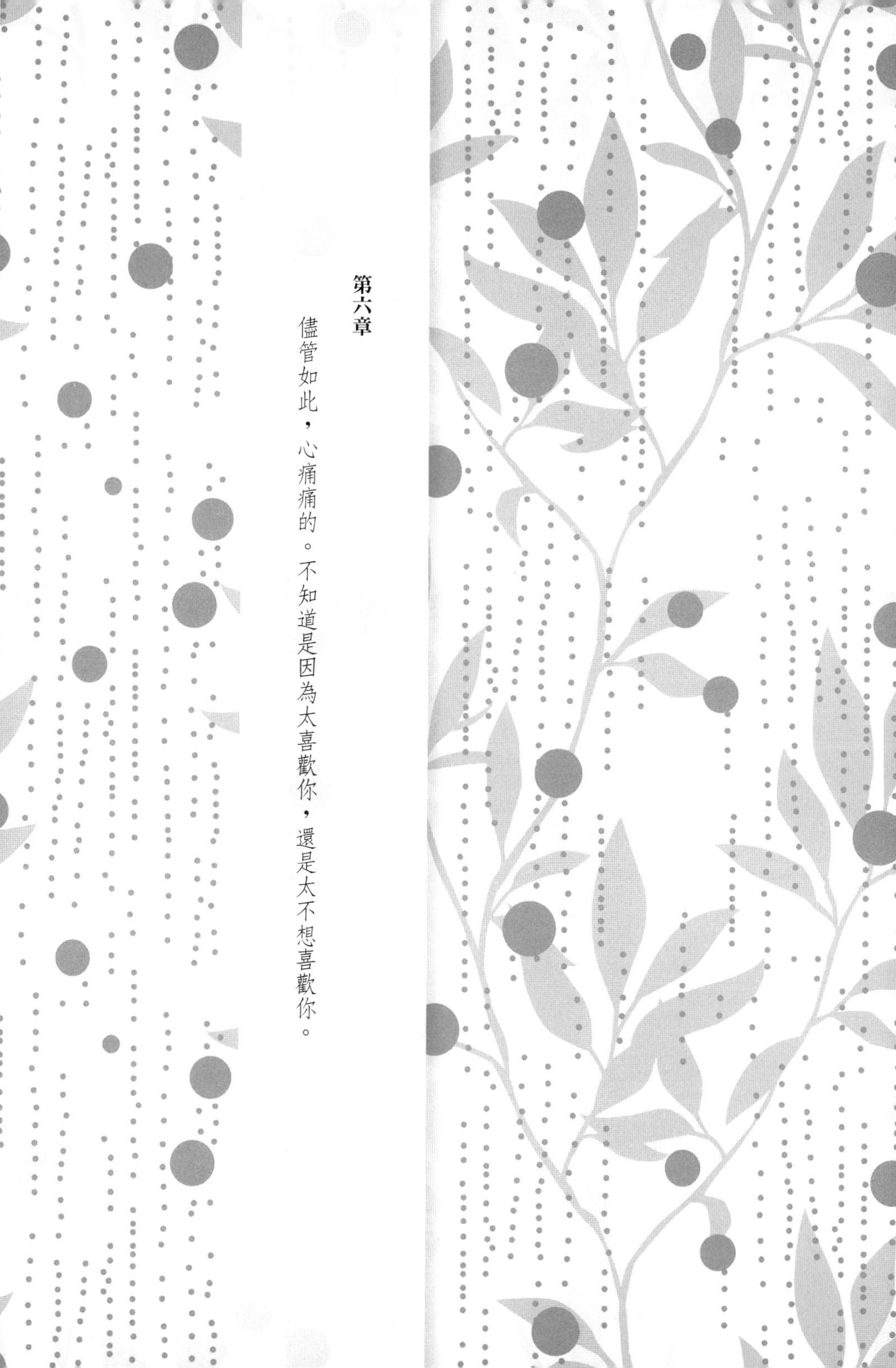

第六章

儘管如此，心痛痛的。不知道是因為太喜歡你，還是太不想喜歡你。

我對著天花板發呆。

最近早晨一醒來，總是無精打采地陷入恍惚，或許，是因為失去期待新的一天的理由。梳洗時，和鏡子倒影面對面，那是一個十分徬徨的女孩。一再內心喊話了無數遍，要振作，要振作，可是到底該怎麼做，才叫做「振作」？

「瑞瑞，心情不好？」敏感的小純曾經探問過。

「嗯，不過不是什麼大不了的事，我想，過幾天就沒問題了。」

小純反應遲鈍，有時又靈敏得驚人，我不想在她面前裝作一如往常，那太累了。

「好，需要我，就告訴我一聲。」

她不追問，只給我「會站在妳這邊」的微笑。

我喜歡小純。這樣的念頭剛閃過，心裡便明白為什麼阿倫前輩也喜歡她。不管被動或主動，小純總是做著大家都不願意做的事：倒垃圾、拖地板、跑腿。總是與世無爭，總是很寬容。

看著她與阿倫前輩日久生情的互動，我嫉妒不起來，可是，也開心不了。

失戀真的不是世界末日，因為睜開眼，地球依然如常轉動，日子一天一天過去，然後，又來到星期三。

在打開八〇二號的房門前，一度躊躇數秒，做了兩次深呼吸才開門進去。

玄關有一雙沒擺放整齊的球鞋，我萌生一道預感，躡手躡腳走進客廳，確認沒有完全閉合的房門裡頭毫無動靜之後，才將門推開一些。

床上，棉被底下隆出一個正在睡覺的人體形狀來。

果然，老四在。

我退出去，冷靜，將事先預備好的口罩戴上。

既然已經決定要繼續在這邊工作，所以偶爾出現屋主在家的情況也是預料之內，這些心理建設早就做好，我只是……只是還沒準備好要面對那個雨夜後的老四。

如果我現在並沒有想像中難過，如果我還能用笑臉面對阿倫前輩和小純，我想，老四佔了大半的原因。

誰會料到眼睛長在頭頂上、不可一世的老四竟然在我最難過的時刻，陪我淋著雨，安慰了我。

我煞住擦拭流理台的手，卻煞不住那個擁抱畫面如失控的列車撞進腦海！

啊……好丟臉……

我承受不住地蹲下去，後悔自己怎麼會在他面前哭得一蹋糊塗，以後要拿什麼臉見老四呢？

就這樣，一邊賣力打掃，一邊懊惱慚愧，還是把客廳、廚房和浴室都掃得清潔如新，就剩下臥室。

通常屋主在，我是不會進去整理房間的，尤其老四還在睡，那就等同飯店房門掛著「請勿打擾」的牌子一樣。

不過，只幫腎蕨澆個水應該無妨吧！

拿著水杯，輕輕走進老四房間，他面壁睡著，正好。我從他背後溜到窗口，剛準備把杯子裡的水倒進花盆，不意觸見書桌上的筆筒中斜插著一枝自動鉛筆，上頭有變形金鋼的圖案。

我慢慢擱下手，憶起耶誕節前夕我將鉛筆和橡皮擦送了一份給老四。

孩子氣的筆，和周圍昂貴的原子筆為伍，縱然是那麼格格不入，他還是好好收著啊！

這時，後頭響起棉被被掀動的聲音。

我嚇得回頭，老四翻身過來了！不幸中的大幸是，他仍舊睡得沉。

細長的窗簾縫隙間，陽光沿著特定軌跡灑在枕頭上。我撫撫心臟快停止的胸口，定睛觀望老四的睡臉。老實說，他不自大也不傲嬌的時候，挺、挺可愛的啦！特別是當他下車為我撐傘，還無厘頭地說要幫我分擔一點難過……

雖然那無厘頭的說詞是我起的頭，可是，真的有用，現在的我，不再有找不到容身之處的難堪，只有些許的悵然若失。我想，時間再拉久一點，再久一點，連同喜歡阿倫前輩的那份情感也會跟著淡去吧……

「謝謝。」

那個晚上說不出口的感謝，讓我拖延到這個寧靜早晨。

我沒有像傳說中的失戀那樣，成天以淚洗面或是食不下嚥，反而每天吃好睡好。傷心歸傷心，肚子照樣會餓的啊！

後來，小純在鐵板燒店的表現也達到一定的水準，有一天阿倫前輩問她要不要留下來特訓，就像當初我做的那樣。

小純願意，最初兩三次她要我作陪，畢竟要和男生在晚上獨處一個多鐘頭，對她來說難度太高。

不過，對我而言，也同樣艱難啊！我沒閒著，會自己練習炒肉、炒菜，阿倫前輩偶爾過來指導，大部分時間他還是站在小純斜後方，監督她的步驟。

我盡量讓自己忙，忙得沒心思往他們的方向看，直到阿倫前輩要教她如何把荷包蛋翻面又不會弄破蛋黃的技巧時，我還是忍不住。轉過頭，看見他站在小純身後，握住她拿鐵鏟的手，帶著她，細心翻轉。

蛋黃沒破，我好不容易才癒合到一半的傷口卻裂開了。

那裡曾經是我的位置，是可以讓我兀自開心、竊竊悸動的地方，如今被取代了，不僅如此，我還覺得自己是一盞多餘的電燈泡，亮得自我厭惡。

過兩天早上，我隨便找了藉口說不再跟她一起留下，小純聽完，慌了起來。

「如果妳不相信阿倫前輩，那就不要去。可是如果妳相信他，即使沒有我，妳也一定可以好好學完他要教妳的東西，而且不會後悔。」

我難得沒對她心軟，並且一臉嚴肅告訴她我的想法。

小純沮喪地走出我的房間，我等了好一會兒，都沒有她的動靜，於是決定開始寫報告，經過一個多鐘頭，她又再度敲門進來。

「今天下班後，我應該可以自己留下來，妳不用陪我。」

我愣了愣，看著小純誓死如歸的壯烈表情，忍不住失笑。

原來她要這麼久才能下定決心、克服恐懼。到底有多麼怕男生啊？一想到自己把小純硬生生趕鴨子上架，都有點於心不忍了。

「好，那以後我們騎兩台車去。」藏起一絲罪惡感，我對她豎起大姆指。

當天店打烊後，大家互道再見，我刻意留到最後一個走，小純依依不捨目送。

「加油。」我用唇語對她說完，不給任何機會般開門出去。

以往，我們都是共乘一輛機車回去，沿路聊天，回到住處還欲罷不能地坐在客廳繼續聊，直到我們之中有人想到該洗澡了才結束話題。

如今，只有我一個人在冷清的馬路上騎車，一個人聽著鑰匙旋開門鎖的錚鏦聲響，一個人面對日光燈剛亮起的一片寂寥。

雖然不知道會是哪一天，但是將來當小純和阿倫前輩成為男女朋友之後，就真的變成我形單影隻了。

這下子不只失戀，還變相失去了閨蜜。

怎麼湧起一陣空巢期的失落呢？

洗完澡，我把早上沒完成的報告拿出來寫，不時注意放在手邊的手機，以防小純可能會打電話來求救。

然而，我的手機始終很安靜，靜得跟我們的住處一樣。

就在我終於進入狀況，認真用功著，那支安分許久的手機霍然鈴聲大作，嚇得我差點跌下椅子。

我趕緊抓起手機看，咦？老四？

「喂，我撿到一個小鬼，怎麼辦？」

我把手機從耳朵旁移開，皺起眉頭，幹嘛一開口就是聽不懂的外星話啦！

「你在說什麼？從頭講。」

嫌我慧根不夠的口吻，「本大爺剛看完夜景回來，發現妳課輔的那個小鬼，叫……小北？小南？總之，就是跟長頸龍有關係的那一個。都快十一點了，他還一個人在路上走。」

「小西？你現在跟小西在一起嗎？」

「嗯，他在我家。」

「為什麼？」

「因為問他家住哪裡，他又不肯說。這算離家出走嗎？」

「廢話！總之，我先過去找你，等我！」

「啊，那順便幫我買滷味過來吧！我的份快被他吃光了。」

這傢伙撿到離家出走的小孩，竟然還這麼悠哉！

我留了字條給小純後立刻出門。擔心小西沒吃飽，路上還買了好大一份的滷味趕到老四住處。

「拿去。」

老四一來開門，我馬上把滷味塞給他，同時闖進客廳搜尋小西。

那孩子乖乖坐在餐廳桌前，喝著果汁，桌上有一只空盤，看來真的讓他把老四的滷味一掃而空。

小西見到我，露出歡喜的笑臉。

他嘴角沾著滷汁，摻著沒洗乾淨的灰塵，可是掩蓋不了那抹笑靨的亮度。

「好吃嗎？」

我來到他跟前坐下，抽起衛生紙幫他擦臉。小西用稚氣的聲音興奮回答，「好吃！」

「當然好吃，那可是我排隊十五分鐘才買到的。」

老四取了一個大盤子過來，把我買的份倒進去，分量多到快滿出來。

他注意到小西目不轉睛盯著他的動作，問：「要吃嗎？」

小西看了他一下，又看看我，不太好意思。

「你陪我吃吧！」我微笑勸進。

我幫自己和老四拿筷子，遞給他的時候，老四高深莫測地打量我數秒。

「妳對我家真的很熟。」

啊！完蛋，一不小心又犯大忌了。我假裝沒聽見他的話，夾了幾朵花椰菜到小西盤子，開始發問。

「小西，現在已經十一點，不是應該要在家睡覺嗎？」

他原本要夾菜，聽見我的問題便停手，小聲嘟噥，「爸爸在生氣。」

我一聽，直覺性地探身檢視他的臉、藏在長袖衣物下的手臂和身體。有一些瘀青，不嚴重，新舊傷都有。

吃起滷味的老四不由得擱下筷子，那些瘀青令他面色凝重。

「他喝酒？」我問。

小西點頭。

「要我跟警察叔叔說嗎？」

小西搖頭。我知道他害怕一旦警察或社工介入，就勢必被迫跟爸爸分開，他的媽媽早已不在身邊，剩下的爸爸再不稱職，也還是他唯一可以依靠的家人。

聽說小西爸爸平常為人不錯，就是不上進又愛喝酒。只要一喝酒，就性格丕變，經常對小西動手動腳。這些年下來，小西也抓到爸爸的習性，只要避開他喝酒、亂發脾氣的風頭就沒事。

「你快吃吧！不要讓這位大哥哥吃太多，他會變成豬。」

「妳扯到我這邊來幹嘛？什麼豬？」老四不服氣。

「哈哈！昨天看《神隱少女》，女主角有一幕是對著豬大喊，『不能吃太胖喔，會被殺掉的』。」

小西也看過那部卡通，指住老四的臉咯咯大笑。

老四把小西用力抓過來，作勢要揍他，「笑什麼笑，你才是豬啦！臭兮兮的，吃飽就馬上給我去洗澡。」

兩個男生打打鬧鬧又磨蹭了一陣子，小西才甘願去洗澡。我問他需不需要幫忙，他紅著臉拒絕了。

倒是老四跟他進去，講解水龍頭和水溫調節怎麼用，不久便退出來。

「謝謝。」

我沒頭沒腦對他道謝，剛走出來的老四一臉納悶。

「謝謝你帶他過來，還照顧他。」

「為什麼是妳跟我道謝？」他昂高頭，不願領情，「該道謝的是他老爸。」

我笑而不語，還是把他對小西的好放在心底。

老四繼續解決剩下的滷味，我則坐在旁邊玩起包裝滷味的橡皮筋，有時晃晃傳來水聲的浴室方向。

他才七歲，就已經懂得保護自己而暫時外出遊蕩，懂得怎麼跟那個不定時炸彈般的爸爸相處，懂得把自己洗乾淨。

相較之下，七歲的我會什麼呢？

為什麼愈懂事的孩子總叫人愈心疼？

這期間，曾經因為過於沉重的想法而倒抽一口氣，引起老四注意。

「怎麼了？」

「我在想，好想領養他。」

老四瞪大眼，不確定我剛說了什麼。我拄著臉頰，無奈微笑，「不可能吧？只是個窮學生，哪有資格談什麼領養。我們社長也警告過不要介入他們的生活太深，畢竟我們只負責功課而已。不過……我真的是為了領養這個目標把打工的錢存下來的。有一天，要把他從那個地方帶走，讓他跟其他同年齡的孩子一樣，會為了無聊的事哈哈大笑，會耍脾氣躺在地上不起來，會任性地要求想要的東西，難過的時候，非得盡情大哭不可。」

老四安靜聽我說著白日夢，沒有出言嘲諷，聽完之後，還柔聲搭話。

「不錯啊！反正妳有老媽子氣質，應該很適合帶小孩。」

「你才像大叔呢！」

我拉開橡皮筋朝他射過去，老四笑著躲開，嘴上還「老媽、老媽」喊個不停。

「我要把你這不肖兒子的嘴巴縫起來！」

我探身向前，捏住他兩邊臉頰，不是太用力，可是已經足以讓我意識到我們肢體上的碰觸。其實重點不在於碰到對方，而是一切發生得如此自然而然。

我們從嬉鬧，到突然拉近的對視……到一切忽然靜止下來。

那並不是一段空白的沉默，至少對我而言，有一種我們都感受到的情感在流動，就像打架的那個晚上，他為我跑到便利商店買冰塊時，心臟會輕輕揪起來的微妙情感。

「那不當兒子，當老爹好了。」老四用沒什麼重量的嗓音說，似笑非笑的神情、一塵不染的眼眸。

老媽、老爹和兒子，多麼平凡的家庭，那樣的光景單是想像就叫我剎時漲紅了臉。

我收回手，僵硬地坐回椅子。

老四不自在地摸一下後腦杓，彆扭片刻，再度將目光移到我臉上。

「幹嘛不回嘴？」

「……」我抄起桌上雜誌，翻開，擋住自己整張臉，「哪是什麼老爹，你分明是屁孩。」

拜託你別再找我講話了！

就在我騎虎難下之際，對面的老四總算站起來，他離開餐桌前丟來一句提醒，「拿反了，呆子。」

我瞧瞧眼前雜誌，果真上下顛倒，連忙將它翻正。

老四有意無意要閃躲這一刻的尷尬，走過去敲敲浴室的門，「喂！你在裡面游泳啊？洗很久喔！」

「我在穿衣服了！」裡頭傳出小西的嚷嚷。

越過雜誌邊緣望去，老四隔著門和小西拌起嘴。記得課輔社社長在老四第一次來的當天猜測過，小西大概以為老四是我的男朋友，吃起醋，所以才一直針對老四惡作劇。

他的確不是我的男朋友，可是剛剛那個打情罵俏的橋段是怎麼回事啊？

想起他前一分鐘來不及藏起的靦腆，我莫名開心，是說不出任何原因的開心，並非曇花一現，而是在每一次回想起和他有關的片段才又慢慢發酵開來。

我想我真的有病，病得不輕。

小西穿好衣服出來，香噴噴的。劉海微濕，沖掉一臉髒污，露出那張明亮純淨的臉龐，讓人好想緊緊抱他一把！不過他是有骨氣的男生，肯定會掙扎著推開我。

我壓抑這份衝動，再次提起回家的事，告訴他爸爸會擔心之類的話。

「他都是早上才會醒來，然後忘記昨天的事。」小西說。

我莫可奈何地和老四相視一眼，然後把他拉到一邊講悄悄話。

「我看，我先帶小西回我那裡好了，已經打擾你很久……」

突然，傳出一道吉他聲。

我們立刻中斷對話，衝到老四臥房！房裡，小西像是發現新大陸，蹲在吉他前，虔誠傾聽它的迴音蕩漾。

「那個不行……」

我想上前阻止他動手，誰知老四先一步走到小西旁邊，抓起吉他長柄，即興撫弄一首我沒聽過的曲子旋律，不到三十秒時間已經讓小西聽得目瞪口呆。

「你喜歡吉他？」老四問。

小西用力點頭，從沒見過他這麼肯定過，而且，他還主動宣告，「我以後要當吉他手！」

我很驚訝，老四則大笑一聲。

「我第一次聽到有人想當吉他手！那你要組樂團開演唱會喔！」

小西身體微向後傾，做出猛刷琴弦的動作，真的很有樂團吉他手的架式。

「你剛剛在彈哪首歌？」

「嗯……五月天的〈戀愛ＩＮＧ〉！」他明明是前一秒才想到一首歌名，卻仍舊回答得相當驕傲。

更意外的是，老四當場就彈起那首〈戀愛ＩＮＧ〉副歌，熟練得沒有絲毫停頓。

「小鬼，我介紹我的偶像讓你認識，吉米佩奇，沒聽過吧？他是很棒的吉他手，雖然已經過世好幾年了。」老四不管小西有沒有聽懂，指向客廳空白的牆，「我本來想在那裡掛一幅他的海報，可是如果是隨便一張海報，又顯得太俗氣又沒誠意。」

「後來乾脆不掛嗎？」我插嘴。

「不是不掛，是我還沒找到適合的吉米佩奇。」他停一停，轉回來對小西幼稚地說教，「我的偶像可以暫時借給你當你的偶像，這樣，我相信你的吉他一定會進步神速。再加上我這位名師指導，你的夢想指日可待！」

因為吉他的緣故，這個晚上老四搖身一變，晉身為小西的指導大師，他們兩個哥兒們般地聊起吉他的話題，我有種被冷落的空虛。

完全不懂吉他，況且時間也十一點多了，些微倦意加上龐然的無聊襲來，我默默走到沙發蜷曲起雙腿坐好。

老四先炫耀這把吉他有多昂貴、多別緻，再述說它陪伴主人數年來的歷史。

我摟著抱枕隨意聽，聽到他後來這麼說：「現在你知道我家怎麼走了吧！下次如果又想離家出走，就走到我這裡來，跟一樓的警衛先生說要來找我，你知道我名字嗎？笨，老四不是名字，你聽過有人叫老四嗎？我的名字是柯光磊，唸一遍。對，說出這個名字，他就會幫你找到我。」

之後老四又說了什麼，我不記得了。唯一的記憶，是老四表情豐富的側臉佔據我整個迷迷濛濛的視野，我嘴角微微上揚，看著，聽著。

很安心。

聽說，我的睡相不錯，可以一整晚都維持同一個姿勢，不太會滾來滾去，這也是為什麼即使是睡沙發也能夠一覺到天亮的原因。

差不多是平常會清醒過來的時間了，我翻個身，直接摔落在地！

好痛！從一起被捲下來的毯子中掙脫後，我環顧四周，驚嚇指數瞬間飆升！

這是八〇二號房的客廳！我為什麼會睡在這裡？

只要將昨天發生的事回想一遍，便立刻明白我現在的處境。昨晚應該是不小心睡著了，老四也沒叫醒我，就讓我一直在沙發睡下去。

那麼，老四和小西呢？

我爬起來，直接跑進老四房間，這個窗簾全拉上的暗房中，老四和小西睡得正香甜。

床頭鬧鐘已經顯示七點十分，我一股作氣拉開窗簾，讓外頭大放光明的太陽把那兩個人曬醒。

「起床！快起床！」

毫不手軟地把老四搖醒，他睡眼惺忪睜開眼，看清楚是我，沒來由噗嗤笑出聲，而且還笑到抱起肚子。

「什、什麼啦？」

我奇怪地後退一步，誰知等小西醒來，撞見我，和老四一樣笑到不行。

但是小西比較好心，他指住我的臉，高興得要命。

「好好笑！姊姊好好笑！」

我驚覺不對，馬上衝到穿衣鏡前，照見一張被紫色螢光筆亂塗亂畫的大花臉！

「你們很幼稚耶！」

我抓起枕頭朝他們扔去，然後跑進浴室用力洗臉。「放心啦！是用人體彩繪筆畫的，一洗就掉。」

老四的說法完全事不關己，我一面使勁搓洗，一面開罵，「什麼筆不重要，怎麼可以隨便在人家臉上亂畫！」

「因為小西覺得很好玩。」

「你也有畫！是你先畫的！還寫了奇怪的字又擦掉。」

他們互相推卸責任，吵死了！我滿臉還淌著水便跑出來制止他們。

「不要吵啦！看看現在幾點，小西你不用上學嗎？」

我的問題將他們拉回現實。小西張大嘴，好，好，很萌，可是現在不是耍可愛的時候。

老四跳起來，打開衣櫃，隨便拉出今天要穿的衣服，然後往我這邊揚起壞心眼的嘴角，

「妳打算留下來看？」

「唔？」我怔怔，很遲鈍地意識到他要換衣服了，「我、我出去等你們。」

「換妳看沒關係啊！反正昨天看妳也看得夠久了。」

逃出房間，迅速關門！我靠在上頭，這才有冷靜思考的餘力。

嗯？剛剛老四是不是說了奇怪的話？

看我看得夠久了……意思是指昨天我在沙發上睡著之後嗎？

就、就算他看著我好了，因為他要在我臉上亂畫嘛！可是我可不可以不要一直想像他定睛在我身上的畫面？就算要想像，畫面中的老四也不能是那麼深情款款的呀！就算要深情款款，拜託別在我腦子裡無數遍重播了……

我緊緊閉上眼，覺得自己快精神分裂。

不對，怪的人不只是我，老四也是！他偶爾會迸出沒頭沒腦的話，乍聽很普通，但是甜甜的，至少在我聽起來，會甜進心裡，彷彿在暗示著什麼，搔呀搔的，然後輕而易舉地就把我逗開心了。

後來，老四以會吃上罰單的時速開車載小西到他家附近巷口，等到親眼看見小西走進老舊的公寓裡頭，我們亂了步調的心情才放鬆下來。

「啊，可以麻煩你載我回你住的地方嗎？我的機車還停在那裡。」

老四沒說好或不好，反倒問我早上有沒有課。

「下午才有課。」

「那先去吃早餐，我餓了。」

跟他一起吃早餐嗎？正琢磨著該不該拒絕，老四又丟問題過來。

「妳喜歡吃中式還是西式？」

「喔，中式，附近的中正路上就有一家。」

「那家喔……那裡很難停車耶！」

呿，那就別問我意見啊！

不過，老四還是放我在那家中式早餐店下車，自己去找停車位。

我照他吩咐，幫他點了一份火腿蛋餅，直到那份蛋餅和豆漿都做好送來，老四還沒出現。今天風有點大，緊盯那份早餐的我開始擔心它會涼掉，於是換到桌子對面座位，背向店門口，幫他的早餐擋風。

不久，老四手拿車鑰匙走到我面前。

我對他露出大大的笑容，同時聽見鄰桌同樣是大學生年紀的男生這麼懊惱地低語，「人家有男朋友了啦！」

男朋友？難道我剛剛的臉是在等男朋友的表情嗎？

我下意識將笑意收起，老四往椅背靠，蹺起腳，一坐下就是大老爺的姿態。

「幹嘛背向外面？妳覺得我光憑妳那顆頭就可以認出妳坐哪一桌嗎？」

「都認識我這麼久，這點不難吧？」吐槽完畢，我還是老實跟他說在幫他的早餐擋風。

他聽完，哼笑一聲，似乎覺得這想法很可笑。

「想吃熱的，可以叫店家重做啊！」

「你不要給別人添麻煩，也不要浪費錢和食物，反正我有好好保護你的早餐，快吃。」

「妳保護了我的早餐。」

他把我的話重複一遍，還銜著我笑，那笑容幾分戲謔、幾分感動，太無懈可擊了，弄得我都快管不住嘴角上的歡喜。

老四很聽話，也真的很餓，眨眼間就吃光一半的蛋餅。這時我的蘿蔔糕終於送來，外加一顆半熟荷包蛋。

荷包蛋覆蓋在蘿蔔糕上頭，我把蛋黃戳破，等亮黃黃的蛋液流到盤子上，才夾起一塊蘿蔔糕，沾了醬油膏和蛋液一起吃下去。

老四目睹完我那有如儀式般的吃法，蹙起眉頭。

「妳根本是蛋黃控吧！白飯也加蛋黃，蘿蔔糕也加蛋黃。」

「好吃嘛！」我洋洋得意噘高嘴，又吃了第二口，分外感動，「哇！這家蘿蔔糕好好吃，我喜歡有加蝦米的蘿蔔糕。」

「是喔？我好像有好幾年沒吃蘿蔔糕了。」

老四瞅住那盤蘿蔔糕，雙眼奕奕發亮。

「分、分你吃。」

才說完，他毫不客氣就抄走一塊蘿蔔糕，吃得津津有味。我有些坐立難安。這是我第一次分零食以外的食物給男生，分盤子裡的東西給別人是一種親密的舉動，而我和老四又沒有這麼親密。

「要還妳一塊蛋餅嗎？」

「不必了！」

我匆匆埋頭，佯裝要專心吃早餐，深怕他和我玩起交換食物的戲碼。

當我努力吃著蘿蔔糕和荷包蛋，老四卻拄著下巴，斜歪著頭，含笑看我。

「幹嘛？」

醬油沾到嘴巴了嗎？我下意識用手指擦抹嘴角。

「不是那裡。」

他的手指靠過來，停棲在我額頭上，用大拇指指腹搓抹兩下。

「沒洗乾淨，還有一點紫色顏料在額頭。」

我想，我應該禮貌婉拒，表明自己來就可以……

卻沒有那麼做。

我能很鮮明感受到他略略粗糙的男性皮膚正碰著我。我不習慣那份觸感，也不習慣他溫柔的對待，然而我最不習慣的是，暗自眷戀著什麼、期待著什麼的自己。

「小西說，你在我頭上亂寫字，你寫了什麼？」

我隨便找話題打破沉默。老四稍微停手，他深邃的眼眸先是閃過一絲慌亂，隨後又逐漸凝止，止在我的臉上。

世界變得空白。

「忘記了。」

老四用敷衍我的口吻，三兩下結案，然後收回手，重新拿起筷子，語帶威脅，「吃掉就沒有了喔！妳真的不吃？」

我瞄瞄那塊晾在他盤子裡最後一塊蛋餅，笑笑，用我的筷尖夾走它。

「要吃。」

空氣間的流動，好像又恢復正常了，不會緊繃，不會空白。我喜歡和他像朋友之間的相處，既輕鬆，心臟也不會胡亂作怪。

老四和我一起窩在這間中式早餐店，讓他暫時看起來跟小老百姓無異。我們聊天，中間鬥個嘴，有時會默契地同時啜飲起豆漿，然後相視一笑。

瞧，做朋友多好！

這時，店外有人認出老四，聽到女孩子提高音調呼喚他的時候，那三個女生已經走進來了，直接走到我們桌子旁邊。

三個女孩裡頭大概只有一位和老四認識，她的笑容最燦爛，也把我打量得最仔細。評估過我沒什麼威脅性以後，便和老四攀談。

「你怎麼會來這種地方吃早餐？你吃什麼？」

這種地方？哪裡不好啊？

「想吃中式早餐啊！這間做得還不錯。」

「真的？那你到底吃什麼？下次我也點一份。」

那女生俯下身，掃視空盤，真的很想知道老四點了什麼來吃的樣子。那時，我聞到她身上清新的花香味，還看見從她纖細的頸子滑下項鍊墜子，是精巧的愛心形狀。我認出那是我幫忙老四挑選的耶誕節交換禮物。

原來老四的禮物被她抽到，看來拜它所賜，這外系女生得以認識老四這位大名人。她一直無視我的存在和老四的臭臉，拚命找話題跟老四聊，最後扯到一枝彩繪筆。

「那天我們不是在你家開趴，然後打麻將輸的人要讓大家在臉上畫畫？我帶去的彩繪筆少一枝紫色的，你有沒有撿到？」

聽她這麼一提，老四恍然大悟，和我對看一下，我卻不由自主別過頭去。

「有，在我家，那枝筆是妳的啊，我再找時間還妳。」

「我等一下沒事啊！可以去你家拿。」

也不知道她是當真還是說笑，總之她話接得俏皮，歪頭微笑的模樣也動人極了。

「我先回去，你們聊。」

我拿起外套起身，老四一聽，也跟著站起來。

「妳不是還要牽車？」

「呃……這裡離我住的地方比較近，小純應該很擔心我，我先回去好了，再叫小純載我去牽車也可以。」

「那我載妳回去比較快。」

「不用了，你們還要處理彩繪筆的事，我先走，掰掰。」

我幾乎是用逃跑的心境離開早餐店，連那女生身上的香味都對我有攻擊性一樣。臨走前，那個女生終於對我感到好奇，「她是誰？你們班的？」

我什麼人也不是，真要說的話，我是幫老四打掃的人，可是這是祕密。老四也曾送我一條星星月亮項鍊的，但也被我弄丟了。那麼，說我是老四的朋友總可以吧？

然而，我一秒鐘也不想和他們待在一起，我討厭看見她戴著老四送的項鍊，討厭得知原來老四用來畫我臉的彩繪筆是她留下來的。

這種厭惡的感覺，比起先前那些臉紅心跳，更令我難以忍受。

這是哪門子的朋友……

我在一陣快步疾行後，終於在某個不熟悉的路口停住。面對自己遲疑不決的雙腳，四周沒見過的建築物，忽然不知道該往哪個方向走才好。

愈來愈不像自己，愈來愈不了解自己，還在猶豫該往前還是後退的時候，已經哪裡都不能去了。

心情，就像關在一個透明溫室，明明看得見外面遼闊的世界，卻找不到出口朝它飛奔而去。悶著，困著，打轉著。我蘊育的不是美麗的花朵，而是一種又酸又醜陋的情緒。而且，每當在學校發現老四的蹤影，他在那一頭和蕭邦他們有說有笑，我在這一邊胸口擰了起來，彷彿可以擰出什麼，卻是滴淌在心裡的。

原本想藉由打掃來忘卻這份心情，可是八〇二號房最近愈來愈整潔，三兩下便可以掃完一整層樓，我總是在不到十一點的時候便英雄無用武之地，面對那一千塊鈔票乾瞪眼。

「還給我以前髒亂的八〇二號房」，這樣的無聲吶喊想來太變態，於是我捲起袖子，開始動手拆紗窗，做起「過年大掃除」等級的清掃工作。

哼！不讓我好好打掃，我還是有辦法的！

也不知道在賭氣什麼，我一股作氣把公寓掃得跟新屋一樣。

如果不能做好八〇二號房的打掃工作，那麼我的存在價值就少一項了。平凡如我，還能做什麼呢？

失去八〇二號房的工作，我和老四也就沒什麼關聯了吧！

為什麼我會像溺水的人一樣，拚命想抓住這一絲連繫呢？

說到連繫，小純和阿倫前輩這一對的關係也叫人霧裡看花，兩個都是公私分明的人，所以只能在下班時間湊巧捕捉到他們會有粉紅泡泡飛舞的小互動。

小純變得比較大膽、開朗，也逐漸改掉只說「對不起」的壞毛病，然後，她終於也會單手打蛋了。

那為什麼還不交往呢？

是不是小純的恐懼症讓她遲遲無法跨越？可是阿倫前輩可以主動一點啊！

和小純步行去買便當的路上，我一直為他們龜速的進展胡思亂想，等到一回神，才發現小純不吭一聲牽住我的手。

我看著她，她圓圓亮亮的明眸也正無辜望著我。

呃，我不是那種習慣和女生朋友牽手一起逛街、上廁所的那種人，也從沒這麼和小純做過啊！所以剎那間傻掉了。

「啊，對不起。」小純很快收回手。

在她道歉之前，我還真怕她要說「其實我喜歡的人是妳」呢！

「我很少跟別人牽手，想試一次看看……」

她說著說著，臉紅了。

我調皮地湊上前，緊迫盯人，「為什麼突然想試試看？因為有了想牽手的人？北極先生啊？」

於是，小純臉頰上的緋紅顏色又加深一些，她沒有正面回答，再度啟步往前，慢慢地走。

正好不遠的前方有一對年輕情侶手牽手在逛街，小純專注望了一會兒，恬然地彎起嘴角。

「那不是很簡單的事嗎？只要伸出手就辦得到。可是辦到之前，好像正要做出人生最重大的決定一樣，害怕會後悔，害怕沒有退路。」

我明白。記得有幾次輪到我和阿倫前輩幫鐵板燒的同事買消夜，排隊等鹽酥雞的空檔，我總會偷偷打量他無事可做的手晾在身邊，總會偷偷想像牽起它的感覺。不知道鼓起多少次勇氣，也放棄了多少次。

「就牽吧！」面對詫異的小純，我揚起嘴角，「牽手之後的幸福，難道不值得妳背水一戰嗎？」

「呵呵，瑞瑞，妳好有男子氣概。好，我也要像妳一樣。」

「千萬不要像我一樣，妳看，到現在我連一個想牽手的對象都沒有。」

我故意哀聲感嘆，小純卻相當堅定，「會有的。」

「不會。」

「會。」

「難道我要一個個去看手相找啊？」

「不用那麼麻煩。」她笑得很甜美，「如果有一個人，分開的時候想著他，聽見他名字的時候想著他，看見他外套的時候也想著他，但是見到面了，又擔心分開以後會更想他。那麼他一定就是會讓妳想要牽手的人。」

「哈！那什麼啊？」

我笑起她的思念理論，當她是愛作白日夢的公主。

我們路過一個比防火巷稍大一點的胡同，聽見叫囂的聲響，像是準備要打架的前奏。

用眼角一瞥，果然有五名男子在對峙。

「我們快走。」小純低聲說。

我頷頷首，跟著前進兩三步，心想不對，又退回去。

「阿倫前輩？」

這一叫，小純也跑回來看，吃驚地摀起嘴巴！

阿倫前輩被那四個人逼到胡同盡頭，退無可退地靠著牆，側臉凜著「道不同不相為謀」的冷漠。

那四個匪類又推他的肩膀、又拍他臉頰，挑釁不停。

「怎樣？你以為你洗白了，了不起喔？不屑跟我們在一起是不是？」

「也不想想看被關的時候，是誰在罩你？現在馬上翻臉不認人？」

「看得起你才邀你的，現在說不要是怎樣？你他媽的跩什麼跩？」

光憑他們你一言我一語，就能猜出來龍去脈。總之，阿倫前輩以前不是簡單的人物，被關過，以前一起混的兄弟現在找上了門。

阿倫前輩平常相當神祕，沒人知道他的來歷，不怎麼參與團體活動，只安分做好自己的工作。如今這爆發性的真相也太叫人意外了！

我看看小純，她的臉色一陣青一陣白，顯然被這個事實給嚇壞，更何況眼前還在上演可怕的火爆場面。

阿倫前輩丟一句「我要去工作」，想繞過他們離開，卻被使勁推回去，緊接著那群人朝阿倫前輩打了起來。

「瑞瑞，怎麼辦……」小純從指間縫隙透出的聲音在發抖，她是嚇得動也不能動了。

怎麼辦？報警？可是這麼一來，阿倫前輩的前科會不會多一項啊？

「小純，妳先去店裡叫其他前輩過來！快去！」

她倉皇地跑走，我則快步衝進胡同，助跑加上起跳，以相當流暢的節奏反身踢開正要攻擊阿倫前輩的人！

「程瑞瑞？」

阿倫前輩發現是我，相當訝異，不過我沒空理他，第二個人和第三個人的攻擊緊接而來。

有人揮舞著拳頭，我用雙手接住對方右手腕，抓握！順勢反手將他摔在地上！

有上次的實戰經驗，這次打起來駕輕就熟，只是胡同窄，不好施展身手。

「你如果不打算打架就走開！很礙事！」

朝阿倫前輩發完脾氣，我用前肘擋下一個人的拳頭，膝蓋同時撞向那人腹部，順便再給他一腳，他才倒地，我在這個時候遭到暗算！

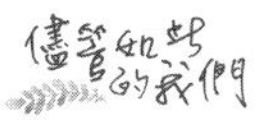

有人用木板朝我後腦杓打下來。我被打趴倒地，阿倫前輩一個箭步上來護住我，幫忙接住第二次攻擊。

我按著頭，眼冒金星，費了好大工夫才勉強起身，搖搖晃晃的視野終於看清楚那個手持木板的小人，他是裡頭個頭最大的。

一股怒火直衝腦門！

「打架還拿武器，是不是男人啊？」

我起身跑向前，他本能拿出木板又要打來，我一拳擊破那塊木板！當下好想歡呼「教練！我辦到了」。對方一時嚇呆，被我緊接著一記迴旋踢踢倒在地，我的拳頭紮紮實實打中他的鎖骨位置。

他咳得很厲害，要斷氣那樣的咳法，最後被同伴半拖半攙地帶走，那群人總算一哄而散。

我單腳跪在地上，看看前方阿倫前輩遞過來的手，想扶著他起來，卻沒能碰到他手掌。眼睛的焦距散開，一個天旋地轉，整個人暈了過去。

這一暈，似乎暈了好久好久，中途曾經迷迷糊糊醒來過。我躺在移動式的床上，有人推著我穿過醫院的灰白廊道，有阿倫前輩和小純憂心忡忡的臉和濃重的消毒藥水味，然後再度失去意識。

當我第二次清醒過來，天已經黑了，我的床邊只有小純。

她見我打開眼睛，又驚又喜，快哭出來的樣子。

我才想哭，又打架了，這次還被初戀情人和室友看到，雖然無關形象問題，可是如果可以選擇，我寧願他們別見到我凶猛動手的那一面。

「瑞瑞，妳覺得怎麼樣？頭會痛嗎？」

「一點點，可是很暈。」一睜開眼就覺得世界搖來晃去，我只好閉著眼睛說話，「很像一直在暈船，又想吐。」

「我先幫妳把塑膠袋準備好了，放在這裡。」

雖然她說放在那裡，可是我不敢看，怕一看就真的吐出來。

「等我不暈的時候才可以回去嗎？」

「不是，醫生說要觀察一晚看看，最快明天就可以讓妳出院。」

「要住院喔……」我可憐兮兮翻身，把臉埋進枕頭，哀怨半晌，霍然想起阿倫前輩，「前輩呢？」

小純回話前有過短暫的躊躇，「他先去上班了，說明天妳出院的時候再過來。」

「也不用麻煩他過來，我想我睡一覺就好了。小純，妳也不必陪我，回去睡吧！」

「不行啦！怎麼可以把妳丟在醫院？妳腦震盪耶！」

她緊張的語氣當我得了什麼不治之症，拗不過她，我轉為打聽打架事件的後續。聽說小純帶著鐵板燒店三個前輩過來時，已經看到阿倫前輩背著我走到街上來，之後就進醫院了。

「那就是沒驚動到警察了，幸好。」

我放心了，小純卻不然，她低著頭，茫然的視線卻不曉得落在什麼地方。

「瑞瑞，阿倫前輩……以前好像因為不好的事被關過……」

「嗯，大概吧！」

也許我過於從容，她有點驚訝，「妳沒有嚇一跳嗎？」

「有是有，不過，也不能怎麼樣啊！」

我神經太大條了嗎？反觀小純，她惶惶不安地雙手緊握。

「我一想到阿倫前輩並不是我們認識的那個阿倫前輩，就覺得……」

我張開眼，觸見她深蹙的眉心，「覺得怎樣？」

「……害怕。」

她似乎也被自己脫口而出的那個形容詞嚇著，愣一愣。

「小純，阿倫前輩是妳認識的那個人沒錯啊！怎麼會因為過去的事就怕他了？而且他不是妳的北極先生嗎？」

我的口沒遮攔讓小純嚇一跳，「妳怎麼……知道是阿倫前輩？」

「呃，看出來的，我們每天一起生活耶！再遲鈍也該知道了吧！」

小純滿臉通紅，讓我見識到原來人類的臉真的可以紅得跟猴子屁股一樣。我笑笑地推她一把，為她打氣。

「妳想想看，是北極先生呢！妳不正是因為現在的阿倫前輩才喜歡他的？不要怕啊！」

小純情急搖頭，「我不是說怕他……不對，也是害怕沒錯，可是……哎呀！我不知道該怎麼講才對。」

小純陷入混亂，有好幾分鐘都不說話，最後，她提起我的手機。

「對了，剛剛妳還在睡，老四打電話找妳，我幫妳接了。他沒說找妳什麼事，不過我跟她說妳在醫院休養。」

我一聽，不顧頭暈，把手機找出來，果然有一通老四的來電。

「然後呢？」我問。

小純納悶，「然後什麼？」

「就……他知道我在醫院，沒再說什麼？」

「喔！有啊！他問了原因，我就把下午的事都跟他說一遍。他問一下妳的情況，然後就掛斷電話了。」

這時，病房門外有動靜，門縫底下有人影靠近，我不由得緊張一下。

結果是護士。

護士小姐量完血壓和體溫便離開，接著小純說要幫我出去買粥。

「就算現在暈得吃不下，晚一點也會餓。」

我等她出門，這才重新將手機打開，注視上頭的來電顯示，有些遺憾。

沒能接到他的電話，他並沒有來探望我……為了這些小事遺憾。

稍晚，我吃掉三分之一的粥和藥，開始發睏。

老四根本沒必要過來探病，我們又不是什麼老交情，腦震盪也並非多麼嚴重的病症，明天就可以出院。

想呀想的，不知不覺闔上眼睛，小純說要回去洗澡再過來，我也沒精神應她便睡去。

半夢半醒間，小純好像回來了，她動作好快。

之後，我一覺到天亮，神清氣爽啊！頭不暈也不想吐，只有後腦杓還隱隱作痛。

得到醫生的出院許可，我主動打電話給阿倫前輩，請他不用特地跑一趟，讓小純載我回去就好。

「瑞瑞，忘了跟妳說，昨晚老四來看過妳。」

正在洗臉的我衝出浴室，「他有來？」

「我洗完澡回來，他已經在病房裡，當時他就坐在那張椅子上。不過我一進來，他就說要回去。」

該不會，就是我以為小純很快就洗好澡回來的那時候吧？

「那，他什麼都沒說？」

小純想一下，肯定回答，「沒有，他只是一直看著妳。」

最後一句話，讓我傻掉，臉、臉還燙燙的，可能也變成猴子屁股了。

「我去幫妳辦退房，妳再檢查一下有沒有東西忘記帶。」

小純離開了，我對著那張曾被老四坐過的椅子怨怨嘀咕，「都來了，就把我叫醒啊……」嘆口氣，在病床四周隨便繞一圈，注意到垃圾桶裝著昨天晚餐的塑膠袋，袋子上有一張揉掉的紙，看上去挺陌生的。

不知打哪來的直覺，我將那團紙撿起來，攤開。

滿是皺褶的便條紙上，寫有八〇二號房屋主的筆跡。

「誰准妳為了別人受傷的？呆子。」

字裡行間任性的語氣，因為臨時的反悔而被一把揉藏起來。

短短十二個字已經讀完，我還捨不得它太早結束。

「你才是呆子，我又不是你的誰。」

怎麼辦哪，小純，我現在不僅有了想牽手的人，連擁抱都想要了啊！

第七章

儘管如此，原來還有一種奇蹟，發現自己愛上一個人而他也正好愛著你的奇蹟。

除了在道館練習和參加比賽，我根本沒在外面用過空手道，沒想到短短半年之間，就用空手道打架兩次，一次為了老四，一次是為阿倫前輩。

怎麼都是為了男人打架？聽起來並不光彩，我請小純幫忙保密，尤其不能讓家裡人知道。她完全沒任何意見就答應，比起我的事，阿倫前輩的過去更令她在意。

小純是沒見過世面的溫室花朵，也許在她的世界裡，好人生來永遠都會是好人，壞人也是《小紅帽》的大野狼那種可愛程度的壞而已，所以她所熟識的阿倫前輩突然擁有不堪的過去，就超出她的理解範圍了。

阿倫前輩大概猜到這一點，他沒為自己辯護什麼，只是和往常一樣安靜做自己的事，而且和小純保持距離。

有一次上班，阿倫前輩開始炒肉，手邊米酒用光了，隨便朝旁邊伸出手。

「酒。」

離他最近的小純趕緊從吧台下找出另一瓶米酒遞給他。接拿的時候，阿倫前輩碰到小純的手，他不是故意的，當時連是誰拿過來他都沒掉頭看。

不過小純一時受驚嚇，鬆開手，米酒瓶掉在地上，透明液體汩汩流出來。

「對不起，對不起……」

小純蹲下去撿，但阿倫前輩先一步拿走那瓶米酒，她抬頭的那一刻，曾經與他四目交接，欲言又止的神情在他沉鬱的臉上一閃而過。

阿倫前輩站直身子，繼續工作。

小純在原地怔了好久，才找來一條抹布，跪在地上擦拭灑出來的米酒，她的動作很慢，擦到一半，還用手抹眼睛。

於是，晚上的廚藝訓練也終止了。

我和小純一起回到住處，她格外沉寂，心事重重，走去客廳開窗的她探頭望望夜空，就這樣持續好一會兒。

「瑞瑞。」

「唔？什麼？」我丟下包包走去。

「我第一次……第一次看到前輩那樣的表情，好像我做了什麼可怕的事，我不是故意的……」

我也是第一次見到向來面無表情的阿倫前輩臉上會浮現痛苦。儘管他收得很快，快得不曾被傷害過似的。

「我錯了，瑞瑞。」她面向我，想對我笑一笑，嘴角所揚起的卻是一絲淒楚，「光憑兩情相悅的感覺沒有用，有些事不好好說出來是不行的啊。」

我走過去，摟摟她的肩，和她一起擠在窗口前眺望五月夜空。看得見的星子變多了，涼爽的晚風夾帶微妙的濕潤氣味，梅雨季就快來了吧！

是啊！我們可以憑感覺預知許多事，誰喜歡誰，誰不愛誰，可是即便猜對了一百件事，也比不上真真實實一句話。

「找個機會，好好告訴他吧！」

鐵板燒店過幾天有個兩天一夜的員工旅遊。小純原本沒打算參加，聽完我那句鼓勵之後，她克服恐男症的心理障礙，趕在最後一天報名，只因為阿倫前輩也會去，她可以把握機會讓誤會冰釋。

驀然回首，我才發現曾幾何時已經不再悼念自己失去的戀情。

忙著為小純著急，為阿倫前輩擔心，而，那個為失戀落淚的程瑞瑞到哪裡去了？

那麼喜歡過一個人的心情，也篤定絕不會消失的，如今淡化成一份過往回憶，想來真不可思議。

啊，又分心了，得認真作筆記。我探手到鉛筆袋裡找立可帶，最先摸到一張摺成四摺的紙條，頓一頓，還是將它攤開，將老四寫下的字條讀一遍，嘿嘿！

咦？我在幹嘛？又出神！講台上的教授快把黑板寫滿一半了。我連忙將紙條塞回筆袋。

下課收拾背包，自動朝窗外張望，沒能見到想見的人路過，還因此感到失望。

八卦女倒是不乏那三人組的消息，我幾乎天天都能從她那裡聽見老四的名字，好像靠他很近，卻也好遠。

他會像我在意他那樣地在意我嗎？每一次遇見我，是開心的嗎？或者想見對方的人，只有我呢？

那些問題猶如翩翩蝴蝶，有時飛去，有時回來，在心頭來回縈繞。

走出教室大樓，天空飄著毛毛雨，非常細微的雨點，我還是將帽T的帽子戴上，步行轉往社辦方向。

放在背包裡的手機在這個時候作響，是簡訊的提示音。我邊走邊將手機找出來，螢幕顯示那是來自老四的Line，機子差點從我手裡滑掉。

哎呀！心臟別亂跳，這沒什麼好緊張的。

「妳的頭好了沒？」

哪有人這樣問的？

我試著鎮靜，傳Line回他。

「我的頭很好。」

傳送出去以後，一邊盯著手機，一邊留意錯身而過的學生們。

沒多久，老四又傳簡訊過來。

「是嗎？戴著帽子看不出來妳的頭好不好。」

接著想回「你怎麼知道我戴著帽子」，下一秒，我馬上抬頭搜尋身邊校園。下課時間的學生不少，迅速過濾一張張臉孔，終於在一棵樹葉略嫌稀梳的小葉欖仁旁發現筆挺佇立的老四。

他也穿一件灰白色帽T，揮一下手機，往我這邊笑了，是有點得意、有點溫柔的微笑。

這一刻下著雨，他卻有如撥雲見日的陽光，耀眼閃亮。

為什麼這個世界上會有那麼一個人，與你沒有血緣關係，也沒有生死與共的淵源，可是總能輕易牽動你的思緒，彷彿心臟寄放在他那裡一樣。

朝他走去的腳步很溫吞，心臟蹦跳的速度卻飛快得要衰竭。

當我們終於面對面，他伸出手，擅自卸下我的帽子，以為他要檢查我的後腦杓，誰知老四只是穩穩定睛在我臉上。這樣一直看，就可以看出我好不好嗎？

「聽說，你、你有到醫院來看我，謝謝。」我故意一屁股往一旁的長椅坐，中斷他停駐的視線。

「謝啥？我又沒做什麼，妳睡得跟豬一樣。」

他也在我身邊坐下，幾分埋怨的意味。

「我吃了藥有副作用啊！而且，你幹嘛不叫醒我？」

「妳朋友在電話裡把妳的情況講得很嚴重，哪能隨便吵一個重症傷患。」說到這裡，他把矛頭轉到阿倫前輩身上，「話又說回來，那個單眼皮自己不會打架嗎？為什麼非要妳替他出面不可？」

「這個……我算是幫忙啊……」

不好將來龍去脈說得太清楚，我閃爍其詞。老四自然不滿意，他掉開臉，交叉雙臂，久久不語。

他會不會認為我是犯花痴，才自願為了阿倫前輩擋拳頭？真不希望他誤會，然而刻意解釋會不會顯得多餘？

「我不也幫過你嗎？」遲疑許久，我才吭聲。

接著，又是靜默。

怎麼搞的？說著說著，四周氣氛變得又悶，又難熬。

毛毛雨，落在葉尖、落在草地、落在老四微慍側臉上的聲音。

「不要拿我跟他比。」老四冷冷的話語低沉地融入那些靜悄雨聲中。

他不再多說，起身要走，袖口卻被拉住，被我。

老四回頭，眼底浮現困惑。我相信我也是，在說不出為什麼不希望他離開之前，伸出手了。

「才沒有比，就算真的要比，你也不見得會是第二名啊！」

咦？我這是在胡言亂語什麼？況且，既然不是第二名，那表示老四是第一名了。雖然是狗屁不通的第一名，可是我的臉一下子灼熱起來。

老四起先很可愛地愣了愣，然後他假意清喉嚨，重新坐在我身邊的椅子上。

「聽不懂妳那什麼第二名，不過……」

「不過？」

「那說法還不賴，所以，這就還妳吧！」

老四從他的背包內袋拿出一條銀鍊子，我簡直不敢相信，那正是我遺失的星星月亮！

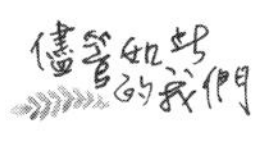

我每天都在找它，小純不了解為什麼我總要低頭走路，課輔社的人也好奇我怎麼老是去翻籃球場的草叢。

一面抱著再也找不回星星月亮的預感，一面卻無止盡地找尋著。

如今它毫無預警出現在我面前，忽然覺得像作夢。

「喂！要不要拿走啊？」他把星星月亮搖晃兩下。

「啊，要。」我小心翼翼接來，重溫它躺在掌心上的冰涼觸感，失而復得的心情讓我感動到快掉眼淚了，「你在……在哪裡找到的？」

「唔？路上吧！」

「哪條路？」

「……不記得了。欸！都幫妳撿回來還囉囉嗦嗦。妳住院那天，打電話給妳就是要講項鍊的事，別再弄丟了。」

「嗯！不會！說什麼都不摘下來了。」

我開開心心將項鍊戴上，將星星月亮挪到鎖骨中央，反覆摸了又摸，捨不得讓它離開我的視線。

我萬般寶貝它的模樣，看在老四眼裡一定很可笑吧！

「妳會不會太誇張？高興得跟小孩子拿到糖果一樣。」

無論他怎麼笑我，我都不在意。

「謝謝，真的謝謝你！你不知道我現在有多高興，幸好找回來了。」

我真誠向他道謝，誰知老四臉上的笑意反而緩緩褪去，想起什麼心事，他垂下眼眸，又再次抬起望向我。

我的回應並不是他真正想要的，又或者，他想不到自己想表達的語詞，焦躁的心急在他深明的瞳孔呼之欲出。

他弄得我也坐立難安。

「那個……我得去社辦了，我們要開會。」

我站起來，老四無所謂地「嗯」一聲，我便轉身走向社辦。捨去蜿蜒的水泥小徑，踩過微濕的泥土地面，直線走，比較能夠快一點，快一點脫離他的視野。

「程瑞瑞！」

後方傳來他大聲喊我名字的聲音，我失措回頭。

小葉欖仁下的老四站起身，繼續對我大聲說話。

「再不跟妳說清楚，怕妳笨得不知道！」

「啊？」

「老實說，本大爺很不爽！」

這個人怎麼說翻臉就翻臉啊？我簡直莫名其妙，「不爽什麼？」

「妳都因為我挨打過了，幹嘛還要為了單眼皮住院？是有多喜歡他啊？」

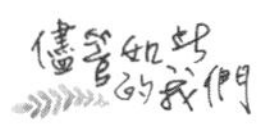

我大概……真的有點笨吧！聽完他的話，望著他幾分生氣、幾分靦腆的神情，好一會兒才慢慢會意。

應該要這樣才對吧？不是漸行漸遠地離開，不是輕描淡寫地帶過，有時也得停下來，好好看著認真呼喚自己名字的那個人，好好地，把現在不說就會後悔的話，努力告訴對方才行。

「我也很生氣！」我不甘示弱朝他喊去。

「啊？」

「你讓那個女生到你家去，還讓她留了一枝筆下來，雖然不干我的事，可是我超生氣的！」

憤怒的宣告一結束，小小的欣喜竄過他傲氣凜然的臉龐，不過，他很快便正色朝我邁進。我那再度狂跳的心臟，隨著他靠近的腳步逐漸安分下來，直到最後一步的屏息。

他就站在離我不到二十公分的位置。我們兩個剛剛還盛氣凌人，現在什麼也說不出來，尷尬沉默。

老四伸出放在口袋裡的手，拾起我一綹長髮，低喃，「頭髮濕了，還是戴上帽子吧！」

四周好寂靜，看著自己髮絲纏繞般攀在他修長的手指，繾綣依依的姿態，忠實反應出我此刻的心境。不希望他發現，我只好低著眼，就怕緊張到無所適從的視線也把我出賣了。

三三兩兩的雨點還沾在頭髮上，他細心幫我拍掉，然後將我的帽子拉上。男朋友式的舉動，讓我小鹿亂撞到不行。

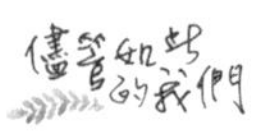

「喔。」我自己再將帽簷往下拉一些，如果可以，希望它能遮住我爆紅的臉。

「就算戴上帽子也不能戴得太低，這樣會看不到。」

啊？真龜毛。

「我看得到路就好。」

「不是說妳，是我。」他將帽簷撐高，輕笑，「這樣才看得到臉。」

碰！我覺得我的臉又被轟炸過一次。

「雖然上次在醫院剛看過，不過還是覺得有一百年沒見到妳，所以明天一起吃個飯吧！」

「什麼？」他的思路好跳躍。

「我今天和蕭邦他們有約，明天沒事，明天一起吃飯。」

「明天我要去南投員工旅遊，星期天晚上才回來。」

一開始他不了解什麼員工旅遊，但很快就聯想到。

「妳是說鐵板燒店的？那表示要和單眼皮一起出去玩囉？」

「是和阿倫前輩還有其他前輩們一起出去玩。」我鄭重糾正，「小純也會去，這是一個多月前就預定好的。」

哇塞，敵意真明顯。

「我管有誰會去。連約妳吃個飯都約不到，有天理嗎？」

「我又沒說不跟你吃飯，就不能等我回來？」

老四很明顯的不平衡，沉吟半天，勉為其難，「好吧！妳去，不過，遇到打架那一類的事，不能再出手了。」

他的勉為其難還不減分毫的霸道，今天竟覺得那份蠻橫怪賞心悅目的。

我笑咪咪逗他，「你想說，以後只能當你保鑣對嗎？」

可是卻挨罵。

「笨蛋！妳知不知道上次看妳被打，這次又看妳躺在醫院，本大爺有多擔心？不准再當什麼保鑣。」

我甜滋滋地抿起嘴角，他被我笑得不太好意思，試著趕我走，「妳不是趕著去社辦？快去吧！」

「嗯。」

我點點頭，轉身離開，這次離去的腳步是輕快的，像踩在雲朵上。

等等，還沒確定吃飯的日子吧？我站住，瞧瞧剛往另一個方向啟步的老四。

「老四！」

他轉過身，困惑等待。我一邊倒退走，一邊凝視他，就算只是多看幾眼，幸福感也會增加耶！

「星期天晚上！」他等著，我向他喊，「一起吃飯吧！」

老四漾開的笑臉，把雨天都趕走了。

這一次，他並沒有和我一樣大聲嚷喊，而是以一種分外溫柔的語氣半催促道，「快去吧！別淋雨了。」

我再次點頭，這才心甘情願朝社辦跑去。我跑得很快，要宣洩掉胸口快滿溢出來的歡喜和不敢置信。

用雙手輕輕掩起情不自禁的笑靨，我想今天晚上是睡不著了，我想我真的很喜歡老四，我想……

原來還有一種奇蹟，發現自己愛上一個人，而他也正好愛著你的奇蹟。

員工旅遊只有兩天一夜，一條牛仔褲應該可以讓我穿兩天用。

老四現在在做什麼呢？

對了，等等問小純會不會帶洗面乳，我們其中一個人帶就好。

算起來，要到後天晚上才能見到老四，時間好漫長啊。

一整個晚上，我的思維在整理行李和老四兩邊輪流打轉，戀愛真是太邪門了，明明才分開沒多久就有天人永隔的失落。不行！我不能中毒太深，反正等星期天回來就可以吃飯、約會。

「瑞瑞，有什麼好事？妳一直在笑。」

我們都整理好行李，坐在客廳喝果汁、看電視，小純看著我的好心情微微笑著問。

「就是我和老四……」

在交往了？不對，我們還沒有過任何正式約會，這麼說很怪。

星期天要一起吃飯？這種說法感覺沒什麼大不了。

哎呀！好難講！一般女生都怎麼跟閨密分享感情的事啊？

「因為員工旅遊啦！好久沒出去玩了，哈！」最後我隨口編了一個幼稚園程度的理由。

不過小純絲毫沒有出門前夕的興奮，甚至鬱鬱寡歡，要跟一票男生出門對她而言是地獄。

「小純，愈害怕的敵人，就要愈了解他，等到對他瞭若指掌的時候，就再也沒有可怕的事了。」

「我……大概知道妳的意思，可是妳的比喻很奇怪。」

因為那是我拿空手道教練的精神喊話現學現賣啦！

我果然失眠一夜。一早坐上九人座，想到要給老四一通電話，可是莫名害臊起來，決定改傳Line。

「我要出門了，明天晚上見。」

老四並沒有立即回應，大概手機不在身邊吧！車子上路不多久，我就睏得昏睡過去，一直睡到車子快下交流道才醒。

打開手機，咦？三則訊息。

第一則是蕭邦，「弟媳，快點回來，老四吵得要命。」

弟媳？那兩字害我把手機摔下去。

第二則是喬丹，「老四一直沒辦法決定面子重要、還是衝去南投找妳重要。」

我都還在苦惱要怎麼跟小純說和老四之間的事，沒想到蕭邦和喬丹都知道了！

第三則簡訊總算是老四了，「妳不要理那兩個王八蛋！我要宰了他們！」

我好像可以見到他們三個大男生打成一團的光景，正想發笑，這時簡訊剛好又進來，仍是老四。

「不過，既然時間不可能縮短，妳也沒辦法裝上翅膀現在就飛到我面前，妳還是好好玩，然後報個平安，不是用Line，是用電話，聽聽聲音總可以吧！」

起初，我是暖呼呼笑著的，反覆讀著老四的簡訊，漸漸起了寂寞的酸意。

幾個月前，我和老四還互看不順眼呢！如今成為彼此喜歡的關係，老四在心情上的轉換駕輕就熟似，我就不同，經常有作夢般的不真實感，不踏實。

兩輛九人座載著鐵板燒店員工一行十六個人先抵達日月潭，遊船、逛街、騎腳踏車，晚上來到溪頭民宿。

我一下車就打電話給老四報平安，其實光是這小動作也讓我彆扭半天，畢竟在今天以前，我從沒向家人以外的對象報平安過。

老四正在上外語課，他掛電話前沒忘記囂張叮嚀我，「如果明天回來，你們那群人提議還要去哪裡吃晚餐，妳馬上跳車。」

「跳你大頭，沒車我怎麼回去。」

「妳在哪裡跳，我馬上去那裡接妳。」他的聲音飽含堅定的笑意。

那一刻，我真的相信如果我在十萬八千里遠的地方跳車，他也會立刻趕來，出現在我面前。我們明明還沒有什麼交往行動，他卻已經把我捧在手掌心。

回到隊伍，前輩們正好對菜鳥下馬威。

「晚上就笑不出來了，有我們員工旅遊的傳統——試膽大會！哇哈哈！」

由於歷年來鐵板燒員工以男性居多，他們從以前就發明試膽大會，主要是希望藉由恐怖氣氛促成女孩們小鳥依人的福利，聽說去年是由幾位前輩扮鬼躲在暗處嚇人。

「有什麼可怕的東西過來，我通通揍飛。」

見我興致高昂，其他前輩開始嚴正抗議，「妳不能這樣啦！程瑞瑞，太強悍就失去試膽大會的偉大精神了。」

幾個跟我還不錯的女生已經躲到我背後，說要跟我一組。前輩們見狀立刻制止。

「妳們幹嘛？妳們幹嘛？規定是男生女生一組，不要想破壞美好的傳統。」

為了製造毛骨悚然的效果，他們從晚餐時間就開始鋪陳，鬼故事一個接一個說個沒完，那麼巧，那些故事剛好都發生在我們晚上要夜遊的路線上。

女生大部分都被唬住，直嚷著不玩了。以膽小著稱的小純倒是一反常態，對於那些鬼故事無動於衷。

「我覺得他們比較可怕。」

她很煩惱等會兒抽籤會跟誰一組，不管是誰，一定都是男生。

如果那個男生是阿倫前輩就好了。

飯後，我們前往夜遊的林區，裡面沒有路燈，伸手不見五指的漆黑，而且還荒涼得要命。

他們在入口處的涼亭擺起一桌麻將，幾碟下酒菜，十分享受。

十個男生和六個女生開始抽籤，我打開我的籤，瞪大眼睛。

我跟阿倫前輩？

我和阿倫前輩對看一眼，小純則是跟一位愛慕她很久的同店男生一組。

「前輩，我跟小純換好不好？」

我直接過去向阿倫前輩提議。

他望了小純一下，反問：「為什麼？」

為、為什麼啊？這個嘛……

我活脫是沒做好功課的應考生，吞吞吐吐講不出好答案。

「小純的隊友好像很膽小，可能保護不了女生……」

我說了一個很糟的藉口，果然被阿倫前輩直接打槍。

「不會啊！他看起來很高興。」

「可是……」

「妳不要什麼事都想幫她，讓她自己來，她會進步得更快。」

「啊，不是，我不是那個意思。」

無視於我攔阻的手，阿倫前輩逕自走去領手電筒。至於小純，她正忙著閃躲隊友的攀談。唉，事情就是無法如意呢！

夜遊的規則是，每一組輪流進入林區，順著小路走，終點是另一座涼亭，聽說涼亭裡擺有明天民宿提供的早餐券，也就是能夠成功走到終點的人，才有早餐吃。

我和阿倫前輩是第三組，前兩組探險回來之後直呼「好恐怖」、「好黑」，把其他還沒進去的人先嚇個半死。

阿倫前輩打開手電筒，對我說「走吧」，我們便一前一後走進林區步道。

哇！真的很暗，能見範圍僅限於手電筒微弱的光，四周還會竄出風吹過竹林的古怪呼嘯，偶爾會以為有東西跑到我身上，結果是飄下的葉子，這一趟路真的挺驚悚的。

我絆了一腳，才站穩，又滑了一下，地面上又是雜草又是泥巴的，看不清楚路況，難走得要命。

我冷不防撞上阿倫前輩，按住鼻子。他停下來幹嘛？

「要不要我帶妳？」

他朝我伸出一隻手，面對他的手，我直接搖手拒絕。

「不用了，我不會怕。」

阿倫前輩停一停，接著說：「是怕妳會摔倒，我可能就得背妳走完這一程。」

好壞喔！也不用這麼現實吧！

我噘著嘴，把手遞給他，他笑笑，牽著我繼續走。

好暖的手，好看的笑容。

阿倫前輩一個人把黑森林裡的陰森都驅離了。這趟夜遊一點都不可怕，相反的，我還因為兩人相牽的手而有點緊張。

命運真是太作弄人了，當我決定對他死心，卻安排這麼多令人心動的巧合。

如果是以前的我，會有多高興啊！

現在，我只抱著淡淡惆悵，難怪我和阿倫前輩不來電，我們之間沒有什麼共通話題，我對阿倫前輩的事情了解太少。如果是老四，我們可以一句接一句地鬥嘴，沒完沒了地聊下去。

若是老四知道我正和阿倫前輩牽著手，他會不會暴跳如雷啊？

一想到這裡，我輕輕將手抽離。阿倫前輩回頭看我，我笑笑提議，「我來拿手電筒好不好？我拿，就不怕摔倒了。」

他想一下，將手電筒交給我，自己走在偏後的位置。我盡量不讓自己離他太遠，免得他看不見路。

「怕我嗎？我說要牽手，沒有其他意思。」

我回過身，蒼白的月光落在感傷的神情上，令人心痛。

「不是的，我幹嘛怕你？」我情急解釋，甚至不惜重新伸出手，「不然再來牽嘛！我是覺得這種走法並不一定會比較快。」

也許我太口不擇言，逗得他噗嗤笑出來。笑啦？太好了。

「不用牽，我們這組應該會是最快走完的吧！妳看起來什麼都不怕，打起架又凶狠。」

扯到打架幹嘛？拜託你快忘了吧！我跟上他的腳步，懷疑他是不是夜行性動物，怎麼在黑暗中也箭步如飛？這一次，我來到他身邊，並肩而行。

「我也有怕的東西啊！有鱗粉的昆蟲就怕，像是蝴蝶。」

「女生不是都喜歡蝴蝶？」

「我怕牠身上的鱗粉，一被沾到，就好像永遠都洗不掉。」

然後，阿倫前輩沒接話了，聽著踩過碎石和雜草的腳步聲一段時間，他才再度開口。

「那妳千萬別做壞事，不然就會跟我一樣，沾上了，就跟你一輩子。」

「我不怕你喔！我看不到你的過去，只看見站在我面前的你。」

他淺淺扯開嘴角，想誇獎我的勇敢，然而似乎想到什麼事，那笑容黯淡下來。

我曉得他想起了誰。

「小純……也不怕你，她是嚇到了，可是你不能以為她是在怕你。」

「她……」也許他想喚她名字，後來作罷，只以第三人稱起頭，「以前很喜歡講『對不起』，我聽了討厭。做了不好的事，想要努力彌補，只是，說了一百萬次的『對不起』，也得不到原諒。」

我找不到可以接下去的話語，只能保持安靜。

「我知道她是個善良的人，不跟別人爭，做不來的事會盡量學……家世也很好，像她那樣的女孩子，叫人想要接近她……又不敢靠得太近。」

「你在說什麼？小純又不可怕……」

「我怕的是，在她身邊，我什麼都不是。」

莫可奈何的心情，叫人不知道該怎麼幫他打氣。

我只好繼續跟著他的腳步走，沉默著，著急著。

終於順利走到終點涼亭，涼亭還掛有一條破舊的白色繩索在晚風中搖曳。可惜我們都無心在煞費苦心的裝飾上，拿走桌上的早餐券便往回走。

回程的路，我們沒交談，不多久，遠處出口有透進來的光，在那一頭涼亭的他們一定正快樂地喝酒、打牌吧！

光鮮亮麗的地方可以遮蓋住許多陰暗，還有那些不想讓人知道，想一輩子藏起來的事，然後人們可以安心活在不被傷害的世界裡。

一走到那個地方，他又會回到那個什麼都不想談，裹足不前的阿倫前輩了吧！

我霍地站住，這舉動讓阿倫前輩不解地回頭。

「我覺得，你太小看小純了。就算你不能待在她身邊，她也會想辦法讓自己可以待在你身

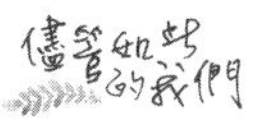

邊。我們人啊，既然還活著，不是什麼都能做嗎？」

我一急，就語無倫次了，暗暗歸咎是被老四傳染的。

阿倫前輩微笑看我，帶著一分興味。

我被他盯得不太好意思，慢吞吞補述一句，「我沒有說教的意思……」

「小純說過，妳在樂觀這一點，很無敵。」他用雲淡風輕的面容，和雲淡風輕的口吻，「或許應該喜歡上妳，就能無憂無慮地過日子了。」

接著他說句「走吧」，便走出我手上手電筒的光源範圍。我僵在那裡好一陣子，才掉頭望著他走向出口的背影。

說那種話，不是太犯規了嗎？

結果，不出阿倫前輩所料，在最後一組挑戰之前，我們這一組夜遊回來的速度是最快的。最後一組是小純和她的愛慕者，她在踏入林區前，一度回頭看我，和我身後不遠處的阿倫前輩。可是阿倫前輩獨自坐在角落把玩樹枝，一次也沒面向小純的方向。

他還在刻意疏離小純，難得小純都鼓起勇氣逼自己參加員工旅遊，為的就是想表明自己的心意。一退一進，一進一退，兩個人要走在一起似乎不是那麼容易的事。

我不禁想起和老四在校園裡相互坦承自己的想法，說起來，我們當時都沒想太多便脫口而出吧！沒能去想我是不是真的喜歡他，他到底為什麼會喜歡我，我們以後……就要這麼一直走下去了嗎？

後來我被拉進牌局，心不在焉打牌，也不知道過了多久，阿倫前輩走到林區入口，問：

「他們是不是進去太久了？」

我們大家紛紛找手錶、手機看時間，有的人猜小純他們已經進去二十分鐘，有的人則說半小時以上。

「我打手機好了。」

正想撥號，隊長說這裡沒訊號。

「應該不會迷路吧！路就一條而已。」

「搞不好兩個人都怕得半死，腿軟走不出來了。」

眾說紛紜，阿倫前輩沒理會，直接走進林子，「我去找。」

「我也去！」

我隨便抓了一支手電筒跟上，夜遊的路剛剛已經走過一遍，這回可以走得很順。

我們快步穿梭在林間小路，很快便發現前方晃動的光源，是手電筒的光，小純他們就在那裡！

「我……不行，不是因為、因為沒空，是我……我們可以出去了嗎？已經、已經在這裡很久了……」

小純結結巴巴在拒絕什麼，她一面說，一面怯生生退後。只要她一退，那個愛慕者便情急靠上前。豬頭！這樣的舉動只會把小純嚇到六神無主啊！

「只是做個朋友，一起看電影，我沒有其他意思。不然不看電影，吃個飯好不好？我們都認識這麼久，妳還推得跟什麼一樣。」

小純踉蹌退後，「我、我……我有喜歡的人了！」

我和阿倫前輩同時煞車！小純終於說出來了耶！

可憐的愛慕者看上去相當受傷，還有不知如何自處的狼狽。小純抱歉地偷偷看他一眼，不巧和他對上，他的態度瞬間強硬起來。

「是誰？阿倫嗎？誰不知道那傢伙就是要假借教妳打蛋的機會，近水樓台！」

什麼？我握緊拳頭，就要衝上前教訓他了！

「阿倫前輩一直很認真在教我！」小純大聲反駁，「他沒有不好的念頭，就是一直認真教我而已！」

我的嘴巴張得更大了。天啊！那是小純嗎？是那個平常唯唯諾諾，像小狗一般脆弱的小純嗎？

「你……你和我一起工作那麼久，都沒有注意到我進步了。可是我還有哪裡做不好的，有哪裡做對了，阿倫前輩都看在眼底，你不能、不能說他壞話。」

那番理直氣壯的宣言，並沒有讓愛慕者知難而退，反而更加惱羞成怒！

他上前抓住小純的手大吼，「說那麼好聽，反正你們兩個就是看對眼，在一起了啊！早說嘛！講那一堆幹嘛？」

阿倫前輩上前，雙手推開他！他跌跌撞撞退到一棵樹前，撞落幾片葉子。

「動什麼手？」前輩瞪著他。

愛慕者沒想到會有程咬金，他把阿倫前輩和我輪流看一遍，站直身子，生氣撂話，「哼！我又不像你，別以為我不知道，你以前也是出來混的，說動手，我比得上你嗎？」

愛慕者憤而拂袖而去，把手電筒也帶走了。小純等他一走，朝我撲來，抱住我的頸子大哭。

「妳沒事嗎？他沒對妳怎樣吧？」我在安撫的同時，打量她狀況。

小純淚眼盈眶地搖頭，然後轉向阿倫前輩，「謝謝你……」

他沒吭氣，彎腰撿起剛剛掉落的手電筒，走在前面，帶我們兩個走出林子。

一到外面涼亭，大家一窩蜂上前關心到底發生什麼事，因為愛慕者說他要提前走人，不繼續參加員工旅遊了。

「那傢伙他……」

我正想解釋事情的經過，身邊小純暗暗抓住我手肘，站出去，用虛弱的聲音向大家說明，「大概是我剛剛太膽小，一直扯後腿，讓他不高興了。其他……沒什麼事。」

我的滿腔怒火瞬間被澆熄。小純啊，妳是想袒護著誰呢？或者，妳天生大度量，不去計較那些不愉快的事嗎？

當事人都這麼說了，大家也不再多問，逗留一會兒才散場，準備回民宿睡覺。

阿倫前輩上前來，將一張早餐券遞給小純。

「妳的份沒拿吧？」

小純像是現在才想到這件事，「啊」了一聲。

「在裡面弄掉了。」

「拿去吧！」

「不用了。」

「我睡得晚，沒有吃早餐的習慣。」

他把餐券塞給小純，小純握著那張餐券，然而早餐她並不在意，她守望的視線是朝著北極先生的方向，痴痴的，無比堅定。

隔天早晨，我醒來的時候，小純的床位是空的。

其他室友還在睡夢中，也難怪，昨晚一窩女生聊到三更半夜，現在沒人爬得起來。那，小純去哪了？

我的床頭上方就是窗戶，坐起身，往下四處張望，阿倫前輩正戴著耳機聽手機裡的音樂。

他坐在矮階上什麼也不做，對著天空出神。

這是我第一次見到工作以外的阿倫前輩，原來放鬆的時候他也會呆呆的啊。

渙散的神情跟小純有點相像，她關在自己的世界時也會這樣。

說到小純，她從另一邊出現了。只是模樣好怪異，肚子附近的衣服鼓鼓的，看起來像身懷六甲，踩著滑稽步伐從餐廳方向走來。

我盡量不發出多餘噪音地推開窗，想聽清楚下面的聲音。

阿倫前輩老早就注意到小純，但她的樣子實在太好笑，我猜他是抱著看好戲的心態等她。

小純一到，快速在他身旁坐下，這時從她衣服邊緣滾出一樣白色物品。

小純趕忙撿起，細巧地把上頭白色紙類剝開，原來那是餐巾紙，裡頭包著一顆饅頭。

饅頭？小純從餐廳偷渡出來的嗎？

而且，不只有拿饅頭而已，她從衣服裡頭接著拿出另一個用餐巾紙包好的包子，第三份則是餐包。

哇塞！她一個人居然有辦法拿這麼多食物出來！

阿倫前輩等她全部展示完畢，和她相視。

「我不知道、不知道你喜歡吃什麼，所以……」

捧著饅頭、包子和餐包的手晾在半空中，也不見阿倫前輩拿取，她只好乖乖等待。

後來，阿倫前輩總算開口，「妳吃了沒？」

「沒，你、你先選你喜歡的。」

於是他拿走饅頭。小純卻沒有將手收回去，她深呼吸了幾次，抿嘴了幾次，心裡頭有一場天人交戰。

許久，才聽見她蚊子般大小的聲音，「……喜歡。」

阿倫前輩掉頭瞥瞥她，把手上饅頭遞回去。

小純僵著身體，搖一下頭，「不是說……饅頭。」

阿倫前輩怔了怔，他明白了。又是一片沉寂，在他內心也有著一場天人交戰吧！

驀然，他騰出那隻沒拿饅頭的手，將小純的頭攬過來，毫無防備的小純靠著他的肩，睜大雙眼。

「這才是我喜歡的。」阿倫前輩是那麼說的。

我望見小純打從心底綻放幸福的微笑，好篤定，好美麗。

趴在窗口的我跟著傻乎乎笑了起來，清晨的空氣清涼，我在愜意中微微困惑，除了為他們高興之外，還有其他複雜的情緒。可能是未來在小純的世界裡阿倫前輩要佔去大半位置了，也有可能是曾經好喜歡好喜歡的人終於有了感情歸宿。我說不上來，又開心，又寂寞。

今天一整天都在九族文化村裡玩，小純還是跟著我，不過在最後一個小時我把她推給阿倫前輩，推託說我不敢坐那些太刺激的遊樂設施，請他陪小純去。

當我在園區落單閒晃，接到老四的電話。

「喂，瑞瑞。」

那一刻聽見老四的聲音，恍如隔世。

「妳幹嘛不出聲？」

「沒有啦，總覺得好久沒見到你了。」

「啊？」那一頭的老四壞壞地笑兩聲，「是玩得太高興，還是想我了？」

明知他開起臭屁的玩笑，我好像是想他了。

「老四……」

「什麼？」

叫叫他，看能不能現在把他變出來，出現在我面前。

因為不能任性，我清清喉嚨，問：「你打電話來有什麼事啊？」

「喔，對，我跟妳說，我今天載許彤艾去台北，她有一場面試，可是對方硬要留她跟幾個主管吃飯，不去不好意思。當然，『不好意思』是許彤艾說的，那種應酬性的飯局我可是一點都不想去。」

我將手機拿離耳畔，想一下，又說：「可是，面試是很重要的事吧！所以飯局也很重要，就去吧！」

「妳說得倒輕鬆，這樣就沒辦法吃飯了。」

啊！他比較在意我們一起吃飯的事嗎？

「我沒關係喔！不然，等你回來，我們改吃消夜啊！」

老四心情立刻放晴，他真好哄。

「好吧！吃消夜。大餐改天補給妳。」

「也不用大餐，重點是我們一起吃，我會等你。」

他那邊沒來由變安靜，咦？我說錯什麼話嗎？

「瑞瑞……」

「嗯？」

「妳講那種話，會害我直接扔下飯局飆回來啊。」

我在下坡的小徑上停住腳步，緊閉起嘴，明明四下無人，我卻害羞到想挖個洞鑽進去！

這、這傢伙太可怕了，天外飛來一筆，讓我完全沒有招架能力。

老四還問了我旅遊好不好玩，去了哪些地方，我們閒聊好久才掛電話。

為什麼男生對於交往這種事都這麼游刃有餘，阿倫前輩是那樣，老四也是。

相較之下，我和小純簡直像初出茅廬，隨便一個風吹草動就可以把我們弄得人仰馬翻。

我和小純在晚餐時間回到住處，整理好行李又洗完澡，順便和小純看完一齣重播好多遍的電影。老四在九點多的時候打來第二通電話，我拿手機回房間講。

「我現在在高速公路上，可是碰到塞車，車子沒怎麼在動，剛剛聽廣播說前面有三台車撞在一起，塞了五六公里遠。」

「你在哪裡？」

「剛到內壢而已。」他沉吟一下，下定決心，「抱歉，今天看起來連消夜也吃不成了，等我開回來可能都半夜了，妳別等，先休息吧！」

「我沒那麼早睡，等你啊！說不定很快就不塞了。」

「瑞瑞，不要，我的手機快沒電，等等就不能再打給妳……哎呀！怎麼諸多不順啊？總之，妳先睡吧！我明天再找妳。」

「這樣啊，好吧！」

我等了一下子，以為他要掛電話了，不過那一頭傳來老四萬分懊惱的聲音。

「我今天一睡醒，就想著一定要見到妳的。」

放下手機，我窩回床上，一會兒興奮地環摟抱枕，一會兒大字型放空。

「不過，既然說想要見我，那就見吧！」從床上翻身坐好，靈光一閃。

我上網查從內壢開車到這裡要花多久時間，再加上塞車五、六公里的推算，沒意外的話應該十二點半會到。

打定主意後，我小憩片刻，然後被鬧鐘叫醒。換好衣服，便騎車出門，來到老四住的公寓大樓外。

我先去找管理員先生，問他老四回來沒有。他看過地下停車場的監視器，確定藍色奧迪不在。

我放心了，站在門外等，經過十幾分鐘，管理員先生特地走出來，好心叫我進大廳等。

「不過，進去就看不到他的車到底回來了沒有。」

「我可以從監視器幫妳看。」他一臉慈祥。

「謝謝，但是那樣就……」

就不算驚喜了。

想要那樣回答的我覺得太愚蠢，只對他「嘿嘿」笑兩聲，堅持在外頭。

我現在的舉動，很笨吧？在外人看來。

換作是我，一定也會覺得路邊那個罰站的女孩太可笑。不過，明明知道這麼做很傻，還是會像撲火的蛾，一直被喜歡的人吸引過去。

只要一想到是為了心上人，也就不覺得自己又笨又傻了。

直到雙腳開始發痠，凌晨十二點多的晚風漸漸偏冷，終於有一輛熟悉的藍色車款緩慢駛進這條巷道。

我用手遮擋迎面而來的燈光，那輛奧迪迅速剎車，車身頓了好大一下。

哈！發現我了。

我放下手，望住從駕駛座走出來的老四。他那張驚訝得說不出話來的面容，剎那間就抵銷等了這一回的辛苦。

全心全意專注在我身上的眼神真好看，我移不走視線，心情雀躍著、鼓脹了。

「Surprise!」漾開大大的笑容迎接他，得意莫名。

可是老四一步步朝我走來，加快的腳步並沒有放慢的跡象，等我警覺到，他已經一把將我摟進懷裡，緊緊摟著。

這舉動著實出乎我的意料之外，男性氣息鮮明環繞著我，他的體溫還一吋吋滲入我的肩膀、手臂、還有貼在他胸口的臉頰。

我有些害怕，呆著，不曉得怎麼辦才好。

「妳想讓我高興到死掉是不是？」

怨怪的低語，卻不小心逗得我滿足地輕笑。

這樣偎在老四臂彎，之前所有因為他的患得患失、起起落落的心情，都在這一刻暖融融地了結。我喜歡和他在一起的感覺，也喜歡見到他因為我而感到幸福，我喜歡……

「我喜歡你。」

那句情不自禁的話語再輕不過，他還是聽見了，靜止半晌，把我抱得更緊。

「算了，死掉也可以。」

第八章

儘管如此，我要和你在一起。

「上來吧！」

當老四朝大樓撂個下巴，我還不懂他的意思，原地不動。

「妳在這裡等很久嗎？到我那裡休息。」

「咦？呃，不用了，我只是過來看看你，沒有留下來的意思……」

他無視於我的慌張，一把攢起我，直接往大廳走，「我也沒意思這麼快就讓妳走，妳知道現在幾點了嗎？」

被他拖著走，心中碎唸著正因為現在好晚了，才更應該要趕快回去啊！

想歸想，我還是和他一起搭上前往八樓的電梯。在下沉的重力中，我的手在他手裡，冰涼遲疑，我們都沒說話，心臟卻吵得要命。

期間，他對於我們親密的碰觸感到生疏似的，靦腆地和我互望一眼，我先不自在低下頭，我們牽手的光景順勢落入眼簾……唉！心情根本鎮定不下來。

話說回來，這是我第一次以「女朋友」的身分到他住的地方呢！

老四一回到八〇二號房，卸下身上外套，大嘆好累。

「今天一共開了六個多小時的車，差點睡著。」

「辛苦了。」我看他一屁股癱入沙發裡，笑著問：「學姊的面試順利嗎？」

「嗯，對方本來就很欣賞她，不過我就跟她說，既然欣賞妳，幹嘛還要妳特地上台北一趟？是不是有什麼其他用意？」

「啊……是也有那種可能。」

「對吧？許彤艾那個人就是懶得懷疑別人，好像大家都是正人君子，還想自己一個人去面試，也不想想出事了怎麼辦。」

我同意地頷頷首，暗忖學姊是那樣的人啊！看她能幹的形象實在很難想像。

「你很了解她嘛！」

老四停頓一下，又閉目養神，「不是說過了？她是我很……」

「很親很親的學姊。」

我機靈地接下去，他又張開眼，對我笑一笑。

「那個……我可以自己倒杯水喝嗎？」

在樓下等那麼久，其實很渴。而且我也不敢再熟門熟路地自己倒水喝，免得露出馬腳。

老四立刻起身，走進廚房，拿出杯子倒滿一杯水遞過來，順便交代，「這種事不用問，以後我這裡的東西就是妳的，妳可以隨便用。」

「是。」

我啜了一口水，因為他的慷慨而竊喜。

老四要我把這學期的課表給他，包括打工的日子。他也把他的給我。

我們互相輸入對方行程時，他一度思索著什麼嚴肅的事。

「怎麼了？」

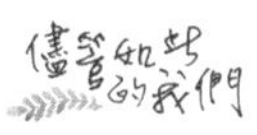

「瑞瑞，打工……不能別做了嗎？」

「唔？」

他面向我，頗為認真，「我的女朋友，我會照顧到底。所以，那麼辛苦的事，別做了。」

我明白他的意思了，也花些時間省思打工對我的意義，於是這麼回答，「我打工，不完全是為了要賺錢，現在的工作讓我學到很多學校沒教的事，也認識不少人，還挺愉快的，我想繼續。而且……」

「而且什麼？」

「養活我自己是我做得到的事啊！如果你把這份工作也搶走，那我能幹什麼呢？」

他無話可說，卻也不是完全心服，硬怪我不給他面子，「如果讓別人知道我柯光磊的女朋友在辛苦打工，一定會被笑死。」

「你管別人怎麼想，重要的是，」我伸手捏捏他的臉，「你要為我感到非常驕傲啊！」

他促狹的目光在我臉上轉一遭，反過來握住我的手，「我是啊！」

話語忽然在客廳消失的那一刻，他垂下長睫毛，張開他的手掌，貼住我的，兩隻手，十根手指，相附相依，暖進了我的心。老四又望向我，十指扣下，我……被攫住的好像不只有手，連靈魂都交在他那裡，不由自主被他多情的眼神慢慢吸引過去。

這時電話鈴聲大作！

我們兩個嚇得分開，老四十分扼腕地起身接電話，我則閃到一旁正襟危坐。

「管理員說我的車還停在外面，我去開進來。」

「好。」

他拿了車鑰匙出門，等門關上，我才大大鬆一口氣。

嚇死我了，嚇死我了，如果沒有那通電話打斷，我們兩個是不是就要接吻了？談戀愛的魔力是有多驚人啊？先是擁抱，再來牽手，然後差點接吻，如果再待下去就會大事不妙啦！

我瞄瞄壁上掛鐘，告訴自己得找機會離開才行。

老四沒花多久時間就回來，重新坐回我旁邊的位置。他似乎真的累壞了，即使勉強打起精神跟我說話，還是藏不住濃濃倦意。

「老四，你去睡吧！都一點了。」

「妳知道我很累的時候會怎麼樣嗎？」

咦？直接給我轉移話題？

我搖頭，他神祕兮兮的視線挪到玄關窗口那裡，「那個窗戶，可以看到妳打工的店，心情不好或是很累的時候，就會往底下看，只要看到妳認真工作的樣子，對那些客人露出笑臉的樣子，就覺得輕鬆多了。」

原來，在我不知情的時候，他曾經那麼專注地看著我啊。

「從那裡看得到我？」

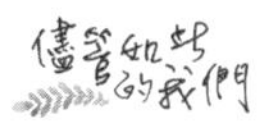

我努力抑制住翻騰的情感波濤，走到窗邊，果然能夠見到鐵板燒店的落地窗。雖然現在是暗的，不過營業時間肯定可以把店裡頭看得一清二楚。

那麼，老四在比我所能想像的更早之前，就喜歡我了嗎？

怎麼辦？再多陪他一會兒好了……

我掉頭，想多問問以前的事，登時傻眼。

老四坐在沙發上，動也不動垂著頭。

就算我來到他面前，近距離端詳他的臉，他也睡得熟透了。

「老四？你睡著了對不對？」

我等一分鐘，他安詳地打盹。

好！回家！

躡手躡腳收拾好我的包包，再從他房間帶出一條毯子蓋在他身上，不期然發現椅角旁躺著一支紫色的彩繪筆。

是早餐店遇到那個女生掉在這裡的彩繪筆嘛！當天老四沒讓她來八〇二拿回去嗎？

我將筆反覆把玩，皺皺眉頭，「可是看到筆出現在這裡，還是不太舒服啊。」

三分鐘後我離開八〇二號房，搭上下樓電梯的那十幾秒鐘內，禁不住又將手機拿出來，叫出照片，對它發笑，照片是老四被我偷拍的睡臉。

「睡豬。」

老四額頭被紫色彩繪筆畫上一隻可愛小豬，旁邊沒忘記加上一顆小愛心。

晚安，老四。

一次深緊的擁抱，一次短短三分鐘的含蓄牽手，還有一次差點要成功的接吻，那個晚上就此正式確定我和老四的交往關係了。

過幾天我和小純正準備出門上課，老四來了電話。

「瑞瑞，妳早上要去上課嗎？」

「要啊！正要出門。」我把手機夾在臉頰下講話，雙手俐落地在後腦紮起馬尾，「怎麼了？」

「沒事，我等妳。」

然後他掛電話了。連要問他「等我什麼」都來不及問。

誰知和小純一起走到公寓外，一輛醒目的藍色奧迪泊在對面路邊。

我一眼就認出那部車，小純則「啊」一聲，張開她的櫻桃小口。老四從奧迪那邊心情愉快地走來，一身海軍藍的 polo 衫搭配淺色牛仔褲，比平常更清爽明亮！

「我時間抓得真準，上車吧！載妳們去上課。」

「等一下！我們不同科系，上課時間又不一樣，這樣接送太麻煩了。」

「不會，今天剛好我們第一堂課和最後一堂的時間都一樣。」

難不成他把我們兩個的平日行程都研究過了？

還在訝異他的細心，老四則注意到小純像個木頭人杵在原地，對她說：「瑞瑞的朋友也上車。瑞瑞的朋友就是我的朋友，一起照顧。」

他笑得真豪邁，可把小純給嚇呆了。小純驚恐地往我這邊看，完全搞不懂這是怎麼一回事，對她而言，老四可是「大魔王」等級的人物呢！

糟糕，一直沒機會向小純說出我和老四的事，現在害她不敢抗命就坐上奧迪後座，一路誠惶誠恐不亂動。

坐在副駕駛座的我不時從後照鏡關心小純，再瞥瞥身旁專心開車的老四。

讓人接送上下學，超級不習慣呀！

「前面那個轉角放我們下去就好。」我快速指向擋風玻璃外面。

「為什麼？直接開到停車場啊！」

「因、因為，會被別人看到。」

「看到什麼？」

「就是，我們……你和我……」

我支支吾吾沒辦法把話講好，老四幫我接下去說完，「看到我載女朋友上課嗎？」

「咦——？」

那個很大聲的「咦」是後頭小純發出的，她雙手摀住嘴，輪流盯著我和老四。

「妳沒跟妳朋友說？搞什麼鬼？」老四不敢置信。

「我又不會整天嚷著交男朋友的事，天時地利人和，有機會才說啊！」

可是老四低氣壓很嚴重，一句話不吭，加快油門，直接開過我說的轉角，駛入校園，在離我教室最近的停車場停好。

我從車內環顧大樓附近準備上課的學生們，在他們眼中，我大概還是那個在老四身邊跟前跟後的小丫環吧！

頓時間沒有踏出車外的勇氣。

老四一隻手還搭在方向盤上，鄭重告訴我，「對我來說，每天都是天時地利人和，而且持續到永遠最好！」

我怔怔望著他，聽不懂他在講什麼重點，不過，感覺很了不起！

我吸一口氣，轉開門把，讓雙腳離開這輛昂貴的奧迪，才抬頭，老四已經來到我這邊門口，朝我遞出手。

我握住他，走出車外，依稀，他將我的手牽得更緊一些。

體貼的舉動，他卻不明白要握住這隻手，是需要多麼大的勇氣才可以。

果不其然，離我們較近的幾名學生注意到我們，一個個露出吃驚的表情。

老四目中無人慣了，沒管其他人的眼光，我不同啊！我被愈來愈多議論的視線掃射得好不自在。

老四把我拉到小純面前，用手掌在我頭頂拍兩下，笑道，「好好照顧我們家瑞瑞，需要我就別客氣。」

「是……」小純訥訥地、畢恭畢敬地應聲。

藍色奧迪帥氣駛離這座已滿是交頭接耳聲的停車場，我興奮得緊閉一下眼睛，他說「我們家瑞瑞」，我們家瑞瑞耶！

啊，不對，不是沉浸在閃光世界的時候。我拖著小純快步穿越停車場，直奔教室大樓，不過我們並沒有去教室，而是搭電梯到頂樓，那裡什麼人也沒有。

我們兩個都是第一次來頂樓，小純還好奇走到女兒牆那邊俯瞰下方光景。話不知道該從何說起，等到小純準備跟我談話，我才不流暢地解釋起來。

「我不是故意不告訴妳，嚴格說起來，也是員工旅遊前才、才開始的。」

「我以為妳很討厭他。」

「一開始是真的很討厭，不過相處下來，老四也有溫柔的一面。比如，他會安慰人，也會照顧離家出走的孩子。還有，我所做過的努力，在別人眼中或許微不足道，但是他不僅都看在眼底，還好好地放在心上，老四他……」

我如數家珍，只是說著說著就不曉得該怎麼收尾了。小純也不需我多言，已然彎起坦然的微笑。

「妳喜歡的人，是一個很棒的人，太好了。」

「嗯。」

「妳一定要告訴我，他是怎麼說他喜歡妳的！」

咦？他沒說耶……

「是我說。」

對呀！現在回想起來，就只有我單方面告白而已。

或許小純看出我的不確定，她把我拉到女兒牆那兒，要我一起看看高處的廣闊，然後放寬心。

「就算他沒說，不過，妳一定知道吧？」

「我啊……」

「妳記得嗎？我以前就相信，即使不用言語，一定也能夠從小地方感受到對方的心意。瑞瑞妳不這麼覺得嗎？」

小純說的那些，對我而言太像天方夜譚了，不然就是我悟性太低，學不會心電感應。

本來很擔心八卦女老早接到風聲，會來逼問我早上搭老四的車上學，又和他牽手的事，不過一整天下來，八卦女就像故障的廣播器一般安靜。

直到最後一堂課即將結束，她對八卦的觸角終於靈敏起來。

「你們看！老四和他的車。」八卦女回頭對我們小聲提示。

坐在靠窗位置的我們，聽話地往外看，老四對他的車搖控上鎖後，朝我們這棟大樓走來。

八卦女見他停下，靠著樹等候，回身對我們耳語，「奇怪，他以前從沒來過我們系大樓的。」

「好像在等誰吧！」有人回應她。

小純心中有數地和我相視一眼，我們都明白是老四準備來接我下課了。

然而我真希望教授永遠不要下課，等等該怎麼在眾目睽睽之下，走上他的百萬名車啊？

也許教授聽到我的心聲，下課鐘聲老早就響過，他仍欲罷不能地講下去。時間超過八分鐘的時候，我偷傳訊息給老四，要他別等我了，同時從窗口打量他。

誰知老四讀完訊息，只簡單回我「沒關係」，又把手機收進口袋。不少已經下課的其他學生路過大樹，都會好奇看他，他也毫不在意。

我望著，有點不忍心。這麼辛苦，和他好不適合啊……

「真稀奇，居然有人可以讓老四等這麼久，到底是誰這麼大牌？」

八卦女嗅到不尋常的氣息，決定全力鎖定在老四身上。

在下課鐘響的二十五分鐘後，教授總算心甘情願結束這堂課。小純屈服於萬眾矚目的壓力，很抱歉地拋下我，要跟其他同學一起離開。

當我一步步下樓，一步步走向大樓門口，心情無比沉重。

我想，如果以後要繼續和老四交往，那些指指點點是避免不了的了，他們會疑惑為什麼高高在上的老四會看上平凡無奇的我，會有不懷善意的猜測和不被看好的期待接踵而來。

我有足夠的力量一一承受嗎？我那麼堅強了嗎？

當我迎向亮晃晃的大樓出口，朝老四筆直走去，天知道那得鼓起多大的勇氣。

更重要的是，讓那唯我獨尊的老四枯等二十幾分鐘，我根本不敢想像等會兒他會怎麼大爆發。

老四發現我，他站直身子，在我們四目相接的那一刻，柔情似水的笑意從他俊朗的面容傾瀉而出。

從四面八方而來的視線倏忽消失，被隔絕開了。我只看得見老四，如同他煦暖的眼底只投映出我的身影一樣。我知道他看我的方式和看其他人不同，當他望著我，就像說著喜歡我。

愈是接近他，就愈有呼吸不到空氣的感覺，可是，還是想繼續沉溺下去。

小純，我好像明白妳那天方夜譚的道理了。

「妳的狗狗朋友呢？」

「她跟其他同學一起走。」

「那我們去吃飯吧！我餓了。」

他又擅自牽起我的手，帶我走向停車場。身後響起一陣驚呼，不過沒空讓我回頭看情況，老四已經為我打開車門，讓我宛如被捧在手心上的大小姐般坐進車子。

奧迪平穩地在路上行駛，下班時間，車子有點多，老四還是游刃有餘地單手掌控方向盤。

我暗自躊躇，想說服他打消接送我上下課的念頭。

「你剛剛在等我的時候，一堆人在看你。」

「有嗎？」

「有，一大票人呢！人來人往，你都沒看到？」

「沒。」

「騙人，我現在沒在跟你開玩笑。」

「沒在開玩笑。我等的人是妳，其他人怎麼樣我才懶得管。」

總覺得……窒息的感覺又回來了，雖然快樂得難以言喻，內心深處卻陣陣抽痛，深怕心臟不足以承載那份心情而隱隱作痛。

老四側頭瞧瞧我，說教般的語氣，「所以，妳要好好看著我啊！只要看著我就行了。」

「我有啊，就是因為一直看著你，才會在看不見你的時候特別想念你。」

老四的手滑了一下，車子也跟著蛇行一下。

我雙眼呼溜溜轉向窗外，還是閉嘴吧！都嚇到老四了。

下一秒，老四騰出他一隻手撫撫我的頭。

「別太可愛了，我會受不了。」

我不是討糖吃的孩子，老四卻常常將香甜的糖果放進我心裡。

不只這樣，他想盡辦法寵著我，而且不懂得適可而止。

那天他帶我去一間昂貴氣派的牛排餐廳，菜單上最便宜的一客套餐是兩千五百塊起跳。

我拿著那本菜單，半天點不下去，最後是老四幫我點一份帶骨肋眼牛排。

他喊肚子餓的時候，我以為他會隨便找間路邊攤吃，結果我穿著T恤和牛仔褲就走進富麗堂皇的包廂，活脫是跑錯棚的臨演。

餐廳經理和老四很熟，不時上前寒暄「好久沒來了」、「牛排還是老樣子嗎」。

「這間牛排很不錯，妳員工旅遊回來那天，原本想帶妳來這裡晚餐的。」

「老四你……如果要帶我來這種地方，事先要告訴我啊！你看，連服務生都穿得比我正式。」

話又說回來，我的衣櫥裡頭可能也找不到什麼像樣的體面服裝。

老四上下打量我這一身簡便裝扮，說句「好吧」。

後來我發現當時沒弄懂他那句「好吧」的意思，或者，是他根本誤解我在意的重點。

過兩天，老四拖我出門逛街，還是逛百貨公司二樓！一發現他想幫我買新衣服，我立刻拔腿逃出貴死人不償命的名牌店，可是沒用，老四要求櫃姊單憑我落荒而逃的背影判斷出我的尺寸，然後擅自買下五套他覺得好看的衣裳給我。

說真的，老四眼光不錯，他挑的衣服大方漂亮，櫃姊的目測功力也十分神準，那些衣服我穿上去相當合身。不過，我還是希望老四可以將它們都退回去。

哪知這個提議令老四異常反感，甚至到惱怒的地步。

「我老四是什麼人？怎麼可能做出買了又退貨的事？程瑞瑞，妳寧願不穿這些衣服，也要叫我做那麼丟臉的事嗎？」

我、我不能了解他的癥結點在哪裡，老四不像開玩笑，對他而言，我的提議簡直到了大逆不道的地步。我想每個人在意的地雷都不盡相同吧！因此不再堅持退還衣服的事。

沒想到讓步一次，老四便得寸進尺。他買了一支蘋果手機和對錶給我，正當下一個念頭轉向對戒，被我硬是喊停了。

退貨的說法行不通，換個開導方式總行吧！

「你不能一直這樣買東西給我，這些錢是你爸媽給的吧！照理說，要問過他們的同意對不對？」

「我有投資幾個基金，一開始的錢是他們給的沒錯，不過後來賺進的紅利可以讓我自由使用了吧！」

「投資？」

「我有興趣研究這個，玩得還不賴。」

聽著老四談起自己的事，會覺得他是超出我認知範圍的外星生物，一個對我很好的外星生物。

我們交往的事在學校傳得沸沸揚揚，大部分的傳言是，程瑞瑞不知用什麼手段成功騙取老四的感情，讓他對我服服貼貼。八卦女整天纏我，要我交代事情的來龍去脈，看來她也不認為我和老四兩情相悅。

然而，愈是殘忍的傳言，就令老四愈要故意宣告我們的關係。他會在學校餐廳為我夾菜，會牽著我的手穿越校園，上下課的接送更是沒中斷過。

當他不曉得第幾次從我手上接走重物，我在社辦外的走廊緩慢停下，真誠告訴他，「其實，你可以不必為我做這麼多事的。」

他手捧裝滿美勞用具的紙箱，佇足。我的話似乎讓他沮喪，他問：「妳不喜歡我這麼做？」

「不是，我是想讓你知道，就算沒有你幫我做那些事，我還是可以活得很好。」

老四又沉默了，我當下反省，是不是該像其他女孩一樣，小鳥依人一點，懂得撒嬌一點。

「我沒交過女朋友，只曉得女朋友是要交來疼的，這麼做不對嗎？」

他是真心想不通，無辜的表情，萌翻了！什麼時候向小純拜師的啊？

藏起甜蜜的感動，我故作懷疑，「你沒交過女朋友？真的嗎？」

「沒有。」老四回憶起什麼，停歇得有點久，再次開口的縹邈嗓音彷彿還留在那段歲月裡，沒能完全抽離，「我的初戀開始得早，也結束得早。」

偶爾，老四會給我寂寞的感覺。

說不定，他從前經歷過的傷心事比起一般學生要多一些。

沒管這個地方是不是大庭廣眾，我疼惜般地把手擱在他臉龐，對於這樣的碰觸，他感到有點意外。

「沒關係，老四你現在有我了啊！」

於是他柔柔地笑了，「對，瑞瑞，妳就是我的全世界。」

別說世界，我只覺得整個宇宙的星子在這一刻全都落入老四清澄的眸光裡，那樣好看迷人的眼睛，這輩子大概只能在他望著我的時候才能見到吧。

我從眩目的飄然中回神，跟在後頭，看老四將紙箱放進奧迪後車廂，因為等等還要去課輔。

「啊！」他照例要上前為我開車門，忽然打住，面向遠方，幾分驚喜，「今天的天空很漂亮。」

我跟著仰頭，下午三點多的天空，光線不是太毒烈，雲朵偏多，雲層後的太陽沿著縫隙透出斑斕金光，直到遠方一池較大的破口，淡而透的光束便以凝然安謐的姿態灑下。

這不是我第一次見到類似的風景，只是今天和老四一起眺望，在遠方寧靜的光線中，見到了永恆的存在。

起初，我的指尖和老四的手指不經意觸碰一下，隨後他輕輕握住我的手，輕得宛如隨時會鬆開一樣，然而好久，我們依然牽著手。

「我喜歡妳。」

天氣還不錯的平凡日子，被一堆車輛包圍的普通停車場，每天都會出現的太陽和白雲，但是，一個人看到的風景，和兩個人一起見到的風景，是不一樣的。不一樣。

這之前，我只能盯著自己的球鞋，是他握住我的手，給我勇氣，我才能抬起頭，和他一起欣賞天空的美麗。

所以，我要和他在一起。

老四沒事的時候，會跟我一起去課輔。自從上次小西在他住處待過一晚，他就挺關心這孩子，只是嘴上不說。

小西從未主動去公寓找他，他倒是經常在課輔後半強迫小西到他公寓玩吉他。託吉他的福，小西開始把老四當大哥崇拜，但他表現情感的方式內斂，大部分時候還是在跟老四鬥嘴居多。

「欸，你停筆很久了，發呆喔？」老四用手戳戳小西腦袋。

其他小朋友早就寫完作業，開始作美勞了，但小西還在跟國語練習簿奮戰。

「不會寫。」

小西將作業本推到老四手邊，老四愛看不看地逐字唸道，「造句，儘管。儘管……你們現在就教到這麼難的生字？」

小西點頭，老四沒轍地將注意力放回作業本，苦思，「儘管……儘管……叫小一學生想這種造句太刁難了吧！」

「我已經二年級了！」

「既然已經二年級就要自己想啊！本大爺又不是念文科的。」

嘖！不會就不會，廢話那麼多。

哪知我內心吐槽還沒完，老四推推坐在隔壁的我。

「妳來想，我對國文作業沒興趣。」

我張大嘴，我也不是念文科的耶！重點是，這跟念哪一科沒關係，大學生解不出小學生的作業問題，像話嗎？

我快速指點完身邊小朋友的美勞作品，把小西的國語作業拿來。

「儘管，這語詞很常見哪！儘管嘛……儘管……」

呃？腦袋是空的……難、難道我的程度跟老四不相上下嗎？

「儘管……儘管老四錢太多，我還是要打工！」

老四一聽，拍桌抗議，「妳想那什麼造句？作業可以這樣寫嗎？」

「不行嗎？」我故作天真，「不然換你想。」

「咳！儘管，本大爺要什麼有什麼，不過謙虛的美德也是沒少的。」

「你這才是哪門子的造句呢！根本是在誇你自己！」

「是嗎？」老四拿出救命手機，熟練地用 Google 搜尋「儘管」這個關鍵字，然後遞手機給我和小西看，跩得要命，「這裡有『儘管』的意思，『雖然、不受限制、放心去做』。底下有一些例句，照抄吧！」

「怎麼可以抄？亂教！」

比起數理，我的國文程度弱得可以，現在為了小西的作業，津津有味研究起來。

「老四，你看，通常『儘管』接的上下文都是一正一負的情況耶！比如，儘管他寒窗苦讀，最後還是落榜了。認真用功是好事，不過結果卻是不好的。」

「嗯，然後？」

「還有一句是，儘管他失敗多次，依然不放棄希望。雖然前面的際遇並不好，但是後來的心境很勵志吧！」說到這裡，我沒來由有感而發，「人們就是這樣子的吧！在幸福的時候失望，又在失去後重燃希望。」

老四隻手撐著頭，安靜等我說完，他的瞳孔藏著跟此刻夕陽相似的柔光，每當我開始講起心裡話，他總會溫馴傾聽。

我的視線轉移到外頭牆上的貓咪，牠沐浴在舒服的夕照裡，愜意打盹。瞇起的小眼睛，有時會因為風吹草動而猛然睜開，最終敵不過睡意，又漸次闔上。

「跟我們起起伏伏、風風雨雨的人生不一樣，那隻貓一定可以就這麼過一輩子吧……」

太陽西斜的角度又稍微偏移，那隻黃紋貓咪的慵懶身形幾乎隱身於金色光線之中。

我呢喃出也許明天就會忘記的感慨，老四卻捏捏我的鼻子，大方褒獎，「我們家瑞瑞今天怎麼這麼感性？」

每當我讓他覺得心疼，他就會用「我們家瑞瑞」來叫我。我拿下他的手，沒有放開，說不出所以然地讓它擱在臉龐。

輪到他有感而發，「雖然無風無雨，可是如果沒有『儘管如此』的人生，再棒的幸福都感受不到吧。」

老四嘴裡說的幸福，從他凝視我的款款眼神、蕭索的嗓音、和我們相握的手，一點一滴地滲流過來。

可是老四啊，不管有沒有所謂的「儘管如此」，在你身邊，我已經常常能感受到醉人的幸福呢！

「我們家老四今天怎麼也這麼詩意呀！」我沒將那麼肉麻的話說出口，改為拍拍他的臉頰。

「嘿嘿！本大爺大概有當詩人的潛力。」

老四臭屁到一半，課輔社社長不知何時站到我們背後，用捲起的圖畫紙各敲我們一記。

「禁止在課輔時間放閃！沒看到四周都是小學生嗎？小西的作業是搞定了沒有？」

我趕忙搜尋小西蹤影，他老早寫完「儘管」的造句，跑去別桌做美勞了。

小西現在已經可以和其他孩子打成一片，會一起玩，一起笑。儘管，他爸爸的工作始終沒有著落，酒也喝得更凶，可是我在小西身上看見了好轉的希望。

會好轉嗎？會吧！

社長敲的那一記，把我們暫時打出「儘管」的造句思維之外。牆頭貓咪繼續打盹，孩子們吵吵鬧鬧做美勞，老四對於社長擅自丟給他的美勞用具蹙起眉頭，投射在桌面上的光線又悄悄西斜一些。

我們，會在什麼時候說出「儘管如此」這句話呢？覺得很幸福的時候？開始失去的時候？就算難免會失去，如果能再把重要的事物找回來，就好了。

在投入教室那片歡樂的行列之前，有個聲音在心底許願般那麼喃喃自語。

彷彿人生可以作選擇，彷彿所有不幸的際遇最終都會柳暗花明，彷彿，我們是勇敢的，足以勇敢寫完「儘管如此」的造句。

第九章

儘管如此，幸福，有時候也令人泫然欲泣……

「前輩以前在監……監獄裡面，沒什麼人會去看他，沒有錢，也沒辦法幫自己買厚一點的被子，他說冬天總是過得很冷，冷到都有心理障礙。」

有一次和小純逛街，她提起阿倫前輩怕冷的原因。

「原來是這樣。」

「老實說，前輩的過去，我到現在也不能想像一分一毫，我們兩個人的成長環境真的相差太多。」

我們兩人手上各拎著裝有食物的塑膠袋，在夜市街道上隨性地走，穿梭在人群裡，她忽然轉進一間毛線店。

我待在門口環顧店內五顏六色的毛線球和好多毛線作品，心想女紅也不是我所能想像的世界啊！

小純興高采烈拿起藕色和靛色的兩球毛線，過來問我，「妳覺得哪一種顏色適合前輩？我想織毛衣給他。」

「咦？」我被問得措手不及，「阿倫前輩啊？這個不錯。」

我隨手指向藕色，其實只是單純想看冷面笑匠的阿倫前輩穿起這種近似粉紅的衣服會是怎麼樣。

小純很認真地反覆端詳藕色毛線，再把架上其他顏色瀏覽一遍，最後一口氣買了十顆藕色毛線球。

「也許，前輩的過去我永遠也了解不了，但是從現在開始的未來，一定不會有人比我更了解他。」小純搖晃手上裝滿毛線球的紙袋，自信滿滿宣告，「我要好好參與他以後的日子，就像打毛線一樣，把我織進他的生命裡。」

這是打哪來的氣魄？現在的小純叫我既錯愕又感動，「把我織進他的生命裡」這種話，是愛情的力量使然嗎？狗狗怎麼會變得這麼勇敢了呀？

那個晚上回到住處，和小純一起解決掉鹽酥雞和蚵仔煎，又跟老四講完二十幾分鐘的電話之後，我坐在書桌前煩惱。

說起來，老四的生日在八月，想準備生日禮物送他。人家先是送我一條星星月亮的項鍊，交往後又送一堆禮物給我，所以給老四的生日禮物也不能含糊。

「嗯……可是什麼都不缺的人，好難送喔！」

苦思到第五天，我終於想起一位救星，「吉米佩奇！」

老四的吉他手偶像，吉米佩奇，活躍在一九五〇年代，是齊柏林飛船的主音吉他手。老四曾經提過，想在客廳掛一幅吉米佩奇的海報，不能俗氣，要特別的。

那一個星期，我找遍店面，還有網路賣家，淨是大同小異的吉米佩奇，一點都不稀罕。

除了要找到合適的海報，還得知道尺寸大小。不過這個容易多了，我在一次打掃八〇二號房的日子帶了皮尺，量好那面牆的面積。

自從和老四交往，打掃時多了一分罪惡感，那來自我沒能對男朋友坦白所有的事。

「嘿！你知道嗎？其實幫你打掃房子的人是我耶！」

如果這樣對老四說，他反問「妳為什麼之前都不告訴我」，我一定答不出來，而且感覺會很糟。可是像現在隱瞞不說，繼續再他的住處打掃，也沒有誠實的坦然。

「怎麼辦？該怎麼說才好……」馬桶刷到一半，還不小心讓煩惱脫口而出。

早在一開始發現八〇二號房的主人就是老四時，就應該把握時機坦承一切才對，一旦閃躲，就再也擺脫不了逃避的命運。

我拎起水桶，推開門，正好和客廳兩位不速之客面對面。

咦？他們是誰？一位是穿著體面西裝的中年男士，另一位則是一身駝色套裝的美麗婦女，他們對我也滿腹狐疑。

這兩人是怎麼進來的？小偷？正想朗聲質問，霍然想起他們的臉我都見過！

男人是在電視上出現過的立委，他是老四的爸爸。女人則是老四的媽媽，就是她在清潔公司親自雇用我的。

哇！慘了啦！平常都記得戴口罩，就是怕有突發狀況，怎麼今天偏偏忘記呢！

現在肯定反被他們當作不速之客了，該怎麼自我介紹？我是老四的女朋友？會不會太唐突？還是直接說我是老四的學校同學就好？哎呀，還穿著圍裙，得快脫掉……

「啊！她是來打掃的。」豁然開朗的語氣，老四媽媽對她老公說明，「今天剛好是打掃的日子。」

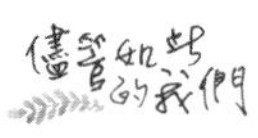

「現在清潔工都這麼年輕？」老四爸爸再次怪疑地給我一眼，便將眼神轉回他的手機上。

我閉上嘴，低下頭，快速繞進廚房，開始清潔這塊區域。他們並沒有放低音量的對話清楚傳了過來。

「聽說光磊最近交女朋友，剛剛第一眼我還以為是她呢！嚇我一跳。」

「怎麼可能。」

「我剛剛請你打電話給光磊，你打了嗎？一直在滑手機。」

「光磊又沒接電話，吳立委正在找我講上次都更案的事。」

「難得來看他，怎麼不在家？我再打一次。」

「這個時間大概在上課吧！」

「不會在約會吧？如果是，就請他帶過來讓我們看一看。光棋交了彤艾這麼優秀的女朋友，身為弟弟，眼光應該也不會太差才對。」

我停止沖洗杯子的動作，接著聽見手機按鍵的響聲，心裡七上八下，拚命祈禱老四別接電話。

「還是沒接。」老四媽媽揚聲過來，「小姐！這位打掃的小姐！」

我慢半拍才會意到她在叫我，拿著菜瓜布走出廚房。

她彎起和善的微笑，「今天好像會下雨，麻煩妳等一下把外面的衣服收進來。」

不確定這算不算打掃內容之一，老四爸爸用那樣質疑的眼神反看她一下。

「好。」我還是乖順答應。

「我們要先走了，我記得清潔費是一千塊吧！」她從包包裡掏出一張一千元鈔票，隨後在鞋櫃上發現老四事先留下的工資，又把鈔票收回皮夾，另外放了一張一百元，「辛苦妳了，這給妳買飲料。」

「啊……」我想上前阻止，她給我一道回眸。

那個眼神，不容許我拒絕，因為一百塊是賞給我的，是一份慷慨的好意。

他們兩個擺明不想多浪費時間在兒子不在的八〇二號房，一前一後離開，我還能聽見他們在門外的交談。

「這個這麼年輕，會不會掃啊？」

「我問過光磊，他說這個很認真，大概家裡缺錢才會接這種工作吧！」

然後他們的聲音就再也聽不到了。

我待在玄關一陣子，想到工作還沒做完，匆匆走回廚房繼續忙。

工作結束，路經鞋櫃，我拿走那一千塊，卻對那一百元的紙鈔陷入一種難受的糾結。

老四的爸媽用「這個」來稱呼我，用「這種工作」來稱呼打掃。對他們而言，我和這份工作，太……不堪了。

可是，我並不是因為想得到額外的施捨才把工作做好，是因為那是我的責任，是因為我喜歡老四。

我停止注視那張一百塊，穿好鞋，快步離開大門。
逃進電梯，連按兩次關門鍵，只希望快點將自己關起來。
明明很有骨氣地將一百塊留在八〇二號房，為什麼還會覺得如此難堪？
不停下墜的電梯，如果可以把我載到地底下掩埋起來就好了。

季節的更迭，不知不覺。
我停好車，摘下安全帽，因為突然的心事而發了呆。回神之際，四周已是滿滿一片蟬鳴。
不知道那些蟬蜇伏在哪裡，聽上去無所不在。
「夏天到了呢……」
我喜歡蟬鳴，那聲音好有活力，而且只有在這個季節才聽得見。一想到這個短暫性，就覺得彌足珍貴。
像個傻子在原地聆聽一會兒，然後走進尚未營業的鐵板燒店。
今天是中午的班，刻意早到不少時間，我想在大家報到之前先把預備工作通通做完。
沒辦法，最近心煩意亂，打掃大概是我的紓壓方式吧！
踏入店中，腳底下的地板有剛被拖洗過的觸感。
是誰搶先我一步啊？

好奇走進亮著燈的休息室，阿倫前輩正坐在裡頭，蹺著腿看書。

休息室只開一盞燈，他聚精會神閱讀手上的書，晚了幾秒才發現我。

「啊，對不起。」

「為什麼道歉？」他用筆在書上寫一些字，像在解題，「就算妳沒來，不會的地方還是不會。」

難得目睹阿倫前輩在看書，總覺得不該打擾這麼稀有的畫面嘛！

「在準備考試嗎？」

「嗯。」

他對私事依然蜻蜓點水，我識相地表示要去看看還有哪些預備工作要做。

「高麗菜還沒洗，我跟妳去吧！」他放下書。

我們合力將一大籃高麗菜抬到店外的水龍頭下方，阿倫前輩負責剝開高麗菜，我負責清洗葉片。

剛開始，是一連串機械式的動作，只是，太單調的作業容易讓我回到鬱悶的情緒，特別是被拉回在八〇二撞見老四父母的光景。

啊，好想消失到哪裡去。

「原來妳煩惱的時候是這個樣子。」

我抬起眼，阿倫前輩正興味打量著我。

「有煩惱是正常的吧！」

他隨手撥下幾片菜葉，又說：「之前在山上，記得妳說過，既然還活著，什麼都可以做。同樣的話對妳沒幫助嗎？」

我都快忘記自己說過那麼大言不慚的話。

「想要不顧一切地活著，還是很難的。」

我老氣橫秋地嘆氣，他笑了一下。分工合作的期間，我突發奇想，阿倫前輩的處境搞不好和我相似。

「前輩，你見過小純的爸媽了嗎？」

他迅速看我，手中的高麗菜滾落在地。

「沒有。」那是他在慢吞吞將高麗菜撿回來之後回答我的話。

「如果小純想帶前輩見父母，你會不會害怕？」

「妳要準備見公婆了？」

「沒、沒有！可是如果繼續這樣下去，總有一天，那個日子一定會到來的吧！」

「與其說害怕，倒不如說，已經可以預見結果了。」他再次揚起嘴角，那抹笑，含有幾分同病相憐的意味，「妳也是這樣子嗎？」

「我……很害怕，非常、非常地害怕，害怕自己真的一無是處。」

這真不像我，我很少主動跟別人示弱的，就連小純，我都沒找她傾訴過。老四問我最近怎麼心事重重，我也避重就輕。

和老四父母共處在八〇二號房那短短十分鐘不到的時間，真的把我給嚇壞了吧！

阿倫前輩沉吟一會兒，反問：「如果自己不先喜歡自己，別人又怎麼會喜歡妳。」

我懂啊！

他清逸、從不迷惘的面容倒映在我眼底，從前默默暗戀這個人的心情，歷歷如昨。

「比起喜歡自己，喜歡別人也許容易一點……」我關掉自來水，有一兩滴水欲走還留地掛在水龍頭管口，在初夏的陽光下透出寶石般的光芒，連水滴都比我討喜，「該怎麼喜歡自己呢？」

「嗯……每個人的方式不一定一樣吧！我的話，會想辦法創造值得喜歡自己的理由。不過，不管怎麼做，」說到這兒，他站起身，一面伸懶腰，一面望向前方一整排的行道樹，「至少要慶幸自己能夠出生，活在這個世界上。」

我緩緩起立，視線跟著他掉往同一個方向，不明白他意有所指的是什麼。

「妳知道有的蟬在土裡生活十三年，出來之後僅僅活一個月不到的時間而已。儘管如此，或說正因為這樣，更要盡情鳴叫，盡情地喜歡活在這個世界上的自己才可以。」

啊……是這樣啊，我在頓悟的感動中傾聽此刻的蟬鳴，覺得程瑞瑞真是太不勇敢了。

阿倫前輩一起聽著這專屬夏天的聲音，不工作也不看書的時候，他顯得十分悠哉，好像沒什麼煩惱難得倒他。後來，他定睛在我臉上，思索著什麼。

就在我開始覺得奇怪，他輕輕開口，「我覺得，妳跟其他女孩子不一樣，她們大部分都是花，把自己照顧好就夠了。妳卻是一棵大樹，願意收留那些不知如何是好的蟬，希望牠們在妳身邊盡情地活著，是一棵溫柔的樹，那樣很好。」

花和樹的理論，把我聽得一愣一愣，然而最後那句「那樣很好」，竟讓我的眼眶升起盛夏的溫度。

阿倫前輩伸出手，在我臉頰擦過一下。

我才發現自己哭了，好丟臉！我在演哪齣戲啊？

「不適合妳。」他笑一下。

突然，有第三個人從我身邊掠過，朝阿倫前輩衝去！

「你對別人女朋友幹嘛啊？」

我眼睜睜看老四用雙手狠推了阿倫前輩一把，前輩踉蹌跌幾步，撞到牆才沒摔倒。

「前輩又沒怎樣！」我擋住暴怒的老四，「你再亂動手，我也要出手了喔！」

他瞪向我，對我生氣，「他剛碰妳，妳就應該把他過肩摔了，凶我幹嘛？」

「過肩摔是柔道，我學的是空手道啦！」

我們兩個吵起來，阿倫前輩倒是事不關己，逕自拿走那一籃洗好的高麗菜往店裡頭走。

等他真的不見人影，我們互瞪半晌，我先才打破沉默。

「你真的誤會前輩了，他只是在幫我擦掉臉上的東西。」

「他不會叫妳自己擦喔？」

好「盧」的人哪！

「你這是不相信我囉？不相信就直說，不要怪到別人身上。」

「不是不相信，是不爽。」他話鋒一轉，轉為傲慢的冷笑，「其實本大爺不爽，妳應該要高興才對；如果我無動於衷，哼哼……」

到底為什麼可以這麼臭屁又厚顏無恥呀？

老四說上課一直打瞌睡，現在要回去補眠。我跟在後頭，這個找不到一分自卑的背影，隨時都好耀眼。

「老四，你喜歡你自己嗎？」

他回頭，莫名奇妙看我。

「喜歡哪一點？」我繼續發問。

雖然不明白我葫蘆裡賣的是什麼藥，老四仍然不假思索回答，「全部。」

哈哈，換個角度看，這也是老四的強大之處吧！

老四走了幾步，半邀約地問：「妳今天沒課吧？要上來嗎？」

「不行，我等等要上班了。」

於是他露出「對喔」的表情，我也沒馬上回到鐵板燒店，而是和他步行到公寓大門外。

「快回去吧！認真工作。」幾分兄長的口吻。

「好。」

不知怎的，有點……捨不得走。剛才他為我動手，那份感動遲了一些，隨著我們並肩的腳步跟上來了。

他見我還是不動，提起稍早以前的問題，「那個喜不喜歡的問題，如果換成是程瑞瑞喜不喜歡柯光磊，我……就一點把握都沒有。」

我把雙眼張大，他則猶豫一下才說下去。

「不是不相信妳，而是這就是所謂的患得患失吧！有時候像得到全世界，有時候，覺得隨時會一無所有。」

一向呼風喚雨的老四也會有患得患失的心情嗎？

老四靦腆地和我對看，再說一遍自己要上樓睡覺了。

「妳放心，我會跟單眼皮道歉，等我睡飽。」

我想出聲喊他，他卻走進大廳。

其實我想說，我也患得患失得要命，我一定很喜歡你。

還想說，不如現在我蹺班，上去陪你吧！

但，我什麼都沒能說出口，只是站在原地，目送老四的身影消失在走廊轉角。

換作是花一樣的女孩子，她們會怎麼做？

六月十九日這天，是許彤艾學姊的研究所畢業典禮。我和她現在已經變得挺熟的了。

老四經常帶我加入他的生活圈，聽蕭邦的演奏會、看喬丹的球賽，和學姊一起看電影。即使老四不在場，他們三位名人在學校遇到我，也會主動過來找我聊上兩句，他們要大家知道，以後程瑞瑞就是自己人。喬丹不再喊我「端端」，他可以很正確地叫出我的名字「瑞瑞」。

我們一起參加彤艾學姊的畢業典禮，逮到空檔和她輪流合照，我和老四一起送她一束向日葵花束，有橘紅色小莓果妝點，她很是驚喜！

「你還記得我喜歡的花！」

「怎麼可能會忘，幾百年來也沒看過我哥買別的花送妳。」

彤艾學姊面對懷裡的那束花，浮現在臉上的輕淡笑意幾許複雜。不吭聲的喬丹和蕭邦也有心照不宣的傷感氛圍。

好尷尬喔，他們擁有共同的回憶和感受，我活脫是狀況外的局外人。

幸虧彤艾學姊向我提起下午的活動，「對了，瑞瑞今天會一起去海邊嗎？一定要來喔！」

「我會，老四前幾天跟我說了。」

老四他們決定要去海邊一間頗負盛名的烤肉店，為彤艾學姊慶祝畢業。原本下午排了鐵板燒店的班，我特意跟別人換掉了。

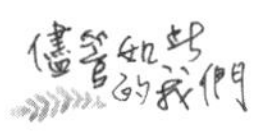

這次我很樂意為了去海邊而換班，好想去寬闊一點的地地方，跑一跑，跳一跳，我的心情正在度過梅雨季節，一直發悶，一直見不到陽光。

即便阿倫前輩用「大樹」誇讚我，我卻不確定老四的女朋友應該是樹是花，哪個比較好。如果變成了花，是不是就不會讓老四總有患得患失的感受了呢？

老四在下午四點半來接我，我像要出門郊遊的孩子跳上他的車，他的視線責備一般落在我的短褲上。

「幹嘛穿短褲？」

「熱啊！」

「也太短了吧！」

「去海邊，說不定會玩水。」

「才不會。」

欸？他是說他沒打算下水玩一玩嗎？

「為什麼不會？」

「……」

他沒回答我的問題，發動車子。

這麼熱的天氣，不去踏個浪太可惜了，大海耶！我上次去海邊都是多久以前的事了？高二那年的戶外教學？

時光。

家裡是作生意的，父母很難抽出時間帶我們出去玩，所以高二那年，我格外珍惜到海邊的

老四在鄰近海灘的停車場停好車，告訴我要步行一段距離才到得了餐廳。

不過我根本沒聽進去，心思完全被眼前藍綠色的海面吸引住了！

沒有盡頭、波光粼粼的水面，一波接著一波永遠也靜止不了的浪潮，我還在陣陣海風中聞到鹹鹹而遼闊的味道。

「老四！海耶！哈哈哈！哇，大海耶！」

我對他興奮指點那片海，接著快步朝沙灘跑去。

「喂……」

他想開口攔阻，我卻一溜煙跑到遠遠的沙灘上去，一邊跑，一邊脫掉腳上涼鞋，直接踩進冰涼的海水。

正好一陣浪打上來，來不及逃，尖叫著，讓浪花在下一秒勢如破竹地衝上來，打濕我部分的衣服，痛快地哈哈大笑。

「老四！」

太開心了，我回身朝老四招招手，發現喬丹、蕭邦和彤艾學姊都到了，他們見我在玩水，眼睛一亮，紛紛走下沙灘，沒人搭理老四「不是要先去餐廳」的抗議。

喬丹最猛，二話不說脫掉上衣往海裡跳，蕭邦接著走到我旁邊。

「沒等我們就自己先下水？有帶泳衣來嗎？」

我搖頭，「老四說這次是來吃龍蝦的。」

「哇！好可惜沒帶泳衣。」彤艾學姊也走過來了，面對大海伸個懶腰，「海真漂亮。」

我再次瞧瞧跟我們有段距離的老四，揚聲要他過來，「老四！過來啊！」

他猶豫了，「我在這裡就好。」

老四真古怪，聽說是老四指定要來海邊為學姊慶祝的，現在又彆彆扭扭。

蕭邦見我滿臉疑惑，神祕兮兮靠上來。

「欸，有一個大富翁，家裡有三座游泳池，一座放冷水，一座放熱水，另一座什麼都沒放，是空的。請問為什麼啊？」

咦？久違的冷笑話又出現了嗎？

我絞盡腦汁，一旁的學姊瞥向坐在防波堤上的老四，會意笑笑。難不成答案跟老四有關？

「嗯……夏天熱，就去泡冷水的。冬天冷，去泡熱的，那麼……」

蕭邦點點頭，表示到目前為止我都說對，然後狡猾地拖長音調，「那麼，第三座是幹嘛用的？」

「第三座啊……嗯……」

想不到啦！蕭邦得意洋洋地公佈答案：

「那位富翁有一些朋友，冷的、熱的泳池都不能用，所以特地為他們蓋第三座泳池。」

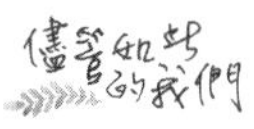

「可是沒有水呀！」

「因為他們是旱鴨子啊！」

他大聲說完，照樣自己笑到快在地上打滾。猛回神，有一顆石頭不偏不倚飛來，砸中蕭邦的背。

「蕭邦！聽你亂放屁！」

哇塞！老四不管是三分球射籃或是亂丟東西都好神準哪！

「我會游泳，游得可厲害了，我只是不喜歡游泳。」前往餐廳路上，老四再三向我強調。

「就算你不會，我也覺得那沒什麼啊！我還會救你喔！」

「重點是我會啊！必要的時候還是會下水的。」

「好好好。」

老四為我的敷衍態度發了幾次牢騷，這時。學姊從後面走上來，一手搭住我的肩，為老四說話。

「老四真的游得很好，我們認識那一天，他就游得很快。」

老四卻別開臉，對那段往事嗤之以鼻，「再快也沒用，永遠都慢了一步。」

學姊一時欲言又止，但最後什麼也沒說，她拍拍他的肩，走到我們前頭去。望著她雙手背在身後，眺望遠方海平線的落單身影，我敏感地問老四，「學姊怎麼了？」

「沒事，大概想起我哥了吧！活該，誰叫她沒事提起往事。」

老四嘴上說「沒事」，他卻加快了些腳步，脫離我們，不是很想繼續這個話題的樣子。

學姊和老四一前一後的背影逐漸遠離，海浪一波接著一波打上來，又攔擋不住地退去，總有點……被留下來的感覺。

「彤艾會跟柯家兄弟認識，就是因為她在海裡溺水，他們一起跳下去救她，最後是大哥救到，然後，那兩個人很快就交往了。」

喬丹不知何時走到我旁邊。

蕭邦也是，他還以欣羨的口吻感嘆，「大哥高二就英雄救美，而且還救到未來的女朋友，但是老四就衰了。」

「為什麼？」

喬丹作答快速，「那傢伙游到一半腳抽筋，輪到他溺水，讓大哥救完彤艾還回去救他。」

啊，所以老四因為那次溺水事故，變得討厭游泳了吧？

怪不得學姊提起他們認識第一天的往事，他會顯得如此反感。

幸虧晚上的大餐馬上讓老四的陰陽怪氣飛到九霄雲外，超大龍蝦、超大干貝、超大生蠔，還有其它各式各樣的海鮮，看得我目瞪口呆。這明明是間不起眼的海產店，沒想到料理竟然如此高貴豪華。

「來，多吃一點。」

老四見我的碗空著，不斷幫我夾菜進來，食物堆得像小山，我努力消化到一半，他又立即補滿。

一口氣吞下太多海鮮，有點反胃了。

「對了，老四，趁現在，把禮物拿出來送彤艾吧！」喬丹是我的救星，總算讓老四停下筷子。

學姊擱下碗，滿懷期待。老四他們三個人合買了一隻浪琴錶，珍珠貝的錶身，鑲滿小碎鑽的錶面，和學姊高雅的氣質很相襯。

「老四，幫我戴。」

她輕聲要求，老四躊躇一下，才將那只美麗的錶繫在學姊纖細的手腕上。為學姊戴錶的老四看起來好體貼、好紳士，也很帥氣。

「光棋交了彤艾這麼優秀的女朋友，身爲弟弟，眼光應該也不會太差才對。」

老四媽媽的話，很掃興地在這時候竄出。我看看戴上浪琴錶的學姊，又低頭看看捧在手中盛著半滿海鮮的碗，有道天遙地遠的距離在我面前拉開。

不自禁動一下雙腳，想確認自己的位置，卻感覺到腳底板粗粗的觸感。

稍早濕淋淋的腳沾上沙粒，縱然風乾，依舊黏了滿腳，跟著我過來了。真不舒服，就跟埋在心底的芥蒂一樣。

「說起來，畢業後妳到台北，這還是第一次跟我們離這麼遠呢！」

個性比較感性的蕭邦提起這一別之後的聚散無常，雖然學姊直說歡迎大家來台北找她，她也會經常回來看看，但，老四的神色始終沒再輕鬆過。

飯後，我們同樣步行要回停車場，路經傍晚時的沙灘，沒什麼光線，看不清楚海的面貌，也因此浪潮的聲響就相對澎湃。

我出神注視那片看不見的海，忍不住啟步朝它走去。

「喂！瑞瑞……」

老四不明究裡地跟上，我在海水前一公尺的地方站住，雙手放在嘴邊，朝大海大喊出去。

「大家！要喜歡大樹啊！」

呼！好痛快！陰霾拜拜！當我快樂回身，他們每個人都一臉摸不著頭緒。

「沒事幹嘛提大樹？」老四問。

蕭邦也走近，學我把雙手放在嘴邊大喊。

「奧地利的維也納！再等我兩年！」

「我也要，我也要。」喬丹接著上，「八月二十六日！稱霸全國！」

「我一定要當王牌女主播！」學姊不甘示弱，她的吶喊還魄力十足呢！

我走到老四身邊，推推他手臂，「換你。」

「才不要，我壓力沒你們那麼大。」

語畢，他立刻受到其他人你一言我一語地起鬨。我們留在這片沙灘玩鬧了一會兒，才準備離開。

「啊，瑞瑞，陪我去買飲料好嗎？有點渴。」學姊走到一半這麼說。

「好哇！」

男生們聽見我們要買飲料，一一點餐，老四則提議，「太多了，我去幫忙拿吧！」

「不用，別小看我們。」

學姊擺擺手，示意他和其他人一起等。

這附近來去的觀光客不少，大多是和我們一樣來看夕陽、啖海鮮的。

光是在便利商店等結帳就等了快十分鐘。

「瑞瑞，真抱歉，讓老四幫我戴手錶。」學姊道歉得很唐突。

「唔？」我想了一下，不恥下問，「這為什麼要道歉？」

「看到自己的男朋友幫別的女生戴錶，心裡應該會不舒服吧！」她歉然地皺起眉心，笑一笑。

「不會啦！老四說，妳是他很親的學姊，送妳畢業禮物當紀念，做這點小事是應該的。」

我還真的沒想過要覺得不舒服，也許是因為當時被那自慚形穢的思緒佔滿腦海的緣故。

「很親的學姊啊……」她複述著我的話，將手中捧的飲料一一放在結帳桌上。

我也跟著照做，「嗯，他以前常唸著妳總是嘮叨他沒女朋友的事，感覺就像親姊姊一樣。妳畢業後，老四一定會很寂寞吧！」

「呵，我唸他，不是真的唸他，只是想知道他有心上人了沒有。結果，即使他還沒遇見妳，那麼長的時間裡，我一步也沒能跨出去……」

「咦？」我急著想幫忙提那個裝滿飲料的塑膠袋，沒能聽清楚她的話。

「大家雖然一直對我說，要忘掉光棋，忘掉過去，才能往前走。可是另一方面，他們又期許我是一直記著他、愛著他的。」頭上響起「叮咚」一聲，自動門打開了，學姊望望似懂非懂的我一眼，「那一年的海邊，老四說他總是慢一步，我想，其實晚到的人是我。妳很幸運，有老四愛著妳。」

我正在努力弄懂學姊前面說的那番含意頗深的話，一聽見「愛著妳」，腦袋差點炸開！

「呃，對，很幸運，啊，不是，我沒有得意忘形的意思，不過……」

在胡言亂語什麼啊，那種太粉紅的語詞我適應不良啦！

號誌轉為紅燈，老四他們就站在馬路對面等候，喬丹還朝我們揮揮手。

「聽說妳前陣子很多煩惱吧？老四怎麼逗妳開心都沒成功，他就想，帶妳來海邊散心吧！明明海是他最討厭的，不過今天見到妳笑得這麼高興，對老四來說，一定很值回票價。」

原來，我嘴巴說沒事，也自以為掩飾得很好，老四還是看出我在強顏歡笑嗎？要多麼關心我才會發現哪……

馬路那一頭的老四，他不說話，靜靜守望著我的面容，輕而淺地滑過一絲溫和笑意，我的胸口揪得欲淚。

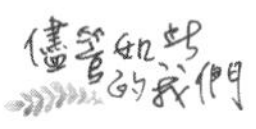

「妳要好好看著我啊！只要看著我就行了。」

我之前……到底都在做什麼？老四那麼全心全意專注在我身上，我卻只在意那些無謂的芝麻小事。

「綠燈囉！瑞瑞。」身旁的學姊提醒。

我朝斑馬線走了幾步，從快步走，到小跑步起來。站在對面的老四本來還從容不迫迎著我，後來察覺不對勁而轉為錯愕。

「瑞……」

他還沒能叫出我名字，我已經撲進他懷裡，把兩旁的喬丹和蕭邦都看呆了！

「呃……」老四低頭看看我，再看看死盯著我們的哥兒們和其他的路人，不禁輕輕推我一下，「瑞瑞，妳怎麼了啊？」

我也不曉得自己怎麼了，就是覺得好感動，又好心酸，講不明白的。於是，只能將他抱得更緊，把臉深深靠進老四胸膛。

「欸，大家都在看了喔！一定要現在抱嗎？」他雙手搭在我肩上不知道怎麼辦才好。走過來的學姊和喬丹、蕭邦相視一笑，不知是誰先吹起口哨，不過老四沒理會他們。

我的不尋常，或許他隱約察覺到了，他的雙臂保護般將我圈錮住，不讓任何委屈傷害我一般，力量穩篤，擱在我後腦的掌心卻是柔軟的觸感。

「真拿妳沒辦法，我們兩個就一直這麼喜歡對方下去吧！」神氣的聲音裡藏著無限歡喜。

什麼意思啊?我在他暖洋洋的胸口笑了兩聲,才發現眼角沁出一點淚水。

又哭又笑,真是太奇怪了。

「很好聽,你的心跳。」為了掩飾自己的古怪,我胡亂扯了點話。

不過,聽著聽著,老四胸膛上的脈動猶如遠方鼓聲,強大深沉,真的好聽,能不能只給我一個人,聽一輩子啊?

「瑞瑞,這裡這麼多人看著我們,可是,」老四攬著我的力道稍稍放鬆,他突發的嘆息在海風中忽遠忽近,依稀回答了我問題,「我的心跳,只有妳聽得到。」

六月,送走了彤艾學姊,七月,放暑假了。

因為這兩個月之久的暑假,我和老四在電話中起了一陣小爭執。

「用不著『整整』兩個月都待在家吧!妳可以晚點回去或是早點回來啊。」

「我們家作生意,要幫忙,要幫忙,要幫忙。很重要,所以要講三次。」

他退而求其次,「好吧!不然暑假中我找個時間去找妳。」

我則毫不留情拒絕,「不行,你來,我還得想辦法介紹你。」

「就說是男朋友啊!」

「總之,就算你來,我大概也會忙得沒空招呼你,我們還是開學後再碰面吧!」

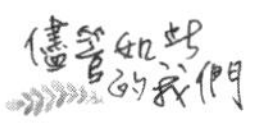

乍聽無情，可是我媽很麻煩的，特別是讓她得知老四是立委兒子的話，我們家一定會風雲變色，她還會逼問老四的祖宗八代直到一清二楚為止。現在的我，還沒有足夠的戰鬥力去對付她的百般問題和騷擾。

「唉！本來要送妳去車站，哪知喬丹那傢伙的球隊居然晉級了，我之前就跟他講好那天會去幫他加油。喬丹那混蛋，幹嘛偏偏挑這時候贏啊……」

我笑他不夠義氣沒為兄弟打氣，順便安撫他，「我到家馬上打給你，暑假期間也會打給你。」

「每天？」

「啊？怎麼可……」

每天……接下來的每一天都暫時見不到老四了耶！

這麼一想，改口了，「好，每天打電話給你吧！」

我返家當天是星期三，先去八〇二號房完成暑假前最後一次的打掃工作，然後順便利用職務之便，把要給老四的生日禮物留在那裡。

沒法為下個月過生日的老四慶生，至少也要先把禮物送上才行。老四如果看完球賽回來，會不會很驚喜呢？

幾個星期前，我找了一張解析度最好、畫面最好看的吉米佩奇照片，他是老四的吉他手偶像，然後請店家幫忙製作成拼圖，一共有五千片拼圖塊。我不是手巧的女孩，也不擅長作細活，更抓不到拼圖訣竅，把那五千片的拼圖組好著實折騰死我了。又熬夜，又把腦汁耗盡，總算趕在回老家前完成裱框。拼圖版的吉米佩奇掛在老四的客廳牆上真是帥氣、立體！

在拼圖旁貼上「生日快樂」的小卡後，離開八○二號，回住處拿行李便前往車站。

一走進車站大廳，先搜尋自己的車班資訊，喔？延誤二十五分鐘，我又早到二十分鐘，這下子要等上四十五分鐘了。

我找個可以休息的座位坐好，滑手機打發時間，於是四十五分鐘很快就過去。提著行李走進月台等候，不多久，車站廣播響起我的車班即將進站。

因為專心聆聽廣播內容，以致於當我察覺到有人喊我名字時，老四已經闖進我的視野。

我真不敢相信，他真的飛快穿越驗票閘門跑來。不會吧？特地來送我？

我退後一步，等他在我面前緊急煞車，吃驚問道，「老四！你不是要去看喬丹比賽？」

「還有、還有十分鐘，等等……再飆過去就好。」他彎腰喘氣，費力嚥下一口水，才有辦法把話講清楚，「我看到了，那個吉米佩奇。」

呃，看到啦？那不是貴重的禮物，充其量不過是個驚喜，為了避開送完驚喜後的尷尬，原本想直接逃回老家的，沒想到老四還追來車站，害我很不好意思。

「喔……那，你喜歡嗎？」

列車在這節骨眼進站了，轟隆轟隆的引擎聲和煞車聲瞬間掩蓋掉我的聲音。

老四露出疑惑，「妳剛說什麼？」

「我說！」我提高音量喊出去，「你喜歡——嗎？」

好死不死，列車在前一秒停穩，噪音消失，除了我的聲音之外。

那句「喜歡」在月台中餘音繞樑，我登時成為車站的焦點。倒吸一口氣，把嘴用力抿成一直線，只希望有誰當場斃了我。

老四出色的臉蛋漾著想忍俊卻沒成功的笑，他伸手撫過我的耳畔，好輕，好癢。

「很喜歡啊！」

一語雙關嗎？他的話讓我更加失措。

「你喜、喜歡就好。」我握住他的手，將它緩緩拿下我臉龐，晃晃身邊人群開始朝列車移動，「我得上車了，你快去喬丹那裡吧！」

我們兩人的手還牽著，老四跟著瞥了瞥車子，開始囑咐我，「妳聽好，就算是幫家裡生意，也別太累，該休息就休息。也不要隨便路見不平就去跟人家打架，世界上有一種職業叫『警察』，撥一一〇就會出現。」

「好。」我低著頭，甜甜應答。

「不用真的每天打電話給我，我說著玩的。妳沒打，換成我打過去也行。重要的是，妳每天吃飽睡飽就好。」

「嗯。」

「……上車吧！車要開了。」

淡淡的催促，不知怎麼，讓我意識到即將分離兩個月的漫長。我抬起眼，他認真凝視我的時候深情款款，看得我都不想回家了。

「那我走了，再見，老四。」

索性心一橫，轉身朝列車走去，老四的指尖一吋一吋脫離我的掌心，這段拉開的距離彷彿也在心頭隱隱撕扯。

踏上列車階梯，我仍舊留在門邊和老四對看，對他彎彎嘴角。他那邊卻沒有絲毫動靜，連一丁點笑容也沒有，雙眼直勾勾朝我望來，要把我牢牢記住似的。

偶爾我會有這樣的錯覺，現在這一刻是我最喜歡老四的時候，現在，不會再多了。然而一道專注的眼神、一句肺腑的話語，就能立刻讓那份情感更加刻骨銘心。

鈴聲大作！我嚇一跳，不自覺退後，不遠處的頎長身影忽然往我這邊快奔而來！

才一轉眼，老四跳上階梯，雙手扶住車門兩側……

輕而柔的吻落在我的嘴唇上。

刻骨銘心。

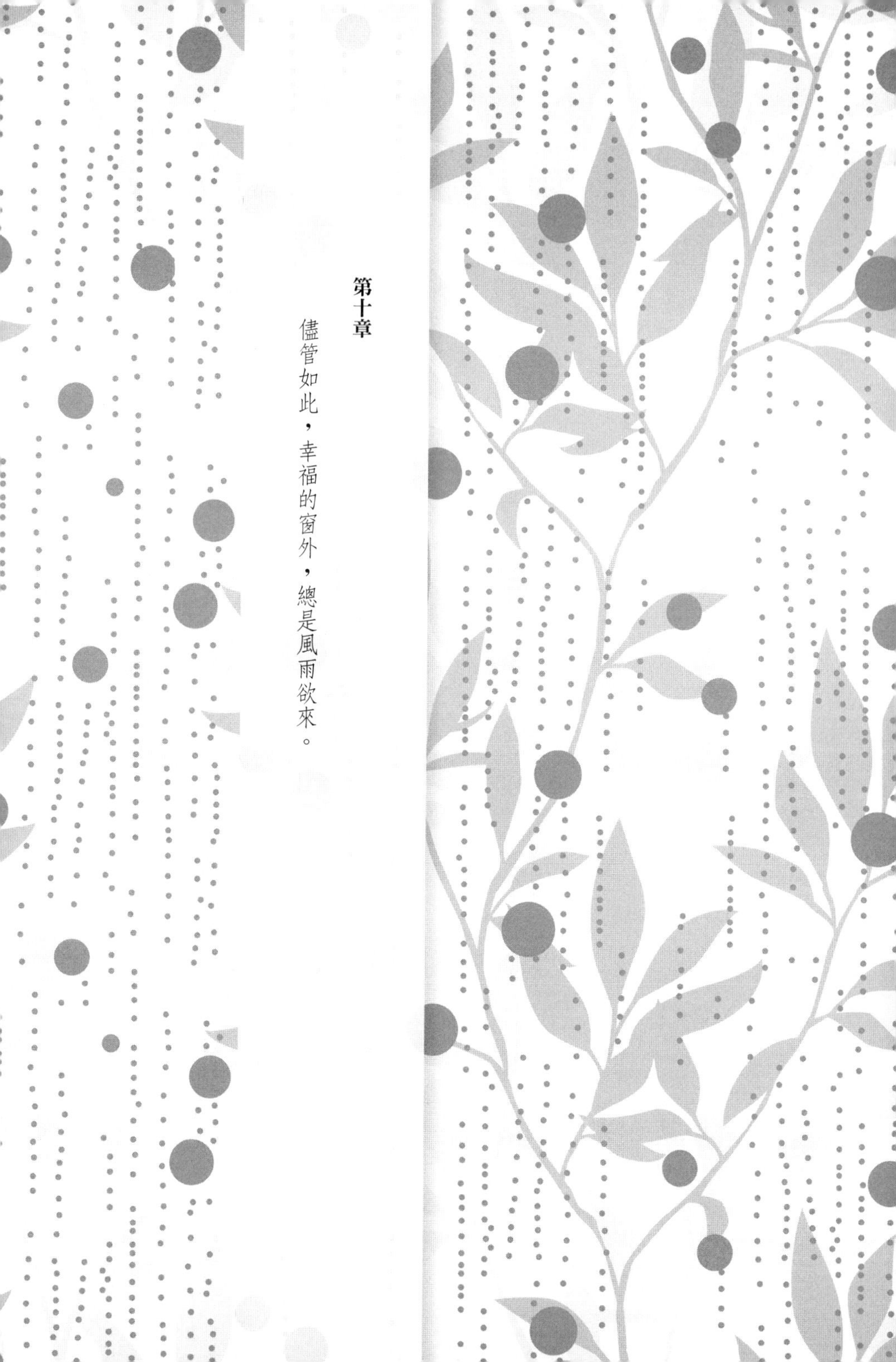

第十章

儘管如此，幸福的窗外，總是風雨欲來。

除了和高中同學相約去吃冰、看電影，我的暑假生活就是幫忙麵店生意而已，只不過今年還多了一項，「講電話」。

光是多這一項，我的青春就不再是黑白的了。

原本說好我每天打電話給老四，為了不讓我花錢，其實大多是他打過來。

「又在講？是有多少話可以講？」

有一回媽媽幫我送改好的裙子進來，正好撞見我躺在床上講手機，一臉不可置信。

「妳不要聽人家講電話啦！」

我翻身跳起，三催四請送她出去，然後鎖上門，重新倒回床上。

「是伯母嗎？」電話裡的老四問。

他一直尊稱老媽為伯母，害我一直無法習慣。

「嗯，突然跑進我房間，嚇我一跳。」

「瑞瑞，我啊，現在突然想看看妳的房間長什麼樣子。」

「啊？就……很普通的房間啊！普通到不行。啊，對了！」我用手肘撐起上身，看窗邊盆栽，興高采烈地告訴他，「我昨天在花市看到腎蕨，就買回來擺了，現在它是我和你房間的共通點。」

依稀，他笑了笑，「愈說，讓我愈想看。前幾天聽妳講到妳一口氣煮了幾十碗麵的時候，也想到妳家麵店去吃一碗。」

「吃麵？那有什麼問題？我回去之後煮給你吃。」

「妳還說在道館示範用手擊碎十幾塊瓦片，也該表演一次給我觀賞吧！」

「哪有十幾塊那麼誇張，八塊而已！」

接下來他那一頭停歇得特別久。

「不是妳的房間，也不是麵，更不是瓦片……瑞瑞，我大概是想妳了。」

我們……講多久的電話啦？手機燙燙的，燙到我的耳畔，那熱度恐怕還漫延到整張臉。

這樣一發不可收拾的熱意，在返家那一天也爆發過。

當時老四一個箭步跳上火車，在站長驚人的哨聲響起前，他又輕巧地退回月台上。

車門在我眼前關閉，一個大晃動，火車緩緩駛離車站，我沒站穩，往後跌撞到牆上。

我剛剛……是被親了嗎？太快了，其實只記得涼涼的嘴唇軟綿綿地碰上又離開。

像雲。雖然我沒有真的親吻過雲朵。

直到回到炎熱的南部老家，都還有腳踩不到地面的飄浮感。

「老四……」

「嗯？」

「儘管我們不會每天在一起，但是你一直都在我心裡。」

「妳現在是在造句？」

「呵呵！你發現啦？」我想起那天為了小西作業而研究的「儘管」造句，「還壓韻呢！」

「不錯呀！繼續練習，愈多愈好。」

當真以為我在練習造句呀？傻老四，我對你是真的思念不已了啊。

又過一個星期，我搭上北上列車準備返校，兩個鐘頭的車程中，興奮得靜不下來。和老四將近兩個月沒見面了，現在小鹿亂撞啊！

等等見面第一句話說些什麼好？是該先回住處放好行李再去老四那兒呢，還是……

這些雜念在我隨著人潮走出驗票口，看見站在藍色奧迪旁邊的身影時，通通不見了。

我往前小跑幾步，後來又放慢，腳步是慢了，心跳倒加快不少。

那個俊俏的側臉先是面向別的地方靜候，不一會兒，轉到我這裡來。

屏息。他的唇角邊盪開一縷清柔的笑意。

也才多久沒見，沒必要變得這麼帥吧……

我的內心戲已經演到五體投地了，表面上卻得強裝鎮定。

「我來了，你……會不會等很久？」

老四接過我手上的行李袋，先促狹一笑，才繞到後車廂，「度日如年啊！」

玩笑話，又害我小鹿亂撞了一次。我快速上車，等老四繫好安全帶、雙手放在方向盤上，原以為他要開車，他卻先把我打量一番，頗為滿意。

「看來真的有吃飽睡飽。」

「咦？我胖了嗎？」我捏捏腰部。

「胖又沒關係，抱起來舒服。」

然後他從從容容將奧迪駛出車站周圍的車水馬龍，讓副駕駛座的我紅著臉，淨對著車窗面壁半天。

路上，老四隨口問我在老家做了哪些事，又講幾件自己的近況，後來注意到車子的路線並不是去我住處的方向。

「我們要去哪？」

「超市。」

「超市？」

「不是說要煮麵給我吃？妳也知道我家冰箱什麼都沒有，先去買材料吧！」

原來他還記得，而且用這個理由輕輕鬆鬆就可以先把我拐去他那兒。

老四路上發現超市，直接開車進停車場。在超市裡他負責提提籃，我負責挑食材，活像一對老夫老妻。

「這蛤蜊好大，我煮海鮮麵吧！」

見我喜孜孜將一包蛤蜊放入提籃，他立刻提供大少爺的意見：

「既然是海鮮，我去那邊找找看有沒有龍蝦。」

「等一下！」我拉他回來，「沒有哪一間小吃攤的麵放龍蝦的。」

「那，鮑魚……」

「也沒有！」

「啊，小西。」

「更不行！小西又不是海鮮！」

「不是啦！妳看。」

老四把我的頭轉到右邊，那邊在做鹹蛋促銷，桌上有好幾小碟的鹹蛋供客人試吃。

小西就站在桌前，忸怩半天後，拿走一碟鹹蛋塞進口中，還沒吞下，另一隻手又去拿第二碟。

「小西！」在他要拿第三碟的時候，我上前將手搭在他肩際，「鹹蛋太鹹，像你這樣吃，身體會生病喔！」

我的出現令他嚇一跳，而且是嚇壞了。那一碟鹹蛋從他鬆開的手中滑落，我蹲下去，耳朵附近傳來一聲再也忍不住的嗚叫，「咕嚕」，那聲音從他肚子發出，音量還不小呢！

「餓啊？」連老四都聽見了。他按按小西頭頂，「正好！這位麵店姊姊要煮海鮮麵，一起來吃！」

我們買了一個波蘿麵包讓小西先頂著，他在後座吃得狼吞虎嚥，我都不忍心回頭看，怕這一看就要噴淚。

老四一面開車，一面詢問小西多久沒吃飯、爸爸在幹嘛之類的，小西一律回答得含糊，不過有一半的因素是他嘴裡塞滿麵包的緣故。

為了不讓小西餓太久，一進八〇二號房，我直奔廚房料理食材。

老四則在客廳向小西炫耀那幅吉米佩奇的拼圖海報，順便把吉米佩奇偉大的傳奇故事說給小西聽，最後搬出吉他，讓小西隨意把玩一番。

想從熱呼呼的蒸汽中透氣，我會走出廚房兩步，望望客廳裡沉浸在吉他世界的那兩人，難免失落。本來還想要好好一解相思之苦，跟老四敘敘舊呢！這會兒沒辦法了吧！要把這麼欠缺照顧的小西送回家我也不放心，等等吃飽就讓他到我那裡住一晚。

「麵好囉！來吃吧！」

除了海鮮麵之外，我還做了幾樣家常小菜。他們爭先恐後跑來，老四將三碗麵比較一遍，提出質疑，「為什麼這小鬼的比較大碗？料也多一倍。妳偏心。」

「小孩子成長的空間大呀！」

小西得到被偏心的理由，衝著老四得意地展露一排小牙齒。老四一句「笑屁」，推一下他腦袋，兩人又吵成一團，直到被我喝令要專心吃麵時才安分。

「好吃。」老四囫圇吞了幾口麵之後，意味深遠地盯住我，「可以嫁了。」

我止住筷子，低頭，不讓他看見我害臊的表情，「那是我媽的台詞。」

「那請伯母只講給我聽就行了。」他繼續安分吃麵。

啊，我的頭短時間內是抬不起來了。小西一雙天真的眼睛在我和老四之間輪流打轉，似懂非懂。臭老四！要打情罵俏也不先看一下場合，小孩子在呀！

後來兩個男生各吃光兩碗麵，見底的湯碗讓我相當有成就感。

「小鬼，去洗澡，不夠香不准出來。」

開始將洗碗精泡水稀釋，我聽見客廳的老四這麼催趕，不久，便是浴室房門關閉的聲響。

接著老四進來了，他幫忙把桌上剩下的碗端到水槽。

「沒多少碗，我洗就好。」

「本大爺手都弄髒了，一起洗。」

我把碗盤泡進盛有洗碗精水的鍋子，一邊洗碗，一邊對老四提待會兒的計畫。

「我不放心讓小西回去，怕他爸的狀況不好。今天讓他到我那裡睡一晚吧！」

「妳那裡小不拉嘰，單人床，房間像儲藏室，怎麼塞兩個人？」

單人床又儲藏室，小不拉嘰的真抱歉哪！我嘟起嘴嘀咕，「硬塞還是塞得下的，小西還是小孩子。」

「幹嘛那麼委屈？讓他住我這兒不就好了？」

那一刻，我感動得無法言語，老四不解地轉頭看我。

「小西明明是我帶的學生，上次也打擾你一晚了，你還願意收留他啊？」

「啊？我跟他的交情可不會輸給妳。」

咦？跟我較勁起來？

「而且，」他用菜瓜布搓幾下碗緣，歇了歇，「我為他做的，就像是為妳做的一樣。」

我的手一顫，滿把的筷子不小心滑入鋪滿泡沫的鍋子裡。

我和他同時伸手撿拾，在又涼又滑的水中摸著滾動的筷子，還有溫熱的指尖。

我的呼吸瞬間暫停了幾秒，當那修長的手指柔和地纏裹住我的手，又萬分珍惜地牽住我，心裡是感到十分舒服的，覺得像被他抱在懷裡，覺得……世界上不會再有第二個人能讓我這麼愛他了。

我望向老四，他深情的目光老早聚向我這邊，在我臉上聚出煦暖的溫度。

前一分鐘我們還在瓷器的碰撞聲中洗碗的，怎麼這會兒世界就……變安靜了……

老四低下身，親吻著我。和那次在火車上不同，他的吻來得徐緩，卻深沉。

在靜謐得連針掉下去都聽得見的廚房裡，在小西隨時會過來的緊張情緒中，在我們兩手都是泡沫的時候……我輕輕回吻他。

是不是該考慮把他正式介紹給爸爸媽媽了啊？

我和老四相處得「只羨鴛鴦不羨仙」的當頭，小純這邊卻烏雲罩頂。

有一個她特別晚歸的夜晚，我已經熄燈就寢，只是還沒入睡。聽見小純返家的聲響，即便她刻意放輕音量了，除了腳步聲外，她還在吸鼻子。

起初我不以為意，但是打從她去浴室又洗完澡出來，那吸鼻子的聲音還持續著，這就不尋常了。

走出房門，小純正巧要回去她房間，我們兩個隔著半邊門對看，她的眼睛又紅又濕潤。被我這麼一看，只一瞬，眼淚便奪眶而出。

我陪小純回她房間，只打開夜燈。讓她用五張面紙處理鼻涕、眼淚，平靜下來之後，開始問她原因。其實不難猜，今天是她和阿倫前輩約會的日子，能害她傷心的，別無他人。

「他突然說，打算去澳洲留學三年，要去當廚師。」才講兩句，小純馬上淚崩，第六張面紙趕快遞上去給她，「如果、如果十月的考試考過了，明年他就會過去。」

「怎麼會這麼突然？」

「不突然，他說在我們兩個剛到鐵板燒店打工沒多久，就決定要報考了。可是他今天才告訴我……」

「然後呢？有沒有說再來怎麼辦？」

「他說，那是他現在想要專心努力的事，是很重要的事。如果我不想等他，決定要停止現在關係也不要緊……」

啊，面紙、面紙。

「瑞瑞，我不是難過他拖到現在才讓我知道，也不是因為明年開始就有可能會相隔兩地，而是……前輩怎麼會認為我不想等他？感情這種事不是說停就可以停的啊！」

現在還叫他「前輩」啊？阿倫前輩的本名到底是什麼？啊，不對，現在不是離題的時候。

我抽出第七張面紙直接幫她擦眼淚，縱然在昏暗中，小純依然美得宛如梨花帶雨，任誰見了都會於心不忍。不過她說在阿倫前輩面前，她沒掉一滴淚，不想讓他以為她是黏人不放的女孩，回到家才潰堤。

重新向小純問過一些細節，才曉得謎一樣的阿倫前輩是餐飲系學生，除了鐵板燒的工作之外，他也在一間義式餐廳兼差，在學校很得老師賞識，並且獲得推薦入學的機會。

「我想，阿倫前輩應該是以『顧慮妳』的立場才說那種話，畢竟是澳洲，還是三年呢，捨不得妳等他吧！」

事實上，我根本不懂阿倫前輩在想什麼，單純相信他不是那種始亂終棄的人，也只能這麼安慰小純了。

小純默默哭了一會兒，自己停止啜泣，紅著鼻頭和眼睛對我說：「抱歉，瑞瑞，我現在很亂，暫時不想再提前輩的事。」

「嗯，我知道。那妳早點睡吧！晚安。」

離開小純房間之後，換我睡不著。

在鐵板吧台前隨時都游刃有餘的阿倫前輩，他在做出那些美味的鐵板料理時，已經有打算不會一輩子站在那個位置了嗎？工作時那認真又漠然的側臉，其實正想著無邊無際的澳洲嗎？

有沒有過那麼一絲念頭，是為了小純留下來呢？

唉，繼海邊那一抱，還有廚房那一吻之後，原本心情才剛有雨過天青的豁達，如今為了小純和阿倫前輩之間的糾葛，似乎又飄來幾朵烏雲。

去打掃吧！打掃向來有益身心健康。

暑假期間的八〇二號房照樣拜託代班的阿姨幫忙，有了前車之鑑，這回我事先列出注意事項，請她盡量做得跟我一樣。幸好，一個暑假下來，沒聽說再接到老四的投訴電話。

今天由本尊回到工作崗位，可不能輸給代班呀！我躍躍欲試地將八〇二號房巡視一遍，列出要加強的重點部分，開始動手！

今天工作起來可賣力了，雖然平常就沒在偷工減料，可是老四是親愛的男朋友，而我除了打掃以外，沒什麼能夠為他這位富家子弟做的，再辛苦都甘願。

將近十二點鐘，工作告一段落，我端來一杯水到老四房間，給腎蕨一些。它綠意盎然的姿態，一直看呀看，覺得被療癒了一點。

正準備離開房間，我的腳尖踢到沉重的東西。低頭看，床底下露出相簿的一角。

剛剛打掃的時候怎麼疏忽了？我彎腰將它拿起來，那是一本大相本，又沉又厚。

「真難得現在還有人洗這麼多照片。」

對了，老四有提過，昨晚喬丹和蕭邦來找他，三個人一時興起，翻出以前的相片看到三更半夜。

本來想塞回書櫃，後來想到老四曾經慷慨宣布，以後這裡的東西都是我的，那，看看相簿應該沒關係吧！

抱著一份好奇心，我席地而坐，將那本大相簿翻了開來。

陳年的塵埃和霉味稍微散去，熟悉的老四一一出現了。

一張接著一張，比起現在還要年少、青澀。獨照不多，大部分是和親朋好友的合照。

「看起來像國中生。」我細細端詳他的輪廓，笑笑，「可是臭屁的氣質始終如一哪！」

喬丹從以前就高人一等，站在人群中十分醒目。蕭邦的改變比較大，從前的他是個小胖子，圓呼呼的，完全跟現在鋼琴王子的形象差了十萬八千里。

相簿裡，還有曾經在老四手機裡看過的大哥，以外型來說，略比老四遜色，但模樣相當聰明爽朗。

彤艾學姊在前面幾頁沒出現，某一頁之後，就幾乎都有她的相片了，她總是和老四大哥站在一起。

「所以老四差不多是在國中的時候就認識學姊了，學姊從以前就好漂亮呢！」

應該還是高中年紀的彤艾學姊脫不去學生的清新氣息，比起同齡的女孩們要成熟高雅，走在路上，肯定會吸引不少目光。

咦？

我奇怪地坐直身子，有一張以大哥和學姊為主角的照片吸引我的注意力。他們甜蜜的合影後方，老四和蕭邦狀似在對話，老四的視線卻是落在學姊身上。

下一張則是團體照，看起來是沒等大家準備好便按下快門，好多人都沒看鏡頭，老四也是，他看著另一邊的學姊。

「我的初戀開始得早，也結束得早。」

不知怎的，當時老四略顯滄桑的話語幽幽拂過耳畔，我的汗毛豎起……

還有一張是側拍，正巧拍到彤艾學姊開心地掩嘴大笑，站在她對面的老四只是微微笑著，卻是前所未有的虔誠，彷彿在他眼前的，是他的一切。

我終於憶起那場蕭邦的演奏會，老四從後方守望獨坐的學姊，當時他凝然的眼神和照片裡一模一樣，一模一樣。

我的胸口忐忑不安地鼓動，那撲通撲通的聲音幾乎佔據此刻可怕的寂靜，停不下來，如同這些照片從未被人察覺到的細節，一幕又一幕地放大而出。

下方另一張照片，又是大哥和學姊為主角，學姊手捧一大束向日葵，滿臉燦爛的幸福。一旁的人都拍手叫好，老四大概也是吧！只是他虛假的笑容裡，還多分藏起的落寞。

「再快也沒用，永遠都慢了一步。」

我快速蓋上相簿，慌慌惶惶地想將它放回書櫃，手抖得太厲害，相本重摔在地面，重新放了兩三次才放好。

我覺得……快不能呼吸了……

離開八〇二號房的時候，我是用跑的，拚命地跑，頭也不回地跑，連電梯也不搭，就是不顧一切地逃跑。

那時我才明白，就算老四喜歡學姊，那並不是可怕的事。

「我有一個學姊，很親，只是她一天到晚擔心我交不到女朋友。」

最可悲的，是老四從來不曾喜歡過我。

「我只想要一個交往到明年六月的女朋友。」

我不是太靈敏的人，什麼直覺、第六感都比一般女孩慢半拍，換句話說，就是遲鈍。

是不是因為如此，才會忽略那些淺顯易見的蛛絲馬跡呢？

那些……老四一直喜歡著學姊的蛛絲馬跡，他深深的，深深的喜歡。

我緊緊閉上眼，心好痛。

蕭邦的演奏會，老四出面替學姊解圍。為了學姊安全，他特地送她去台北面試。即使早已事過境遷，提起相識的第一天，他的眉宇之間還有一絲化不開的惆悵。

胸口真的好痛。我倒在床上蜷曲起身子，覺得自己好愚笨，笨到極點，笨得……想哭了。

當老四懷抱著對學姊那段遺憾情感的時候，我呢？

「那我呢？」

我抓緊臉龐邊的棉被，終究還是奪眶的淚水印上去。

「這樣吧！妳當我女朋友好了。」

彤艾學姊始終關心老四有心上人了沒有，那樣的關心，太沉重，太傷人，老四他想要終止那種折磨，所以……

他交女朋友了。

現在學姊已經畢業，他會不會在心裡盤算該怎麼把我甩開呢？

桌上傳來手機震動的聲音，我從棉被中慢慢抬頭，望向發著光的螢幕，不死心地閃了又閃。

沒上課，沒去打工，沒接老四的電話。

這種逃避的日子過多久了？我該不會要這樣過一輩子吧？

習慣哭泣，習慣心痛，習慣什麼都不理會之後，自己就真的會漸漸變成那樣一個人了吧！

一想到可怕的下場，我強迫自己下床，走到桌前，面對老四的來電顯示，慢吞吞將手機拿起。

從八〇二號房逃離出來後，那是我第一次和老四對話。

「瑞瑞，妳怎麼了？都不接我電話，生病嗎？」

好擔心我的聲音。我在開口前，只感到咽喉一陣酸，眼眶一片熱。

因為我沒說話，他接著小心翼翼探問，「妳該不會、不會是在生氣吧？生我的氣嗎？我做了什麼告訴我。」

不要在這種時候還這麼討人疼啊！

「我很好，抱歉，只是……」

只是想一個人靜一靜？只是心情不好？只是，不確定了。

「老四，我們見個面好嗎？」

「當然好！妳這幾天像人間蒸發一樣，我親眼見到面才會放心。」

換好外出服，我站在穿衣鏡前，一遍一遍梳直長髮，再拿起髮飾一圈圈紮起馬尾。

光憑我這顆單純的腦袋就想要推理出真正的答案，我不拿手。

直接向老四問清楚，比較適合我。

九月的時序，天氣並沒有變得涼爽，外面豔陽高照，在房間關上好幾天的我，對於這光耀炙熱的世界，恍如隔世。

對於老四的感情，也是一樣。

我還是好喜歡他，他說他也喜歡著我，然而這份感情如同水中倒影，不再真實。

來到學校，還沒到他系館，遠遠便能見到老四頎長的身影，他正笑著，毫無防備的笑容真好看。

再走近一些，沒了壯碩樹叢遮擋視線，站在他對面的人影也出現了。

彤艾學姊。

我立時站住，愣愣，面對交談愉快的他們，總覺得……我又回到從前那個程瑞瑞，被排除

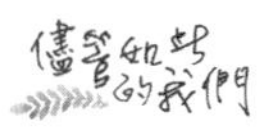

在阿倫前輩和小純故事之外的程瑞瑞。

老四……好遙遠。

「喔？瑞瑞來了！」

蕭邦發現我，老四跟著朝我這邊看，然後小跑步過來。

「妳看誰回來了，我們等等一起去吃飯！」

「嗨！瑞瑞！」學姊元氣滿滿地朝我用力揮手，她把頭髮剪短，更像女強人了。

「喂！你們兩個快來！想想要吃什麼？牛排不錯。」喬丹也在，對於待會兒的聚餐顯得興致勃勃。

「許彤艾的教授有事要她幫忙，所以她臨危受命趕回來了，她會待一陣子。」老四牽起我的手，邊走邊說：「妳好像變瘦了，喜歡吃什麼？別管他們，今天聽妳的。」

避嫌一般，他總是以「許彤艾」直呼她。以前，我當他不懂禮數，現在聽見，心會發酸，卻不知是為了自己，還是為了老四。

路上有石頭，我絆了一下，老四趕忙上前扶我，順便回頭要他們先去停車場。

「天氣這麼熱，怎麼妳的手這麼冰？不舒服？」

他打量起我蒼白的臉色，我抿緊唇，有站在懸崖上搖搖欲墜的害怕，真的好害怕。

「我喜歡老四……」

「唔？哈！傻瓜，現在是問妳喜歡吃什麼。」

「但是老四喜歡的人是學姊嗎？」

他唇角上的笑意剎那間凍結，那種困惑又詫異的神情，似乎想不透我怎麼會挖出這深埋已久的祕密。

「沒有人告訴我，是我自己感覺出來的。雖然慢一點，可是感覺得出來。我……根本就不想跟你要答案，但是要我一直抱著這樣的想法和你在一起，我也不要。」我暗暗吸一口氣，逼自己再問一次，「你喜歡學姊嗎？」

老四這個人，生性有著不願為自己圓謊的高傲，他認為滾雪球式的謊言非常難看又沒意義。

於是他什麼也不打算隱瞞，「打從遇見她第一天起，就喜歡了。」

心理準備，真是全天下最沒用的東西了。不論事先做好幾百次、幾千次的心理準備，事到臨頭，連一次的椎心之痛都擋不住。

他的答案彷彿也令他痛苦，我從沒見過這麼憂鬱失意的老四，可是，最痛的人是我啊。如果早知道在老四心裡根本就沒有我的容身之處，真寧願從來不曾認識他，不然，也不會走到如此傷心的這一步。

我把手握緊，好像那會給我一點力量堅強下去。

「那麼，你跟我交往，是為了演一場戲給學姊看嗎？好讓她別再催你交女朋友。」

「什麼？」他忽然緊張，迅速否認，「妳到底在說什麼？我才不會做這種亂七八糟的

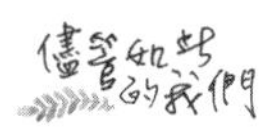

事！」

「很久以前，你的右手受傷那個晚上，你問過我要不要當你女朋友。那個時候，你心裡是喜歡著學姊吧？」

起先，老四一副急著想解釋什麼的模樣，然後又猶豫了，他的眉頭深蹙，氣焰不再高張。

他別開目光，只是為難緘默。

「老四……」那樣的緘默叫人呼吸不到一點空氣，我快受不了，「老四，你從沒喜歡過我，對嗎？」

他終於看我，我的眼淚也在這一刻掉下去。

除了對阿倫前輩死心那一次，他沒見我哭過，因此慌了。

老四上前，雙手按住我的肩，「瑞瑞，妳幹嘛哭？我喜歡妳！現在很喜歡妳！不要哭。我以前喜歡學姊，但是和妳交往的那時候，就已經喜歡上妳了，程瑞瑞，妳聽見沒有？」

他愈解釋，我就愈難過。他對我的好沒有虛假，對學姊的遺憾也千真萬確，已經分不清楚該相信什麼了。

我怕，就連這一刻他的真誠言語都是權宜之計。怕他寧願將就著我，也不肯向學姊坦白。

由於我沒回應他「我相信你」之類的話，老四更加著急，「對，我手受傷那時候的確不是真心要妳當我女朋友，也沒說實話。可是那時是那時，現在是現在，雖然說不清楚是哪一天哪一秒，我後來真的喜歡上妳了！」

我噙著淚水，凝視他真摯的面容，多希望自己是容易哄的女孩，能夠義無反顧投入他懷抱中。

「柯光磊心裡始終忘不了的那個人，如果想起她總是會心痛，那怕只是一點點，將來不管又愛上多少女孩子，都不會感到幸福的。老四你……要幸福啊……」

「……」

「我不跟你們去了，以後，也不和你在一起。」

他黑亮的眼眸閃著巨然的難受和不甘，沉著聲音問：「妳這是要跟我分手嗎？」

我沒有立刻回答，不是猶豫，是我的聲音早已潰不成軍，深怕一開口就哭得更厲害。以後，我一定會後悔的吧？現在的我已經有了強烈的預感。

「我不要跟現在的你在一起。」我用盡剩下的力量，堅定告訴他，「再見，老四。」

我轉身離開，只要拐過那棵大樹叢，他就不會再看到我。

好一段長路，老四並沒有追上來。

其實才轉身，我就已經後悔，超後悔。我懷念他溫暖的擁抱，我想念他縱容寵溺的笑容，而這一份思念今後將勢必無藥可救。

我一面走，被太陽曬得灼熱的柏油路面烘烤我模糊的視線，這時眼淚才一顆接著一顆停不住地往下掉。

用手背擦過濡濕的臉，沒什麼用，淚痕乾了，又酸又疼的胸口怎麼也撫平不了。

「妳卻是一棵大樹，願意收留那些不知如何是好的蟬，希望牠們在妳身邊盡情地活著，是一棵溫柔的樹。」

阿倫前輩曾用「大樹」形容我，我不確定老四是否也曾是一隻偎在我身邊的蟬，但我真心希望他能夠盡情活著，盡情愛著，我還叫他要幸福。

天底下再也找不到像我一樣笨的大樹了吧。

「我和老四分手了。」

不若初交往時的拖拉，分手後不久，我主動跟小純告知這件事。

她原本正吸著葡萄柚汁，一聽，小嘴張成O字型，眼睛眨也不眨。

「呃，那要怎麼說？和平分手嗎？」我真的很不會報告感情的事，說起來結結巴巴的，

「總之，不是他哪裡不好，就是……不喜歡了。」

最後變成了自言自語，我真正的意思是想說，老四並不喜歡我，但這又得牽扯到學姊那邊，太複雜。我搔搔頭，只好喝我的柳橙汁。

我們兩個剛做完鐵板燒店早班的工作，找了飲品店涼快一下。

「瑞瑞……」小純也不曉得該說什麼安慰我，畢竟我沒在她面前哭哭啼啼，看上去沒什麼好安慰的。但小純用她的手握住我的，穩篤地告訴我她站在我這一邊。

我啼笑皆非，我並不缺人跟我站同一邊，而是老四的心……並沒有在我這裡。

「小純，我的重點不是在跟老四的事啦！我是想跟妳說，鐵板燒那裡的工作我打算不做了，那裡……離老四太近。」

從他住處的窗口往下看，還能看得見鐵板燒店內的情景，我不願意讓他見到我失魂落魄的模樣。

但小純一向黏我，我擔心這個決定會害她為難。

誰知小純也下了一個決心，「妳辭職，我還是會做下去。」

打從阿倫前輩坦白他的出國宣言以後，店裡，他和小純之間的氣氛一直很僵。多半靠我努力破冰，這間店才不會凍成冰天雪地。

「也許前輩將來真的會去澳洲，也許不會，但是我覺得這應該不是重點，重點是，未來我們想不想和彼此繼續走下去。」她用吸管慢條斯理在果汁杯裡繞圈，轉呀轉，彷彿從中間漩窩會浮現出答案一樣，「所以現在我不想離開，如果離開，一定只剩下思念了。思念的時候通常是回想過去的日子有多美好，我不要那樣，我要盡量和他在一起，然後看看未來的日子有沒有勇氣走下去。」

小純變得好勇敢。那個曾經躲在我身後畏畏縮縮的女孩，如今讓我好生欣羨。但，羨慕是羨慕，我還不清楚如果我真的需要一份勇氣，那麼，我該做的是什麼。

過幾天，我去找清潔公司的負責人阿姨，正式向她提出辭意，她替我感到惋惜，畢竟要找到那麼好的薪資條件簡直就像海底撈針。

事實上，我比她更捨不得，老四不說，我對八〇二號房已經相當有感情了，那個經常曬被子的陽台可以眺望到很遠的地方，晴朗的日子能見到遠方有亮晶晶的光點在閃爍，像無際的海面。腎蕨在我每次去都會長出新嫩葉，它雖然一直靜靜地待在角落，但是也一直拚命生長，看著它，就覺得自己也有活下去的力量。

拒絕阿姨的挽留時，我心裡還想著陽台、腎蕨那些角落的小確幸。

走出大門，向電梯走了幾步，我又繞回去，對一頭霧水的阿姨不好意思地說：「那個……我再把注意事項寫一次好了，這次寫得更詳細一點。」

唉！我在幹嘛呢？都分手了還這麼掛念對方起居，真沒骨氣。

過幾天是週五，下午第二堂之後就沒課，我揹著背包來到車站，準備回老家過週末，穿過地下道，在第二月台等候。

以前不怎麼喜歡回家，搭車麻煩，在家又要不停煮麵，如今倒歸心似箭了。那裡有道館讓我盡情揮霍體力，累到連想起老四的力氣都沒有就好了。和老四距離也相隔一百多公里遠，並不是近到隨時可以見面的距離。

對面月台即將有車班要進站的樣子，乘客變多了，我懷著一分興味瀏覽他們，有多少人正急著跟所愛的人見面？有沒有誰和我一樣是為了逃避才來到這個月台呢？

不意，我的目光掃過一對正在交談的男女，又緊急拉回去。咦？老四和學姊？

我當場嚇得跳起來！左右張望有沒有可以躲藏的地方。情急之下，閃到旁邊的方柱後，驚魂未定。

為什麼他們會在這裡？啊，因為學姊要回台北了吧？

我背靠著柱子，坐立難安地枯等。無聊加上好奇，我終究還是從柱子後方探出一半的臉，觀望對面月台。

老四送她來搭車，卻沒有陪她進入月台，他們兩人站在剪票口話別。

這樣的光景我在那本老舊相本中看過好幾次，每當和學姊說話，老四心情總是不錯的樣子，他會異常溫馴、良善，薄薄的笑容很好看。

不多久，老四將行李交還給彤艾學姊，彼此又說了幾句話，她才通過剪票口，回身和另一頭的老四互望，兩人都有分別前的悵然離愁。

我垂下眼，後悔偷窺他們，反而把自己弄得更加難過。

我在某一天，反過來推敲學姊在海邊那意有所指的話語，這才猜到，學姊也許是喜歡著老四的。

這麼說起來，他們兩情相悅，我反倒像第三者。

不，連第三者都說不上，我只是被老四利用的工具罷了。

我的車班先進站，長長的列車橫擋在我和對面月台之間，我放大膽子，跟著排隊的人群上了車廂。

找到座位坐好後，忍不住再看看窗外，學姊已經走到等候線前方，但老四依舊留在剪票口，看來他打算等學姊搭上車離開之後才走。

老四看著學姊，而我看著老四，沒人看著我。這樣也好，不起眼的瑞瑞，可以肆無忌憚望著他。

「瑞瑞，妳就是我的全世界。」

老四，你是大騙子。我從來就不是你的世界，可是卻不曉得會是何年何月，才能等到在我世界的你，物換星移。

靠著椅背，我放鬆身子，終於不再掙扎。不是不難過，而是反正時間會治癒一切，反正時間會遺忘一切，反正……

老四的視線毫無預警轉向這邊，不知怎麼，便定在我臉上。

他轉為驚訝，我也是，月台這麼多人，火車上這麼多人，是要怎麼做才能發現我呀？

老四雙眼直直跟著我，往前走幾步，馬上被驗票人員擋住，而我的列車開始往前行駛，透過不是太乾淨的車窗，他欲言又止，我千言萬語，最終漸漸拉遠了。

從今以後，他們能順順利利的吧？

從今以後，我和老四就不相干了。

從今以後，思念就只剩下單行道了。

分手後，老四並沒有和我聯絡，倒是蕭邦私底下傳訊息問我怎麼了。

「老四什麼也沒說，也叫我們別來煩妳。他最近心情壞到沒人敢惹他，不過那是你們兩個自己的事，我只是想確定，分手這個決定，不是你們之中有誰移情別戀吧？」

移情別戀？少瞧不起人！我會是那種女生嗎？

「始終如一。」

意氣用事，送出那四個字給蕭邦以後，我對著手機出神，開始懊惱而輕輕闔上眼。

這不是在說，我還喜歡著老四嗎……

「瑞瑞！妳跟老四分手了？」八卦女在一次下課時，直奔我的座位，單刀直入地問。

她的聲音太大，惹得四周同學也鎖定我這邊的答案。鎮定，程瑞瑞，這是意料中之事。

「嗯，分了。」一邊收拾課本、筆記，我盡量讓自己看起來處之泰然。

可是八卦女哪可能這麼輕易放過我，那就有負八卦女的名聲啦！

「怎麼分了？為什麼分？你們之間誰甩誰呀？」

小純隔著兩張桌子想過來救我，可是柔弱的她一向不是對付八卦女這種大剌剌性子的料，只能擔心看著我乾著急。

「無可奉告。」我拎起包包起身，走出教室之前，回身再度對追上來的八卦女說了一遍，

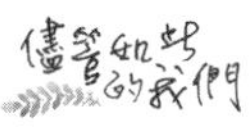

「不管怎麼樣，無可奉告！」

不過，即使封了我的嘴，謠言依然四起，野火燎原般，沒幾天，走在路上幾乎都有人竊竊私語，簡直就像又回到和老四剛交往那時候，而且內容同樣難聽。

不外乎是我被老四甩了，原因是他父母嫌棄我，要求我們分手。另一個說法是，老四看上一個富家千金，為了她而把我一腳踢開。

總而言之，就是我高攀不上，老四甩了我。好，能不能就此結案了？

我履行「無可奉告」的決心，什麼也沒多說，只希望這無關世界和平的風波能早日平息。第二個傳訊息關心我的是喬丹，訊息中十足的義氣叫我意外。

「老四對這陣子的謠言氣炸了，不過我們勸他別多說，保持低調，免得別人愈有話講。妳也別擔心，我和蕭邦會罩妳，我想再過不久就沒人敢再廢話。」

也不曉得喬丹和蕭邦是動用了什麼關係或是使出什麼方法，原先還炒得沸沸揚揚的謠言猶如前陣子熱鬧過的蟬鳴，不知不覺從我們的世界中消失了。

不可否認，我的確鬆口氣，不必再武裝，也不必再忍受。

可是心還是難受著，思念著。

日以繼夜。

我另外找到一份在加油站的新工作，下午的班，即使沒客人上門還是得站在熱呼呼的室外待命。

刻意找了老四不慣用的品牌，從此便不用擔心會在加油站遇到老四的奧迪。

倒是來了一位不速之客。

非假日，客人並不多，閒著發慌就拿書出來複習，學校獎學金也是我的生活費來源之一。讀得正投入，機車隆隆的引擎聲從外頭滑進加油站。

我丟下書，跑回崗位，「歡迎光臨！」

朝氣的笑容還懸在我臉上，摘下安全帽的阿倫前輩則是一臉驚訝。

「前輩？」

他打量我身上的制服，確定我是這裡的員工，唸一句，「轉行轉得真跳 tone。」

說來真慚愧，枉費阿倫前輩之前用心教我廚藝，結果這徒弟卻半途而廢。

「前、前輩車子加什麼油？」

「九五加滿。」

「九五加滿，從零開始。」不太熟練地將油槍放入加油孔，確認機器開始跳錶才放心。

「妳離職是因為要閃男朋友嗎？」

冷不防從阿倫前輩口中冒出這個地雷問題！我迅速看他，猜測是小純跟他說的，也猜到或許他還在介意我對鐵板燒店的一走了之。

「嗯，他住的地方就在店隔壁，要不見面太難了……」

阿倫前輩陷入沉吟，這時油槍跳起，我上前將之抽出來，小心放回加油機上。

「妳男朋友……看起來滿喜歡妳的。」

我回頭，不懂他為什麼要說這個。

他比往常更加吞吐一些，好像不放心自家妹妹那樣，「分手，應該不是因為他不喜歡妳了吧？」

是在擔心老四有沒有對我不好嗎？原來性情冷漠的阿倫前輩也會替我顧慮到這一點。

我莫可奈何地苦笑，「他應該是喜歡我的，只是我並不是他最喜歡的那個人。」

就是這樣啊，感情的世界裡，不是像數學那樣絕對，有時縱使拚命地演算，也不一定會得到答案。

我將發票拿來，阿倫前輩微微偏起頭，意味深遠地說：「就算不是最喜歡，在多年後想起妳，肯定只有滿滿的慶幸。妳就是那樣的女孩子。」

我一時無語，眼眶卻霎時間灼熱，為了掩飾，我笑了。

「才不是呢！我是大樹啊！看著大家一個一個到底下乘涼，又看著他們一個個離開，最後沒有人留下。」

阿倫前輩你是這樣，老四也是。我總是……不被選上的那一位。

他也笑一下，「還有小鳥啊！會來築巢的。」

哈！好古怪的安慰方式哪！懷抱滿溢的感激之情，我反過來慫恿他，「前輩，你要對小純好一點。只要她選擇分不分手，卻沒告訴她這是為了她著想。喜歡一個人不是光靠一份心情就可以堅持下去，還需要力量！」

「我其實……是為了自己著想。」

「唔？」

「那天妳問我怕不怕小純帶我去見她父母，我怕得連想都不敢去想。」他將鑰匙插進鑰匙孔，沒有馬上發動，而是讓手留在上頭，這份遲疑，恐怕也延續到該不該搭上飛往澳洲的決心上，「去澳洲之後，拿到文憑、證照那些，應該會讓我在她父母面前……更能抬頭挺胸。我只是這麼想。」

小純！我都要替妳感動到痛哭流涕了！這些話應該是由妳來聽才對吧！

「那是我自私的想法，不過，澳洲很遠，三年很長，總不能因此耽誤人家。」

「再自私也要說啊！正因為自私，才更要對自己的女朋友說啊！這時候全世界也只有女朋友才能理解你吧？對我這棵大樹說可是一點幫助都沒有！」

我驀然凶起來，他愣愣，隨即笑得晴朗，「誰說的？這棵樹不是挺會操心的嗎？」

他戴上安全帽，騎車離開了，加油站再度恢復成幾分鐘前的孤單荒廢。已經見不到阿倫前輩，我還出神凝望無人的馬路。

儘管世事難料，儘管已經用盡全力奮鬥，儘管希望總是起起落落……

「至少，要有人得到幸福吧……」

和老四分手後，我幾乎每個星期都回家。倒也不算回家療傷，遠離是非之地會讓心情輕鬆一點。

當然也照樣去道館報到，只是老四的臉孔經常毫無預警就闖進腦海，一個分神，立刻被摔倒在地。

「我打倒瑞瑞姊了！哇，第一次耶！」

大家都覺得不可思議，我則躺在吸滿汗臭味的軟墊上喘氣，動也不想動，不由得希望被多摔幾次，看看能不能將老四趕出我的思緒。

晚上店裡打烊後，洗好澡，拉張椅子到窗邊坐，入夜後的秋季氣溫終於有明顯的下降，不開電風扇，吹著窗外晚風，好不舒服。

我發呆一會兒，開始撩起衣袖幫手臂上的瘀青塗藥。媽媽切好甜柿，端了滿滿一盤到客廳，聞到藥草味，忍不住開啟叨唸模式。

「又去打空手道？妳女孩子耶！每天這邊一個傷那邊一個傷，再漂亮的臉也會被妳自己毀了。」

「當初要我去學的人是妳耶！」我委屈頂嘴。

「小時候讓妳學是去運動，現在都是大學生了，還這樣打來打去，妳那些女同學沒人這樣吧？」媽媽習慣性將矛頭轉向爸爸，「一開始我就說學一年就好，你說有興趣就繼續學，結果學到現在整天都是傷，我還寧願她去學插花，留給人家探聽多好。」

啊，媽媽好像說過鄰街那位四十好幾的阿姨學了插花不久，就相親成功。

爸爸用叉子插起一塊甜柿吃，專心看電視，媽媽愈是嘮叨，他就愈安靜。以靜制動。

「幹嘛學插花？反正我只要把麵煮好就好了吧！以後也只能一直煮麵啊！」

我反駁得幾分自暴自棄，爸爸曾向我投來深沉的一眼，那眼神令我心虛莫名，彷彿受到了責備。

媽媽刀子口豆腐心地過來幫我把藥塗在我的手搆不到的地方，然後回到客廳坐下，鄉土劇成功轉移她的注意力，等到十點演完，那盤甜柿也剩不到三四片。

「瑞瑞，剩沒幾個，把柿子吃完，盤子洗一洗，我要去睡了。」

「喔！」

我隨口應一聲，不過等媽媽都上樓，還是沒有去碰那盤柿子。

爸爸多坐了幾分鐘後也起身關掉電視，上樓前，他沒來由開口提起稍早的對話。

「空手道，其實也不是那麼沒用，幫不了別人，有機會幫幫自己也很好。如果能派上用場，就算只有一次，也很足夠了。」

我閉著嘴，說不出半句話。雖然爸爸挺我，還是令我很不好意思。

原以為他講完要上樓了，然而沒幾階，又停下腳步，語重心長，「妳要知道，這間麵店只是妳的其中一項選擇，它不是全部。想做什麼都可以的。」

說完這些話的爸爸八成也有幾分尷尬，看了我一眼，真的上樓去了。

樓上隱約傳來他們交談的說話聲，除此之外，關掉電視的客廳出奇安靜。我再度面向窗外，繼續出神。

不知名的蟲子叫得正起勁，透過紗窗，晚風徐徐，剛剛好的涼意讓我有點睏了。模模糊糊想起方才應該向爸爸邀功才對，空手道真的派上用場，我救過老四和阿倫前輩呢！喔，對，還要謝謝老爸讓我知道，原來我的人生可以是自由的，不必被困住了。

千言萬語，下一道涼風襲來，將它們帶進我心裡，我倚著窗，在百感交集中抿抿嘴角，嚐到了鹹澀的滋味。

少了八〇二號房的優渥收入，平常用來幫助小西的資金就變得危危可岌。雖然又找了加油站和便利商店的工作，但怎麼樣也比不上從前。

小西這年紀的孩子長得快，鞋子又快穿不下，再加上文具也是消耗品，算算也是一筆不小的開銷。

從銀行提款機領錢出來，順便刷本子，面對上頭的餘額，憂心忡忡的心情就像頭頂上灰濛濛的天空，無法撥雲見日。

正當我邊走邊盤算日後的開銷分配，後方突然響起女性的大叫！

「搶劫！他搶了我的包包！快抓住他！」

我回頭，見到一位婦女撲倒在地上，一手奮力指向一名機車騎士。那位騎士蛇行騎車，一整個就是作賊心虛。

附近有聽見叫聲的人都反應不及，我在機車從旁邊騎過的剎那，使勁用我的背包甩向他！不知是我的力道夠大，或是他被我的舉動嚇到，機車往左傾斜，整台車滑了出去，差一點掃到我！那位戴安全帽的搶匪重重摔倒，但是他身手狡捷地爬起來，賣力往前狂奔。

我追上去，起跳之際迅速迴身，另一腳踢中他的臉，我們兩人幾乎同時落地，他掙扎起身又要再逃，我一個滑壘踹向他腳踝，在他倒下那一刻，抬起的左腳往下直擊他腹部，隨後翻身用手肘壓制住他脖子。

這時其他路人見義勇為地撲上，幫忙把搶匪抓起來。

我抽身退出，走去撿起我的背包和婦人的皮包，準備還給追過來的婦人。

「謝謝。」

婦人拿回她皮包的那一刻，我們兩人同時怔住！

哇！是老四的媽媽！

「欸？妳不是……」她努力端詳我壓低的臉，還是把我認出來，「那個掃地小妹！妳在幫我兒子住的地方打掃的嘛！」

「妳好。」

「幸好有妳，我才剛領完一筆錢出來。」她有驚無險地大喘兩下，把那位被眾人制伏的搶匪狠狠瞪上一眼，「我等等會去警察局一趟，妳跟我一起去，然後到我家坐坐吧？」

什麼？絕對不行！

「我、我等一下要打工，快遲到了，不好意思……」

她笑一下，是認為我回拒的理由太可笑的那種笑法，「妳老闆的電話給我，我幫妳請假。妳幫我一個大忙，我要好好謝謝妳。」

「真的不用了，打工對我來說很重要。」

我誠心婉拒，同時步步後退，只想趕快離開現場。萬一待會兒被警察抓去作筆錄就麻煩了，從前老四警告過我跟政治牽扯上肯定沒好處那句話，猶言在耳。

這起搶案應該跟政治沒關係，但老四媽媽好歹也是立委妻子，難保明天不會上新聞哪！

只是她若有所思，下一秒鐘改為會心的笑，打開皮包，「那這樣吧！我給妳謝禮，妳等我一下。」

慢著，她該不會……以為我比較想要錢吧？

「柯太太，我是看到那個人做壞事才幫忙的，如果真的想要謝我，以後……如果妳也看到需要幫忙的人，把那個人當作是我，幫他一下吧！」

八成沒料到我會那麼回答，她短時間內接不了話。街口轉進來兩台警車，我匆匆向她告別。

走到老四媽媽所看不到的路上，這才放緩步伐，好痛！我彎腰撫撫右腳踝，剛剛那個滑壘踢好像把腳扭傷了。

診所和住處相比，應該是住處比較近，所以我應該先回去騎機車，再去診所。問題是，一跛一跛走回住處的路上，腳上的疼痛逐漸加劇，直到連一步也撐不住，才就地靠著一面透明櫥窗休息。怎麼回事？以前無論怎麼跌打損傷，也沒這麼痛過。

但這還不是最糟。路上行人突然加快腳步，再快也快不及天氣的變化，轉眼間，這個城市已是傾盆大雨。

不會吧……就算想一股作氣冒雨衝回去，我現在的腳也使不上力了。

豆大的雨點濺上穿著涼鞋的腳趾，好冰，我縮縮腳，無路可退，上頭遮雨棚就這麼點大，加上狂風大作，還是無可避免淋得一身濕。

萬念俱灰地在麵包店外待上好一陣子，也不見雨勢有轉小的跡象。驀然間，一雙深色球鞋走進我低垂的視野，停住。

我認得那雙鞋。

「我媽剛才打電話給我，說她被搶了，還說有一個很厲害的女生出來打趴那個搶匪。」停歇一下，說話速度放慢下來，「我馬上就想到妳，還想著妳是不是又受傷了？」

不要、不要來關心我啊……

我緩緩抬頭，老四擔心我的面容宛如夢境般進入眼簾，才和他對視這麼一眼，我所有的防備幾乎要瓦解。

分開這段日子以來的思念，沖斷圍欄，泉湧而出，我感到一陣欲淚的酸意。

「我沒怎麼樣，那個時候有很多人一起幫忙。」

忍著腳痛，暗暗讓身體站直，不給他發現任何異狀的機會。

「謝謝，我媽說當下只有她一個人，很害怕。不是怕錢找不回來，是無助的感覺可怕，幸好有妳出現。」

「沒什麼，我也慶幸自己幫得上忙。」

「她好像……還說了一些失禮的話，對不起。妳別看她那樣，其實她膽子很小，只是當了政治人物的太太，說什麼也不能被小看，那個保護色有時雖然保護了自己，卻傷到別人。」

老四難得願意聊起家人的事，真叫我意外，明明之前都像叛逆期的屁孩愛講不講的。當下也對他媽媽的形象有所翻轉，一直以來都對那位貴婦人抱有幾分敬而遠之的畏懼，現在又覺得是我太先入為主了。

「不用在意，我也……沒怎麼客氣。」

我要自己別再和他四目相接，我們之間有過一分鐘之久的無言以對。

他轉移了話題，「躲雨？」

老四手撐一把黑傘，那把傘正停駐在我們中間，我的腳趾頭終於不用一直接雨水了。

「嗯，走到一半突然下雨。」

「要去哪？我載妳。」

他往後撂個頭，我在滂沱雨勢中看見奧迪藍色的車身。

「不用了，我只是要回去，很近，等雨停就好。」

努力站得若無其事，腳踝就會更痛，好想快點把他趕走。

「因為很近，送妳也不麻煩。」

有哪裡不太一樣了，儘管是我所熟悉的老四，卻帶著我不熟悉的微妙疏離感，那道距離在我胸口似有若無拉扯。

「謝謝，不過還是不用了。」我不想找理由搪塞。

然而，我的淡漠並沒有令他打退堂鼓，他改為走到我身邊，陪我一起躲雨。

「你不用陪我。」

「我應該要陪妳的。前陣子八卦傳得滿天飛的時候，本來應該是我出面才對，被喬丹他們擋下來，一直要我忍耐、忍耐，我都快到極限了。」

他壓抑著某種憤怒，針對八卦，針對喬丹他們，也針對自己。

這場雨，大概要把天上的水一次揮霍完畢，下得世界白茫茫一片，隔絕那些流言蜚語，把我們困在只聽得見彼此聲音的小角落裡。

「反正，現在都風平浪靜了啊！」

「我可沒有。」

低沉的聲音音戛然中斷，就像我屏住的呼吸一樣。沒說完的話語，無聲勝有聲的心意……隨著雨，流洩了出來。

我裝傻著已經聽不懂他的雙關語。他看看不斷從傘緣掉落的雨滴，良久，兀自呢喃，「雨，希望它下得久一點。」

我狐疑掉頭，老四雲淡風輕的視線還落在行人稀少的路上。

「這好像是我唯一能夠和妳在一起的時候了。」

不是太清晰的四個字被吸入微涼的空氣，毫無違和感地融進這場雨聲中，無法細分哪些是雨，哪些是他。

我回神，倉皇想離開這個地方，可是才踏出一步，整個人便往下跌，一陣竄起的劇痛，就這麼跌進他懷裡。

老四扶住我，或者說，抱著我。一碰觸到他暖度四溢的體溫，我冰冷的理智一下子就融化殆盡。

「程瑞瑞，我很想妳。」

說完的下一秒，我的眼淚已經潸潸落下，這陣又悲又喜的情感來得太強烈，完全沒有攔擋的餘力。

「瑞瑞？」老四終於注意到我的不對勁，探身詢問：「妳怎麼了？」

我忍住淚，想把它歸咎到腳傷上，「剛剛……腳扭到了。」

才移動一下，這次真的痛到讓我飆出淚來。老四蹲下去審視我的腳，說句「腫起來了」，便將雨傘塞到我手上，連問他要幹嘛都來不及問，就整個人被他抱起來！

天啊！居然是公主抱！電視上演起來很浪漫，實際上真是丟臉到不行……

「腳痛幹嘛不早說？我帶妳去醫院。」

老四氣急敗壞抱著我走入雨中，強勁的雨點重重打在我們頭頂的傘面上，像是要把這塊防水塑膠布打穿之勢。窩在老四懷裡的我，這時才發現他左半邊的上衣濕了一大片，是不是躲雨的時候他刻意把傘挪過來幫我遮風擋雨呢？

他依然是那個想多為我做點事的老四，而我仍舊是無可救藥戀著他的程瑞瑞。

我們都沒有改變。

「瑞瑞，很痛嗎？我馬上載妳去醫院。」

我拉緊他左邊濕透的衣裳，將臉轉靠在他胸口，他以為我疼得厲害，更加心急。

其實腳再怎麼疼，也比不過我心疼他淋的雨。

第十一章

儘管如此，能夠出生，遇見喜歡我的人和我喜歡的人，太好了。

我的腳骨關節錯位，韌帶又拉傷。老四帶我去一間中醫看診，醫師徒手將踝骨整治回原來位置的一剎那，我痛得差點暈過去。等回神，發現我的手正緊緊抓住老四手臂。

「抱歉。」

我剛剛有多痛，他也被我抓得有多疼吧。

然而老四似乎沒聽見我的聲音，不放心地質問醫師，「這樣就沒事了嗎？什麼時候可以完全好？」

「當然不會這麼快就沒事，盡量不要用到這隻腳，記得準時回來換藥，一個月後就可以恢復得差不多了。」

我的腳踝裹上肥嘟嘟的白紗布，老四送我回到住處，下車前，他說隨時可以接送我。

「我的腳已經沒那麼痛了。」真的，被醫師矯正好的關節幾乎感覺不到痛楚，甚至還能輕觸地面走路，「而且，小純可以載我。」

他看上去有點落寞，倒也沒再多說，送我到家門口，道了再見。

卻沒有馬上離開。

「瑞瑞。」先是思索著什麼嚴肅的事而躊躇，他才決定對我啟齒，「我和許彤艾……也許我應該告訴她我喜歡過她，等著被她接受，或是被拒絕，然後一切就會明朗。這陣子我想了很久，即使她喜歡我，我們也不會在這個時候交往，不會在今天，也不會在明天。如果不是過去某一個時間點在一起，那麼往後的日子就不會在一起了。」

他所執著的那個不能替代的燦爛時光，我想我懂，也為那一段無法介入的歲月感到嫉妒。

然而老四抱歉地對我說：「因為她是我哥的女朋友，也因為我們這幾年都這麼走過來，所以，我不想破壞現在的狀態，如果我們之間誰先改變，就回不到過去了。對我來說，許彤艾就應該放下過去，遇到一個跟我大哥一樣好的男人，然後和他幸福到老。這樣的想法很自私，明明妳要的不是曖昧不明的結果，可是，瑞瑞，當我明確地告訴妳我喜歡妳，妳卻不相信了。」

我的心情很亂，他說得對，我不相信。相信並不需要證據，只憑一份堅定不移的信念就可以辦到，而我沒有那麼勇敢的東西。

我把門關上，並沒有走開，安靜靠著門，直到聽見外頭傳來電梯關閉的聲響，稍早忍痛的逞強和心情壓抑的疲累重重襲來，我虛弱地滑坐下去。

明明是那麼喜歡，為什麼就是少一分朝他直奔而去的勇氣？

接下來的跛腳日子，我大多靠小純接送，有時不太聽話，會自己偷騎機車去上課、買東西，不過像課輔這種過遠的距離，就會安分搭公車。

不若前陣子的雷陣雨天氣，今天豔陽高照，卻不再是濕黏的溫度。中秋節過後，經常能感到舒適的微風，擦過樹梢、穿過窗戶縫隙，潺潺流動。

我撐著頭，望向習慣在牆頭打盹的貓咪，曬在牠身上棕色短毛的陽光好美，是剛剛好讓人昏昏欲睡的光線。

不意，有隻手碰碰我。

我轉頭，小西站在桌邊，將他的作業遞給我，他面向窗口的眼睛也呈現同樣柔和的顏色。

「哇！今天寫得真快。」

聽見我驚喜的讚嘆，他開心抿抿嘴，拿了繪本坐到我旁邊座位，翻開閱讀。

我花三分鐘看完他的作業，再打量那繪本，正是我當初買給他的《恐龍戰紀》。從他小心翻頁的動作看來，便曉得小西十分珍惜它。

我喜歡他全神貫注在驚險刺激故事時的眼神，喜歡他生怕會傷害到紙張的謹慎手勢，喜歡他讓夕陽寧靜包圍的身影。

是不是有一種喜歡，即使在一旁默默守候，也能發酵得漫天蓋地？

小西發現我的目光，擱下書，往我看來。我不好意思地笑笑，他則將繪本傳過來，指住上頭的文字，「這個字，我們今天上課剛學過。」

我湊上前，原來那是喜歡的「喜」。這孩子會讀心術嗎？讀得出我前一分鐘的內心獨白？

「小恐龍喜歡露水鋪在草地上閃閃發亮的景色。」唸完繪本上那一句，我問：「怎麼了嗎？」

小西微微揚起一抹笑意，像要分享什麼祕密似地說：「大哥哥上次在妳頭上寫的那個字，就是這個字。」

「什麼？」我一時沒能憶起是哪件事。

「我去大哥哥家，妳先睡著了，大哥哥拿筆在妳頭上亂寫字，我看他本來要寫這個字，不過他寫到一半就改成亂畫。」

他短短小小的手指指著喜歡的「喜」，我愕然注視，久久不能回神。

那時候的老四還不是我的誰，只是個嘴巴有點壞，有時會跟我打情罵俏的男孩。從什麼時候開始，我已經在他心上了呢？

「我那個時候還不認得這個字，現在知道了。」

小西本來要繼續閱讀後來的段落，觸見我眼角情不自禁泛起的淚光，失措一下。我笑笑，輕輕攬住他的頭，和我的頭相碰。

「那是很棒的字喔！一個人如果有了喜歡的人、喜歡的事情，就不會討厭這個世界了吧！像我就很喜歡小西喔！」

他對我的親暱不太習慣，不過撞見了我的眼淚，因此乖巧由著我靠在他身上，讓我在小恐龍所喜歡的發亮草地上，想念老四。

搭上返家公車，我隻手拉著吊環，身體隨著公車微微擺動，思緒也在出神的片刻飄飄忽忽。

「我以前喜歡學姊，但是和妳交往的那時候，就已經喜歡上妳了。」

當時聽來覺得是推託之詞，現在想呀想著，心動了。

當爸爸告訴我，我可以自由選擇，長期禁錮的牢籠忽然消失，而我站在廣闊的十字路口，無邊無際的未來，著實令人茫然害怕，但是，我的雙腳已經不必待在原點，可以往前走了。

我在擁擠的公車上努力壓抑胸口的激動，不自覺熱淚盈眶。

在感情這條路上，也許能夠朝著老四不顧一切地奔去了。

❧

過三天，一早課輔社就要開會，我在早餐店用蛋餅和豆漿簡單解決早餐。起身時，隔壁桌客人抽走放在我桌上的報紙，紙張拂過左手臂的搔涼感觸，不知怎麼讓我哆嗦一下。

開會主要是討論十一月的賞楓行程，但，為什麼社長整個人好嚴肅？不怎麼跟人打屁、寒暄，淨是坐在椅子上，面對手中轉的筆沉思。

我跟著其他人各自坐好，對於社長將要告知的事情有莫名的緊張。

她把我們都看過一遍，站起來。

「一大早接到一個不幸的消息，我們課輔的學生……小西走了。」

小西？走……是走去哪了？我反應不過來，張大雙眼看向社長，而她也刻意將視線停留在我臉上，將事情說明得更完整。

「大家都知道小西的爸爸一直都有失業的壓力，前天晚上大概是受不了了，在家裡燒炭自殺，還把小西一起帶走了。小西的導師打電話給我，希望我們在課輔時，特別幫其他小孩加強輔導。」

之後，社長又說了什麼，我已經聽不到。小西走了，小西走了……我全身的感官都在努力吸收那句話的意思，除了一片空白之外，還有愈發急促的呼吸。

是說小西死了嗎？他還那麼小，年紀不到我的一半……明明還那麼小……

也不曉得經過多久，簡短的會議已經結束，有人將手擱在我肩膀上。我抬起頭，是社長。

「妳還好吧？我還在想妳會不會早就知道，今天的報紙上有寫。」

我這才想起在早餐店被報紙一角擦過的悚然感觸。

那一份報紙，我不曾再找出來閱讀。或許上頭會將小西經歷過的可怕夜晚寫得鉅細靡遺，我怎麼忍心了解。

我也不看電視，就怕嗜血的媒體僅用矯情的語言便道盡小西短暫無辜的一生。

「瑞瑞，妳最近怪怪的，還好嗎？」

有一次小純特地來敲我房門，要關心我最近封閉得可怕的原因。我也答不上來，我大概是在做困獸之鬥，不去接觸任何跟小西有關的消息，然後希望一覺醒來，會恍然發現那是一場夢而已。

直到下一次的課輔，看見那張空出的座位，我才真真切切領悟到，小西真的不在了。

社長和其他社員親切地對其他小學生做心理建設，拚命用「他已經去當小天使」的美好結局來為他們洗腦。

老實說，我沒幫上什麼忙，待在那間課輔教室期間，只是望著窗外，座落在暮色中的牆頭，貓咪沒有來。

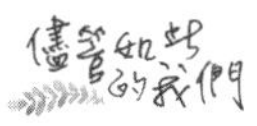

小西也沒有來。

也許明天貓咪就會出現了，那麼，小西呢？

那個說過將來想當吉他手的小西在哪裡？

哪裡都找不到。

「瑞瑞，雖然老四不是我們課輔社的社員，不過我看他平常也和小西相處不錯，覺得還是要告訴他這件事。」社長在課輔結束前，過來跟我說她已經打過電話給老四。

「嗯。」

「課輔……想休息一陣子也沒關係，先處理好自己的情緒吧！」

處理情緒？我根本沒大哭大鬧啊。

公車上，我在內心溫吞反駁社長的話，沒有大哭大鬧，只是覺得……覺得……

「無能為力。」

放得再輕的聲音，還是讓站在隔壁的國中生聽見，他奇怪地瞥我一眼，接著從書包撈出耳機戴上，音樂的重低音隱隱約約流洩而出。

國中生啊……小西還得再過好幾年才會變成跟他們一樣呢！個子還很小，聲音還是稚嫩的，眼神還有一絲絲懵懂。

車門開啟，我的腳還沒踏出公車，老四的身影便出現在我的視野。他快速從長椅上站起，看似已經在那裡等這班車有好一段時間。

社長告訴過他小西的事，然後他抓準我搭車的時間來等我吧？懷著些許意外的心情，步出公車，望著一段距離之外的他，挺拔的身形在這一刻分外親切，鬱然的眉宇糾結著對誰的不捨。

對於小西短暫的人生，他怎麼想呢？曾向社長詳問事情的經過嗎？看到客廳牆上那幅吉米佩奇，會不會擔心今後再也找不到大談吉他的對象了？

老四……難過嗎？

我站在下車的地方，木然佇立。他和我一樣，一句話也沒說，和我無語地對視許久，許久……沒來由敞開雙臂，傲氣揚聲，「傳送，要不要？」

那一晚蕭邦的音樂會，我無厘頭解釋「傳送」的意義，他還記得啊。

想笑了，可是聽到的卻不是笑聲，而是再也承受不住的哽咽。想動手抹去視線湧起的薄霧，雙腳已經不顧一切地朝他奔去。

我撲向老四，抱著他，放聲大哭。

老四摟住我，摟得我身體發疼，我感到他也微微顫抖。

「那渾蛋居然連他一起帶走了……」

在不捨和悔恨的劇烈擁抱中，我想起八〇二號房的每一角每一隅，那是我為小西所努力的開端，在那裡拿到的薪水要好好存起來，然後有一天帶小西過著幸福快樂的日子。

如今和我連接那個地方的，只有老四這副溫暖身軀而已。

那是現在的小西所沒有的溫度。

「我什麼都沒能為他做到……我什麼都做不到……」

「總有一天我要帶他一起走」那個最初的想法，如今變成「早知道能夠早一點帶他走就好了」的遺憾。

人生總是不斷地錯過，不斷地失去，卻無能為力。

對於弱小的自己感到不甘心，不甘心，這樣的我只能一次又一次，痛痛哭泣。

⁂

日子一天一天過去，仔細看，踩過的落葉變紅、變多，入夜後的氣溫又偏低一些，出門時得添件外套。

在打工的便利商店幫客人結帳，拿著遞上來的報紙刷價錢，不小心會想起那篇刊載小西新聞的報導。那一份報紙現在應該已經發黃，堆積在回收場的某一角了吧？

課輔的教室裡，空了好一陣子的座位終於來了新主人，一個活潑愛笑的孩子。剛開始我不太習慣，時間一久，那孩子出現在那個座位上的光景也就成為一般日常。

聽說，小西的骨灰最後讓親戚帶走，帶去哪裡，沒人知道。

小西曾經存在於這個世界的蹤跡，自然而然，被時間無聲無息吞噬掉了。

我照往常一樣過日子，上課、打工、回老家。不期然遇見在球場和喬丹打籃球的老四，他會哈哈大笑著，笑得無憂無慮，只有在不小心觸見我的那一刻，一道只有我們才會懂的傷痕，在他深邃的瞳孔底……緩緩蔓延開來。

我和老四並沒有在一起。說也奇怪，我們很有默契地過著各自的生活。小西的事帶給我們的傷痛太過強烈，兩個背負同樣傷痛的人在一起，會把正在癒合的傷口又挖穿似的，我們這樣地逃避著。

十月中旬，終於有了好消息，阿倫前輩通過考試，可以到澳洲留學了。

鐵板燒店的同事知道以後，準備幫他辦一個慶祝會，時間就訂在晚上打烊後，他們也邀我一起參加。

為阿倫前輩高興的同時，我也為小純擔心。還沒確定可以去澳洲前就哭得稀里嘩啦，現在木已成舟，真不敢想像小純會多麼傷心欲絕。

不過直到小純要出門打工，她都沒有異狀，我還是偷塞三包面紙在包包，以防萬一。

大約九點半來到店裡，他們好久沒見到我，這一出現，給我好熱情的歡迎，受寵若驚啊！

「瑞瑞，妳走了以後，好多客人都在問妳怎麼不做了，要不要考慮回來啊？」

「喔！還有，記不記得有一個每次都坐那個位置的男生，戴黑色眼鏡那個，他也問過妳耶！一知道妳沒做，超失望的！然後就沒再來了。我看他八成是想追妳！」

「而且妳不在之後，奧客就沒人趕了。阿倫沒辦法應付女生，上次店裡來了一個要求高級餐廳規格的歐巴桑，把阿倫氣到直接丟鏟子走人。」

「我沒有生氣，只是懶得理她。」阿倫前輩淡聲插嘴。

他們你一言我一語搶著講，好不熱鬧。

我還發現，小純已經成為這間店的吉祥物，小小的，萌萌的，擺著很可愛……不是啦！工作忙壞的時候看著很療癒。雖然在工作上難免笨手笨腳，不過已經能夠和大家相處融洽。

時間不停前進，這個世界的變化也從沒停止過。我在偶然安靜下來的短暫時刻會陷入一種不曉得該高興或是懷念的情緒中，直到店內打烊，大家端出一個大蛋糕和一瓶紅酒，才和大家一起高聲叫好！

每個人都說了幾句祝福阿倫前輩的話，小純也說了，卻是以店中晚輩的身分講了中規中矩的賀詞，並沒有什麼特別。

最後輪到阿倫前輩發表感言，他被大家拱著站立，好像不是太喜歡這種萬眾矚目的場合，聽說這慶祝會還是瞞著他辦的。

「我不愛念書，對於去國外留學也沒有憧憬。不過，」此時他的目光意有所指地移到小純身上，「如果是為了重要的人，努力一次也不壞。」

別說小純，大家都聽得一頭霧水，這是哪門子的感言？

「阿倫你到底在講什麼鬼？」

「雖然聽不懂，可是總覺得跩得很欠揍。」

他沒管大家此起彼落的抗議，正對著小純，朗聲點名她。

「何小純！」

「呃，是、是！」我身邊的小純立刻起立，還不小心把板凳撞翻。

我彎腰幫忙把板凳扶起，同時聽見阿倫前輩比什麼都還堅定的聲音，在關門的鐵板燒店內迴響。

「我知道三年的時間很長，要女孩子等那麼久太自私。可是，我想厚著臉皮自私這麼一次。」他歇了歇，望望已經說不出話的小純，柔煦地把剩下的話說完，「因為太想和妳在一起。」

語畢，鐵板燒店歡聲雷動，都快把屋頂震垮了！阿倫前輩和小純的交往向來低調，在大家眼裡卻是心照不宣的事。如今親眼見證寡言的阿倫前輩真摯的宣言，把我們這些人都閃瞎了。

我們的焦點隨即轉移到女主角小純身上，她看起來十分感動，水汪汪的眸子淚光流轉。

就在我打算要把面紙拿出來，小純鼓起勇氣回話，「要我等你，我沒辦法答應！」

啊？出乎意料的打槍，叫我們個個傻眼。

阿倫前輩也愣了一愣，但小純接著說：「我還有一年才畢業，所以請你等我，我會去澳洲找你！」

那時我們才知道，原來小純早有計畫去澳洲留學，她打算花一年多的時間衝刺，憑她的家庭環境，安排她出國念書輕而易舉。

小純的宣言簡直太無敵了，我們打從心底折服。

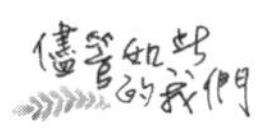

「哇塞！結果你們兩個都要去澳洲啊！」

「狗狗！妳真的是忠狗，追阿倫追到澳洲去！太強了妳！」

他們興奮地把小純團團圍住，小純半羞澀半開心地掩住嘴，跟著他們一起咯咯笑個不停，半途阿倫前輩把其中一位前輩撥開，冷冷命令，「不要叫她狗狗，有沒有口德？」

小純半途離開他們，走來，衝著我不知所以地傻笑，我也是，然後伸出手抱住她頸子。其實也想不透為什麼想要抱她，就是發現……小純長大了，變勇敢了，甚至連澳洲那麼遠的地方都可以飛去。

忽然好羨慕哪！

我們慶祝到快十二點才收攤，關好燈，幾位前輩走在前頭，阿倫前輩和小純墊後。我回頭想叫小純跟上，卻撞見才剛踏出門口的她冷不防被阿倫前輩拉回去，踉蹌跌入他懷裡。

在她還沒來得及反應這是怎麼一回事之際，他捧起她的臉，溫柔親吻著小純。

在半漆黑的店門口，在一票同事的後頭。

未來到了澳洲，也許真正的考驗才正要開始，不好走的路，只靠一個人努力，可能會很辛苦，不過如果是兩個人在一起，互相拉對方一把，就應該可以走得過去了。

為他們感到高興的笑意逐漸休止，我望向店旁那幢公寓大樓，輕易找到八樓窗口。那裡亮著燈，沒有人影，有的……只是燈火闌珊處的孤清。

覺得寂寞了。

我在想，不是老四一開始不夠坦誠的緣故，也不是學姊在他心上是特別的存在的關係，是我自己沒有愛他的自信。

我不怕別人的冷嘲熱諷，那並不會傷害我。我害怕的是，老四眼中的我無法與他站在同一個世界，那並不是老四的錯，而是我無可救藥的自卑感作祟。

沒有傲人的家世，也沒有可誇的一技之長，未來的人生有可能得守著一間麵店，說好聽點是平凡無奇，中肯點是一無是處。老四為什麼會喜歡這樣的我呢？

那樣的疑問總是在幸福時刻扎著心。

從前，當老四牽著我的手，心臟會輕輕作痛。雖然放開手會好一點，不過，因為太喜歡老四，於是我又會歡歡喜喜地跟上去，拉住他，任由那樣的痛楚悄悄擴大。

直到我終於找到藉口……放開他的手。

十一月初，不少學校在這時候舉辦校慶，課輔的那群學生熱情邀請我們去參加，因為他們學校的主題之一是作品展，利用廢棄物做出變形金鋼、超人、麥坤等有趣的造型，有時他們也會帶作品到課輔班讓我們一起幫忙做。

社長說，既然盛情難卻，大家就一起去參加校慶吧！

校慶在星期六，陽光普照，愈接近中午，高溫便扶搖直上，甚至有夏天又回來的錯覺。

我搭課輔社社員的車一起來到國小參觀，他們的作品統一擺放在迴廊，相當搶眼。孩子們見到我們依約前來，非常高興，拖拉著我們，搶著說明他們用了哪些意想不到的材料。

欣賞完他們得意的作品，我們又被強留下來看比賽，可是距離接力賽開始的時間還有一個鐘頭，待在操場旁被太陽曬得有點暈，我暫時先溜去教室那邊涼快。

每間教室外也有張貼學生的作文作展示，我隨意閱覽幾篇，一時興起，問了一位學生，繞一段路，順利找到小西的教室。

二年三班的走廊，這個時間向陽，刺眼的白光直撲撲穿透整條長廊，一張張列隊般的稿紙延展到盡頭。這裡沒有多少人，大家幾乎都集合到操場那邊了。

因為是給小二學生寫的，稿紙的格子較大，上面字體歪斜扭曲，更讓文中的童言童語恰如其分。

我仔細找了六份作文，都沒看見小西的名字，這才注意到作文日期是在前兩週，那時小西早就不在了。

「原來沒有啊……」

失望之餘嘆了氣，準備轉身離開，不期然，眼角餘光似乎捕捉住不太一樣的東西。我好奇走回去，走到兩張稿紙中間，那邊的空隙特別大，因為那之中還安插一張字條，字條四周用蠟筆妝點可愛的小圖案，花呀，蝴蝶呀，就怕不知情的人會忽略它。

一見到字條上的筆跡，似曾相識的感覺立刻觸發記憶開關！

那是小西的字，看了好幾百遍的作業，他的字我不會忘記的。

懷著激動又驚喜的心情，我用指尖顫顫觸摸那張字條，不成熟的筆跡，卻有早熟的思緒。

這時，他的導師經過，這位年輕的女老師認得我，走來好意分享關於小西的二三事。

「小西沒來得及和大家一起寫作文，我們都不想他在校慶中缺席，所以我從他的作業簿挑了我認為他寫得最好的句子，不像他那個年紀的孩子會寫出來的造句呢！」

那個句子是「儘管」的造句，記得當時我和老四還為它傷透腦筋，哪知小西早已經自己搞定了。

「那一天，我沒看他寫了什麼，他寫完很快就收進書包。」

我有點抱歉，抱歉這麼晚才參與到他那天的作業。

老師笑一笑，意味深長，「我問過他，怎麼會想到要這麼寫。他說，他是想到妳。」

他是想到妳。

聽到那句話，如夢初醒的震驚衝擊著我，我不禁用發著抖的手掩住藏不起哽咽的嘴。

不顧老師在場，眼淚隨即撲簌簌滾落臉龐。

「儘管爸爸總是說，早知道就不要把我生下來，但是現在我覺得，能夠出生，遇見喜歡我的人，太好了。」

我的心狠狠、狠狠揪了起來，分不清是酸還是痛，這迸發的劇烈情感催逼著滾燙淚水，一遍又一遍模糊視線，縱使我有多麼想看清楚他稚氣的字跡，最終還是摀起臉啜泣不止。

老師善解人意地留下我在教室走廊，離開了。

無名小卒如我，何德何能可以成為小西生命中的一部分，讓他「太好了」這麼地慶幸著。

我吸吸鼻子，慢慢從激動的情緒中平靜下來，白花花的光線把字條上的字跡照得忽隱忽現，像我最後一次在教室見到的小西，他專注閱讀繪本的淡透身影。

小小的你，讓人心疼的你，真的在這個世界存在過呢！並不是像過期的報紙隨著時間發黃黯淡，相反的，在我的記憶裡，在我每一次想起你的時候，愈發耀眼閃亮。

我忍著欲淚的衝動，再一次觸碰他的造句。

小西啊，像我這麼普通、沒什麼長處的人，也能為你短暫的生命帶來一絲幸福的感受嗎？

「該怎麼喜歡自己呢？」

「至少要慶幸自己能夠出生，活在這個世界上。」

謝謝，託小西你的福，大姊姊開始喜歡自己了。

老四。

那是一道念頭。是在我心裡響起的簡單兩個字。是所有知覺被電擊了一下。

我乍然環顧四周，掠過幾個學生和家長，才意識到老四根本不可能會在這個地方。

怎麼了？我沒什麼事要找他。這樣洗腦般地自言自語幾遍後，心情還是不知所謂地煩躁、焦急。

字條還穩靜躺在陽光裡，我的胸口卻愈來愈洶湧，好像非得做點什麼不可。對了，得讓老四看看小西的作業，他那天也絞盡腦汁想了好幾個派不上用場的造句呢！

才這麼想，我已經轉身離開教室，穿越操場，從小跑步到拔足狂奔。

再不趕快帶老四過來，一旦校慶過了，小西的字條就不曉得會被收去哪裡。

我不是田徑選手，跑步這運動對我來說不太拿手，沒幾公尺路，就已經氣喘吁吁。

夏天過去了，小西走了，我的腳傷好了，而老四……不在我身邊了。

失去的重要事物，還能再找回來嗎？

「瑞瑞！」有人叫我名字，車子喇叭還按了兩下，「妳幹嘛？跑馬拉松？」

一輛 MINI 以緩慢速度靠上來，搖下的車窗出現蕭邦看熱鬧的臉。

我賣力地吞嚥口水，問他，「我找……我找老四，你知道他在哪裡嗎？」

聽見我主動要找老四，他先綻出驚喜的表情，樂於告知，「他喔，聽說他跟喬丹在學校打球。」

「謝謝！」

我繼續往前跑，沒幾步，MINI 又慢吞吞跟上來。

「妳要自己跑，還是我載妳？照妳這種速度，等妳跑到，老四搞不好都回去洗好澡、睡一覺了。」

對喔！

我上了蕭邦的車，向他道謝，急促的呼吸都還沒平緩下來，他就興致勃勃找我搭話。

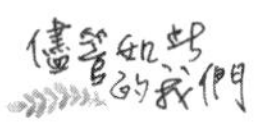

起來。

「欸！記不記得我上次說的那個富翁和他三座游泳池的故事？」

「嗯，記得。」我將凌亂的馬尾鬆開，拿手指充當梳子，隨便梳幾下，再把頭髮紮好。

「後來，那個富翁把沒有水的那一座泳池填平了，妳猜為什麼？」

不會吧！這節骨眼又要來冷笑話？而且還是第二集？

我努力調勻呼吸，用心動腦，不過沒什麼用，現在的腦袋就跟沒插電的電器一樣，運轉不起來。

「不知道。」我認輸。

蕭邦用一隻手拄著頭，只靠右手操控方向盤，公布答案前還展現悠哉帥氣的姿態。

「因為那隻旱鴨子終於克服心理障礙，可以游泳了。」

我「喔」一聲表示受教，可是仍舊覺得不對勁，蕭邦這回怎麼沒有自己笑得花枝亂顫啊？

「老四去游泳了，差不多是十月初的時候。」

話題突然蹦出老四，我措手不及。

「有一天他突然拉著我們去海邊，說要證明他已經不覺得遺憾。我和喬丹根本不知道他在搞什麼鬼，只是在後面看著他一步一步、義無反顧地走向大海，然後被海水淹沒。」說到這裡，蕭邦往我瞧了一眼，見我激動難平，反而揚揚嘴角，「就在我和喬丹準備跳水救人的時候，忽然看到老四已經游到好遠的地方，游得很好，很瘋，看起來是了無牽掛了。」

那是我唯一一次見到不說冷笑話的蕭邦，在他正經八百的描述中，我彷彿能看見老四的海，在我內心擴展開來，擴大，又擴大，那麼清澈，那麼蔚藍。

我想趕快見到老四，非常地想。

當蕭邦的車在籃球場外的停車場停好，我踏在發燙的柏油路面上，籃球場近在眼前。

這一刻才了解到自己不顧一切來到這裡的原因。

我來，並不是因為小西的字條。

「去啊！」蕭邦朝我肩膀推了一下。

這一推，讓我的雙腳不自覺再次往前邁步，一步，兩步，三步……每走一步，都感到我正和十月初朝海裡走去的老四同步，無比勇敢，也異常脆弱。

籃球場的人不少，以個頭最高的喬丹最出風頭，幾個人想攔截他的球也辦不到。來回穿梭的人們剛巧同時散開，我從敞開的縫隙間，找到老四。

他身穿和他車子顏色相近的藍色球衣，也許太熟悉喬丹的運球模式，老四漂亮抄走他的球，馬上回傳給隊友，他就是在那一刻望見我。

掩不住驚訝，老四暫時停止動作，以致於沒能跟上這波進攻。我們看著對方，不一會兒，隊友呼喚他，他才回到隊伍裡，和大家一起回防。

「雖然無風無雨，可是如果沒有『儘管如此』的人生，再棒的幸福都感受不到吧……」

我的人生如果沒有你，我不要。

已經來到距離球場幾步路的路上，佇足。好幾雙球鞋在PU地面拉扯的刺耳聲音喚起我的記憶。對了，第一次和老四有正面交集，也是在這個地方，他同樣打著球，我依然從不遠的地方打量著他。

這時，老四一個回身，再度和我的目光撞個正著。這一次他垂下雙手，停止奔跑，連飛來的籃球打中身體也只瞥一眼，然後定定注視我，走來。

喬丹叫他，他理也不理。

我的心臟跳得厲害，甚至……連身體都有點發抖，不確定這是害怕還是緊張。

老四霸氣又傲然的走路方式，和我們初識時如出一轍，而我早該在那個時候便坦承一切。

「你的八〇二號房！」聽見我放大的音量，他原地止步，我深吸一口氣，豁出去了，「你的房間，是我掃的！每個星期三過去打掃的那位伯母，是我！」

站在我身後的蕭邦「咦」了好大一聲，別說他，老四更是滿臉錯愕。

天啊……我現在騎虎難下了吧！

「是真的！幫腎蕨澆水的人是我，曬被子的人是我，讓你請喝蘆筍汁的人是我，你媽媽口中的那位清潔工，就是我！」一口氣昭告完畢，我握緊手，覺得掌心不再冒汗，相反的，隱瞞的事都說出來後，什麼都不怕了，「不管我們有沒有在交往，只要我們認識，我就應該讓你知道才對。一直瞞著不說，偷偷摸摸的，這樣不對，對不起，現在才告訴你。」

老四現在的神情……挺詭異的，已經沒有訝異的成分了，轉為嚴肅和懷疑。由於他稍顯凝重的表情，害我又開始忐忑不安。

「妳特地過來，就是要跟我說這個？」

「對。」

「程瑞瑞，妳是大笨蛋。」

「……」

啊？在罵我？我慢一步才做出丈二金剛摸不著腦袋的反應。

他歪起頭，跩得不可一世，「本大爺以為妳要跟我說更重要的事才過來，結果是這種無關緊要的。」

「無、無關緊要？」靠，你知道我是鼓起天大的勇氣才說出口的嗎，「這種事明明很……」

「打掃的事，我早就知道了。」

什麼？他不客氣地打斷我。這下子輪到我吃驚得說不出話來。什麼叫做他早就知道了？怎麼可能？

老四再度走近，伸出手，用食指拎起我鎖骨前的那條星星月亮項鍊，提起一件往事，「還記得妳的項鍊曾經弄丟，又被我找回來嗎？」

「記、記得。」

打掃跟項鍊有什麼關係？

「抱歉，那時我也沒說實話，妳的項鍊其實是掉在我的房間。後來聽妳說項鍊弄丟，我就

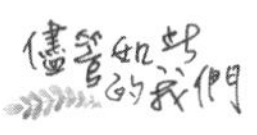

猜到打掃的人是妳。」

聽他說到這裡，我的臉已經一陣紅一陣白，丟項鍊的時間點很早耶！

「你……早就知道，為什麼不揭穿我呢？」

他嘆氣，萬般無奈，「妳真的很笨，根本不懂本大爺的心情。一方面想揭穿妳，不想讓妳那麼辛苦；一方面又不想揭穿妳，就怕妳以後不會再來了。」

也就是說，在我們交往之前，老四就已經曉得每個星期三來到八〇二號房打掃的人是我，然而儘管如此……

「你還是願意和我在一起嗎？」一陣激流直搗胸口，又化作暖洋，散了開來，在眼眶蘊成大海，「我是只會打掃的程瑞瑞，這樣的我，可以和你在一起嗎？」

我發現他俊秀的眼瞳也泛起微微水光，和我模糊的瞳孔相輝映。

「對我而言，打掃的程瑞瑞、用空手道救人的程瑞瑞、照顧小西的程瑞瑞、叫我要幸福的程瑞瑞……」

他的聲音趨於微小，凝望我的瞳孔卻炙熱了起來，燃燒著千言萬語，無法言喻。老四一把將我攬入懷裡，於是我又回到熟悉的臂膀中，被寵著，呵護著，珍惜著。

「在我心裡，妳從來沒離開過。笨蛋。」

第三次被他罵笨，我伏在他肩頭，幸福的微笑溢了出來。

不遠處的喬丹吆喝大家別再看熱鬧，乖乖回去打球。蕭邦走上來，拍拍老四肩膀，朝球場看台走去。於是，心跳一般，籃球彈跳的聲音又出現了。於是，時間不存在一般，我們四周又安靜下來。

依稀，我們黑暗中相握的手之間，有蕭邦悠揚的琴聲在流動。依稀，那個蜻蜓點水的吻之後，火車駛離的引擎響聲漸行漸遠。依稀，那個充滿歡笑的課輔教室裡，還有許多未完成的造句……

「老四。」

「嗯？」

有健忘症似的，我一時半刻說不出自己到底想要告訴他什麼，老四扶住我左邊臉頰，耐心等我，體貼笑笑。

「到底要說什麼？」

輕薄劉海順下眉際眼邊的時候，有孩子氣的笑落在他嘴角，全世界的陽光彷彿都聚在他身上，我讓溫暖氣息包圍得有點飄飄然。

「我能遇見你，太好了。」

沒頭沒腦的一句話，令他會意不過來，滿是問號的表情好可愛，非常可愛。

我笑嘻嘻將臉重新靠回他的胸膛，上揚的嘴角停頓一下，眼角沁出一點意料之外的淚水。

笑了，哭了，被自己交替的情緒弄得好混亂，我想我只是……

只是感到幸福了。

終章

儘管如此，就去愛吧！因為世事無常。

早上七點五十五分左右，我走進一棟非常高級的公寓大樓，向管理員拿房門卡，我們除了例行性道早之外，今天他還多關心我的狀況。

「還習慣嗎？」

「嗯！很熟了，所以沒問題。」

他和藹頷首，「說的也是。」

告別管理員先生，我精神奕奕搭電梯來到九樓，將磁卡靠近門把，「嗶」，接著響起金屬鎖條俐落的開啟聲。

門開，和屋主正巧碰個正著。

「啊！妳來啦！我們剛好要出門。」屋主太太手牽著一位幼稚園年紀的小男孩在玄關穿鞋，「前天他在客廳牆壁用彩色筆亂畫，麻煩妳等一下看看能不能清掉。」

我探頭晃一下太太示意的那片牆，果真有綠色、藍色的線條牽出看不懂的圖形。

「好，我帶了工具，等等試試看。」我拍拍肩負的工具大包包。

「如果真的擦不掉也沒關係，不用勉強。」她很客氣，轉身對小孩催促，「走吧！我們快遲到了，跟大姊姊說拜拜。」

小男生對我還不熟悉，怯生生盯住我。我主動向他揮揮手道再見，目送他們母子倆進電梯。臨走前夕，他還回頭看我，陌生中帶著想要對我示好的神情，讓我想起小西。

那孩子透明的身影，至今在我每一道回眸，一閃而過。

我收起想念之情，捲起袖子，紮好低馬尾，走進這個還打掃不到三次的新家庭。有小孩的家庭和單身漢比起來，在打掃上花的工夫比較多，不過通常我都可以在中午前結束工作，今天為了搞定牆上塗鴨，拖到一點才完成。

迅速收拾好工具，飛奔下樓，用力按下八〇二號房的電鈴！

沒等多久，門便打開，老四龍心不悅地出現在我面前。

「很慢耶！」

「有個地方不好清。」我直接登堂入室，繞進他房間，「借我換個衣服！」

從工具包拿出用紙袋細心包好的洋裝，平鋪在床上，開始卸下身上又髒又有汗臭味的衣服，咦？汗臭味？

「老四，再借我用一下浴室！」

我朝外頭喊，待在門外的老四用霸道的口吻喊回來，「我看九〇三這麼難掃，妳還是辭掉好了，換回我這邊。」

我沒理會，忙著進浴室沖洗，洗得香噴噴了，再穿上那件玫瑰色的洋裝才出來，他還靠著牆等我。

我和他面對面，認真聲明，「不要。我如果又回來掃這裡，會公私不分。」

「什麼公私不分？」

「就是……你會故意把房間保持乾淨，我也會刻意打掃得很賣力……哎呀！反正就是不好啦！」

事實上，是現在的我已經不需要在八〇二號房肯定自己的存在。我拿出梳子佯裝要專心梳理長髮，可是老四還繼續找碴。

「那家男主人是一個在跑業務的大叔吧？業務上班的時間都不固定，如果只有妳跟他單獨在家怎麼辦？」

居然連對方職業都打聽到了？

我掄起雙拳裝認真，「他敢怎麼樣，我絕對會把他打趴在地。」

老四這個人雖然難搞，但也很好哄。他撫撫我剛梳好的頭，嘉許道：「乖，凶悍點，我們家瑞瑞是最強的。」

我一邊用手把被弄亂的髮絲撥好，一邊換上高跟鞋，沒站穩，左右搖晃一下，讓老四及時扶住。

「緊張嗎？放心，我老早替妳說盡好話，沒人敢不喜歡妳。」

哇……這麼囂張？對方可是你爸媽呢！

今天是老四要把我正式介紹給他爸媽的日子，中午要一起在一間非常高級的餐廳吃飯。老四以為我緊張，其實，我已經不害怕了。

不論他們喜不喜歡我，我會非常喜歡我自己的，這是小西教會我的功課。

更何況，我一點都不擔心我的情況，下個週末輪到老四要跟我一起回南部，到老家登門拜訪，那時他會有怎麼樣的遭遇我都不敢替他想像，我那老媽啊……嘖嘖！

「啊，我的耳環。」

我沒穿耳洞，耳環是向小純借來那種夾式的，可能不熟練，有一邊沒夾好。

「應該掉在你房間裡。」

正準備脫鞋進去，被老四攔住。

「不習慣穿高跟鞋的人乖乖站好，我進去找。」

我乖巧答應，站在玄關等候。

一分鐘過去，兩分鐘過去，我耐不住了，「沒找到嗎？不然回來再找，我不戴耳環了！」

可是他消失的門口沒有回應，我笨拙地脫掉高跟鞋，循著走去。

來到房間門口，腳步被窗邊背光的人影扯住。

老四站在那盆腎蕨前，和它一同沐浴在正午的金光下，身形輪廓呈現半透明，像每一次小西出現在我記憶中的姿態。

不行。我莫名緊張，伸手拉住他衣袖，確認他還在。

老四被我的舉動驚嚇到，他打量我恓惶的神色，抱歉地說：「我只是突然想起一些事，發呆了。」

「什麼樣的事啊？」

他鬆開擱在蕨葉上的手，改為幫我將髮絲順到耳後，再戴上那只失而復得的耳環。

「想到妳掉項鍊之後的那個星期三，我為了證明妳是來打掃的人而裝睡，偷偷睜開眼睛，就看到妳站在這裡，很小心在澆水。」

什麼？先生你偵探啊？好賊喔……我在心底抗議，可是他為我戴耳環的手勢太過溫柔，捨不得抱怨出口。

「那個時候雖然很想看清楚妳的臉，可是，妳好亮，全身都是陽光，很遠。我看了好久，心想，總有一天我一定要站在妳面前，好好看著妳。當時不顧一切的決心，現在忽然成真……又覺得像夢一樣。」他的指尖離開我耳畔，以確認般的方式輕輕留在我臉龐，「好像一覺醒來，這個窗口依舊只有陽光而已。」

或許我曾經的不勇敢，或許他曾經的失去……所以世事無常。

我反握住他的手，當初那微微發疼的痛楚又開始發作。從前我選擇擺脫，如今我更熱切地牽住他，用力感受這份隨時會失去的傷楚。因為會痛，才知道我們正深深相愛。

「老四，我不當你的全世界，從今天起，我當你的陽光吧？」

我那自信滿滿的宣言令他困惑起來。

「我們沒辦法預知明天會是晴天或下雨，很多事都無法掌握，儘管如此，太陽每天都升起，我會像日出那樣肯定地……和你在一起。」

老四先是錯愕，後來啞然失笑，交往一久，連亂糟糟的論點也受他影響了吧！

還沒來得及為自己說出口的話感到害羞，他已經先吻了我。

現在感到非常幸福的我，會不會很快又受到傷害呢？

希望到那個時候，老四會拉我一把。

希望我會抓牢他的手。

希望即使臉上還掛著眼淚，也是笑著的。感動的笑容，最美了。

沒有飄搖風雨，又怎麼會體會撥雲見日的晴朗？

我知道，這個世界不會只有美好的事物，幸福與不幸，都和我們共存，所以，那些會帶給我們勇氣的點滴需要用心尋找才會發現。

發現有人愛著你，發現有人為了你的出生慶幸，發現「儘管如此」之後的故事，其實還很長，很遠。

【全文完】

·後記·

儘管如此的開始

《月薪嬌妻》和一則廣播，差不多就是《儘管如此的我們》的開始。

打掃，通常不會被設定為女主角的工作（除了灰姑娘），特別是年紀輕輕的女孩子，感覺跟打掃就是聯想不起來。所以我特別喜歡看《月薪嬌妻》裡的女主角工作時的場景，她知道每一個清潔的小技巧，會用不疾不徐的速度將細微的角落都清理乾淨，而且，她似乎挺樂在其中的。因此看著她打掃，心上也覺得舒服，彷彿自己身上某個亂糟糟的空間也變乾淨了。

大概別人做著自己不拿手的事，會覺得對方特別厲害，所以，我覺得瑞瑞也很厲害。

但瑞瑞最厲害的地方，不是打掃，也不是空手道（空手道的功能還是臨時附加上去的），我認為是她像「大樹」的地方。她的樂觀，就像每天都會冒出新芽的綠葉；她的寬容，則是往外不斷延展的樹蔭；堅強，化為穩篤的莖幹，覆庇小西、小純那樣需要保護的人。

可惜瑞瑞起初看不見自己的好，自卑感把她困在「沒家世」、「沒未來」的迴圈裡，儘管很喜歡打掃，另一方面又因為那份工作抬不起頭。所以八〇二號房不僅是工作的地方，也是她為自己尋找認同感的容身之處。然而自我認同這一塊的空缺是無法從別人那邊攫取再填補到自己身上來的。我們總是喜歡著別人，總是欣羨著別人，卻無法像喜歡別人那樣地喜歡自己。

我認為每一個人在這個世界上，一定都會被甚麼人所需要著，那份需要並不用是什麼實際行動，有時只是單純的「存在」也會被別人所依賴，因為那帶來心靈的安慰。不然，病床前也不會有那麼多無論如何也要把人救活的執著了。好，我扯遠了，這故事明明不是那麼嚴肅的課題啊！說起瑞瑞，我想，直到看見小西「儘管」的造句，瑞瑞發現渺小的自己也能在別人的生命中佔據重要的一席之地，這才真正喜歡上自己。

這位小西，其實是真實存在的。某一天開車回家的路上，習慣聽警廣追蹤路況，正巧那個節目在介紹一位公教老師教書生涯中的一段小插曲。她說她遇到一個小男孩，本來不對任何人打開心房，後來在老師諄諄引導下，終於願意寫好多信給她，她也以擁抱回禮。只是有一天小男孩的父親因為長期失業而燒炭自殺，那之前他先給自己的孩子灌了農藥，一個小生命就這樣結束了。這位老師很難過，不知道自己曾經為小男孩做過什麼，但一位醫師這樣告訴她，「妳不覺得妳很有可能是最後抱他的那個人嗎？」

我非常希望小西這個角色是我筆下虛構的人物，但事實上，這個世界有好多個像小西這樣的孩子。世事無常，而我們大多無能為力，因此，我們更應該在擁有的時候盡量去愛那個在你眼前的生命。愛了，記下了，也留下了，想想看，在這個無常世界，有個生命在你的記憶裡活著，會是多麼溫暖而堅定的事。

晴菜

國家圖書館出版品預行編目資料

儘管如此的我們 / 晴菜著. -- 初版. -- 臺北市；商周，城邦文化出版；家庭傳媒城邦分公司發行，民106.08
面　；　公分. --（網路小說；270）

ISBN 978-986-477-296-4（平裝）

857.7　　106012967

儘管如此的我們

作　　者／晴菜
企畫選書人／陳思帆
責任編輯／陳思帆

版　　權／翁靜如
行銷業務／李衍逸、黃崇華
總 編 輯／楊如玉
總 經 理／彭之琬
發 行 人／何飛鵬
法律顧問／元禾法律事務所　王子文律師
出　　版／商周出版
台北市中山區民生東路二段 141 號 9 樓
電話：(02) 2500-7008　傳真：(02) 25007759
Blog：http://bwp25007008.pixnet.net/blog
Email：bwp.service@cite.com.tw
發　　行／英屬蓋曼群島商家庭傳媒股份有限公司城邦分公司
聯絡地址：台北市中山區民生東路二段 141 號 11 樓
書虫客服服務專線：(02) 25007718・(02) 25007719
24小時傳真服務：(02) 25001990・(02) 25001991
服務時間：週一至週五09:30-12:00・13:30-17:00
郵撥帳號：19863813　戶名：書虫股份有限公司
讀者服務信箱 Email：service@readingclub.com.tw
城邦讀書花園網址：www.cite.com.tw
香港發行所／城邦（香港）出版集團有限公司
地址：香港灣仔駱克道 193 號東超商業中心 1 樓
Email：hkcite@biznetvigator.com
電話：(852)25086231　傳真：(852) 25789337
馬新發行所／城邦（馬新）出版集團【Cité(M)Sdn. Bhd.】
41, Jalan Radin Anum, Bandar Baru Sri Petaling,
57000 Kuala Lumpur, Malaysia.
電話：(603) 9056-3833　傳真：(603) 9056-2833

封面設計／黃聖文
版型設計／鍾瑩芳
排　　版／游淑萍
印　　刷／高典印刷有限公司
總 經 銷／聯合發行股份有限公司
電話：(02) 2917-8022　傳真：(02)2911-0053

■ 2017 年（民 106）8月10日初版　　Printed in Taiwan
■ 2018 年（民 107）3月7日初版4刷

定價 / 260元

ISBN　978-986-477-296-4

城邦讀書花園
www.cite.com.tw

廣　告　回　函
北區郵政管理登記證
台北廣字第000791號
郵資已付，免貼郵票

104台北市民生東路二段 141 號 2 樓

英屬蓋曼群島商家庭傳媒股份有限公司　城邦分公司

請沿虛線對摺，謝謝！

書號：BX4270	書名：儘管如此的我們	編碼：

請於此處用膠水黏貼

讀者回函卡

感謝您購買我們出版的書籍！請費心填寫此回函卡，我們將不定期寄上城邦集團最新的出版訊息。

不定期好禮相贈！
立即加入：商周出版
Facebook 粉絲團

姓名：________________ 性別：☐男 ☐女

生日：西元________年________月________日

地址：________________

聯絡電話：________________ 傳真：________________

E-mail：

學歷：☐ 1. 小學 ☐ 2. 國中 ☐ 3. 高中 ☐ 4. 大學 ☐ 5. 研究所以上

職業：☐ 1. 學生 ☐ 2. 軍公教 ☐ 3. 服務 ☐ 4. 金融 ☐ 5. 製造 ☐ 6. 資訊
☐ 7. 傳播 ☐ 8. 自由業 ☐ 9. 農漁牧 ☐ 10. 家管 ☐ 11. 退休
☐ 12. 其他________________

您從何種方式得知本書消息？

☐ 1. 書店 ☐ 2. 網路 ☐ 3. 報紙 ☐ 4. 雜誌 ☐ 5. 廣播 ☐ 6. 電視
☐ 7. 親友推薦 ☐ 8. 其他________________

您通常以何種方式購書？

☐ 1. 書店 ☐ 2. 網路 ☐ 3. 傳真訂購 ☐ 4. 郵局劃撥 ☐ 5. 其他________

您喜歡閱讀那些類別的書籍？

☐ 1. 財經商業 ☐ 2. 自然科學 ☐ 3. 歷史 ☐ 4. 法律 ☐ 5. 文學
☐ 6. 休閒旅遊 ☐ 7. 小說 ☐ 8. 人物傳記 ☐ 9. 生活、勵志 ☐ 10. 其他

對我們的建議：________________

____

____

【為提供訂購、行銷、客戶管理或其他合於營業登記項目或章程所定業務之目的，城邦出版人集團（即英屬蓋曼群島商家庭傳媒（股）公司城邦分公司、城邦文化事業（股）公司），於本集團之營運期間及地區內，將以電郵、傳真、電話、簡訊、郵寄或其他公告方式利用您提供之資料（資料類別：C001、C002、C003、C011 等）。利用對象除本集團外，亦可能包括相關服務的協力機構。如您有依個資法第三條或其他需服務之處，得致電本公司客服中心電話 02-25007718 請求協助。相關資料如為非必要項目，不提供亦不影響您的權益。】

1.C001 辨識個人者：如消費者之姓名、地址、電話、電子郵件等資訊。
2.C002 辨識財務者：如信用卡或轉帳帳戶資訊。
3.C003 政府資料中之辨識者：如身分證字號或護照號碼（外國人）。
4.C011 個人描述：如性別、國籍、出生年月日。

請於此處用膠水黏貼